Amanda Quick, cuyo nombre real es Jayne Ann Krentz, es una consagrada autora de novelas románticas históricas. Sus más de cuarenta títulos han sido traducidos a numerosos idiomas, y lleva vendidos más de veinticinco millones de ejemplares en todo el mundo. Es autora de *El peligro de la pasión*, *Amantes y sabuesos*, *Al llegar la medianoche*, *Amor a segunda vista*, *El río sabe tu nombre* y *El tercer círculo*, entre otros.

www.jayneannkrentz.com

Papel certificado por el Forest Stewardship Council®

Título original: *Otherwise Engaged*

Primera edición: mayo de 2018

© 2014 by Jayne Ann Krentz.
© 2016, 2018, Penguin Random House Grupo Editorial, S. A. U.
Travessera de Gràcia, 47-49. 08021 Barcelona
© Ana Isabel Domínguez Palomo
y María del Mar Rodríguez Barrena, por la traducción

Printed in Spain – Impreso en España

ISBN: 978-84-9070-489-9
Depósito legal: B-5.701-2018

Impreso en Novoprint
Sant Andreu de la Barca (Barcelona)

BB 0 4 8 9 9

Penguin
Random House
Grupo Editorial

Compromiso de conveniencia

AMANDA QUICK

Para Frank, mi héroe romántico
de todos los tiempos

1

—Señora, ¿por casualidad viaja usted en el *Estrella del Norte*?

Era una voz masculina, con acento británico, educada y cargada de algo que parecía dolor descarnado y consternación. Procedía de la entrada de un callejón cercano. Amity Doncaster se detuvo en seco.

Iba de camino al barco, con sus notas y sus bocetos de la isla guardados en el maletín.

—Sí, viajo en el *Estrella del Norte* —contestó ella.

No hizo el menor intento por aproximarse al callejón. Aunque no veía al hombre oculto entre las sombras, estaba bastante segura de que no era un pasajero del barco. Habría recordado esa voz tan seria y fascinante.

—Necesito que me haga un grandísimo favor —dijo el desconocido.

En ese mismo instante intuyó, sin error a equivocarse, que el hombre sufría un dolor tremendo. Tenía la sensación de que necesitaba de todas sus fuerzas solo para poder hablar.

Aunque claro, a lo largo de sus viajes se había topado con algunos actores fantásticos y no todos ellos se dedicaban a ese oficio de forma profesional. Algunos eran embaucadores y criminales con mucho talento.

Sin embargo, si el hombre estaba herido, no podía darle la espalda.

Bajó la sombrilla y sacó de la cadena de plata que llevaba en torno a la cintura el elegante abanico japonés fabricado expresamente para ella. El *tessen* estaba diseñado para parecer un abanico normal y corriente, pero con sus afiladas varillas de acero y su país metálico era, en realidad, un arma.

Tras aferrar el *tessen* cerrado, se acercó con recelo a la entrada del callejón. Había visto suficiente mundo como para recelar de un extraño que se dirigiera a ella desde las sombras. El hecho de que, en ese caso, el hombre hablara con un aristocrático acento inglés no garantizaba que no fuese un criminal. El Caribe estuvo en otro tiempo abarrotado de piratas y corsarios. La Marina Real y, más recientemente, la Armada de Estados Unidos habían eliminado dicha amenaza casi en su totalidad, pero no había solución permanente para el problema de los ladrones corrientes y los asaltantes. Había descubierto que eran tan omnipresentes en el mundo como las ratas.

Al llegar a la entrada del callejón, vio que no tenía nada que temer del hombre sentado en el suelo con la espalda apoyada en la pared. Parecía encontrarse en un apuro. Tendría unos treinta años y su pelo, negro como el azabache, estaba empapado de sudor. El nacimiento de dicho pelo conformaba un pico en la frente y, aunque normalmente lo llevaría peinado hacia atrás, en ese momento colgaba lacio a ambos lados de su cara, enmarcando los ángulos de un rostro de rasgos fuertes e inteligentes que en ese instante lucía una expresión firme y seria. Sus ojos, de color castaño claro, estaban empañados por el dolor. Había algo más en esos ojos, una voluntad feroz y acerada. Ese hombre estaba aferrándose a la vida, literalmente, con uñas y dientes.

Tenía la pechera de la camisa empapada de sangre fresca. Se había quitado la chaqueta, que había doblado y presionaba contra un costado. La presión que ejercía no era suficiente para detener el constante flujo de sangre que manaba de la herida.

La carta que le tendía también estaba manchada de sangre. La mano le temblaba por el esfuerzo de realizar ese pequeño gesto.

Volvió a colocarse el *tessen* en la cadena y corrió hacia él.

—¡Señor, por el amor de Dios! ¿Qué le ha pasado? ¿Lo han atacado?

—Un disparo. La carta. Cójala. —Jadeó por el dolor—. Por favor.

Amity soltó el maletín y la sombrilla, tras lo cual se arrodilló a su lado, haciendo caso omiso de la carta.

—Vamos a echar un vistazo —dijo.

Imprimió a su tono de voz la serena autoridad que su padre siempre había usado cuando hablaba con sus pacientes. George Doncaster afirmaba que dar la impresión de que el médico sabía lo que estaba haciendo infundía esperanza y valor al paciente.

Sin embargo, ese paciente en concreto no estaba de humor para que lo animasen. Tenía un objetivo en mente y lo perseguía con las pocas fuerzas que le quedaban.

—No —replicó entre dientes. Sus ojos la miraron con una ardiente determinación para asegurarse de que ella comprendiera lo que estaba diciendo—. Demasiado tarde. Me llamo Stanbridge. Tengo un pasaje reservado en el *Estrella del Norte*. Pero parece que no conseguiré hacer el viaje hasta Nueva York. Por favor, señora, se lo pido por favor. Es muy importante. Acepte esta carta.

No iba a permitirle que lo atendiera antes de asegurarse de que se encargaría de la carta.

—Muy bien. —Abrió el maletín y guardó la carta en el interior.

—Prométame que se encargará de que la carta le llegue a mi tío en Londres. Cornelius Stanbridge. Ashwick Square.

—Voy de camino a Londres —replicó ella—. Entregaré

su carta. Pero ahora debemos atender su herida, señor. Por favor, permítame examinarlo. Tengo alguna experiencia en estos asuntos.

La miró con una expresión fascinante. Por un brevísimo instante, Amity habría jurado atisbar en sus ojos una mirada socarrona.

—Señora, tengo la impresión de que posee usted mucha experiencia en muchos asuntos.

—No lo sabe usted bien, señor Stanbridge. Cuidaré de su carta.

La miró con firmeza durante un instante antes de entrecerrar los ojos.

—Sí —dijo—. Creo que lo hará.

Amity le desabrochó la ensangrentada camisa y apartó la mano con la que él presionaba la chaqueta arrugada contra la herida. Un vistazo le dijo todo lo que necesitaba saber. Tenía una herida en el costado que no paraba de sangrar, pero no se trataba de una hemorragia arterial. Devolvió la mano y la chaqueta a su sitio y se puso en pie.

—La bala lo ha atravesado limpiamente y creo que no hay ningún órgano vital afectado —anunció. Con rapidez, se levantó las faldas de su vestido de viaje y se desgarró las enaguas para hacer unas improvisadas vendas—. Pero debemos controlar la hemorragia antes de llevarlo al barco. La isla no cuenta con atención médica moderna. Me temo que tendrá que apañárselas conmigo.

Stanbridge murmuró algo ininteligible y cerró los ojos.

Amity usó una de las tiras de tela más largas para hacer una gruesa compresa. Después, volvió a apartarle la mano y la chaqueta del costado. Tras unir los bordes de la herida lo mejor que pudo, colocó la venda sobre la piel y lo instó a ejercer presión con la mano para mantenerla en su sitio.

—Apriete con fuerza —le ordenó.

Él no abrió los ojos, pero su fuerte mano aferró con decisión los bordes de la tela.

Sin pérdida de tiempo, Amity le pasó dos tiras de tela alrededor de la cintura y las ató para mantener la compresa en su sitio.

—¿Dónde ha aprendido a hacer esto? —masculló Stanbridge, sin abrir los ojos.

—Mi padre era médico, señor. Crecí en un hogar donde la medicina era el tema de conversación habitual durante las comidas. Lo ayudaba a menudo en su trabajo. Además, viajé por todo el mundo con él mientras estudiaba distintas formas de practicar la medicina en tierras extrañas.

Stanbridge logró abrir un poco los ojos.

—Desde luego, este es mi día de suerte.

Amity observó la ensangrentada camisa y la chaqueta.

—Yo no llegaría al extremo de llamarlo «su día de suerte», pero creo que sobrevivirá. Todo un logro dadas las circunstancias. Y ahora debemos conseguir llevarlo a bordo.

Aunque su padre había muerto un año antes, Amity siempre llevaba el maletín con sus utensilios cuando viajaba al extranjero. Dicho maletín médico se encontraba en el barco, en su camarote. Una vez contenida la hemorragia, debía encontrar el modo de llevar a Stanbridge al *Estrella del Norte*.

Se puso en pie, caminó hasta la entrada del callejón y detuvo a las dos primeras personas que vio, dos isleños que iban de camino al mercado. Lo dispuso todo en cuestión de minutos. Una mirada a Stanbridge, que seguía en el callejón, les indicó a los hombres lo que había que hacer.

Con la ayuda de dos amigos, ambos pescadores, trasladaron al casi inconsciente Stanbridge de vuelta al barco en una camilla improvisada que hicieron con una red de pesca. Amity les agradeció el esfuerzo con una generosa propina, pero parecieron más entusiasmados con su sentido agradecimiento que con el dinero.

Unos cuantos miembros de la tripulación del *Estrella del Norte* trasladaron a Stanbridge a su camarote y lo dejaron en la estrecha litera. Amity pidió que le llevaran el maletín médico que se encontraba en su camarote. Cuando lo hicieron, se dispuso a limpiar la herida y a cerrarla, aplicando varios puntos de sutura. Stanbridge gimió de vez en cuando, aunque se mantuvo inconsciente la mayor parte del tiempo.

Amity sabía que el paciente era todo suyo. Ya no había médico a bordo del barco. El médico del *Estrella del Norte*, un hombre de rostro rubicundo y gordo, proclive al tabaco y a la bebida, había muerto de un ataque al corazón poco después de que el barco zarpara del último puerto en el que había hecho escala. Amity había ocupado su lugar en la medida de lo posible, y había tratado las distintas heridas y algún que otro brote de fiebre que había sufrido la tripulación.

En el barco viajaban pocos pasajeros, casi todos británicos o estadounidenses. Algunos más embarcarían cuando el barco atracara en otras islas durante la travesía, pero era poco probable que el capitán Harris pudiera encontrar otro médico antes de llegar a Nueva York.

La fiebre apareció más o menos hacia la medianoche. La piel de Stanbridge adquirió una temperatura alarmante al tacto. Amity mojó un trapo en el agua fresca que le habían llevado y lo colocó sobre la frente del paciente. El señor Stanbridge abrió los ojos. La miró con una expresión desconcertada.

—¿Estoy muerto? —preguntó.

—Ni por asomo —le aseguró ella—. Está a salvo, a bordo del *Estrella del Norte*. Vamos rumbo a Nueva York.

—¿Está segura de que no he muerto?

—Segurísima.

—No me mentiría sobre algo así, ¿verdad?

—No —respondió ella—. No le mentiría sobre algo tan importante.

—¿La carta?

—Segura en mi maletín.

La miró fijamente durante un buen rato. Después, pareció llegar a una conclusión.

—Tampoco me mentiría sobre eso —dijo.

—No. Tanto usted como su carta llegarán a Nueva York, señor Stanbridge. Le doy mi palabra.

—Hasta entonces, prométame que no le mencionará la carta a nadie.

—Por supuesto que no la mencionaré. La carta es un asunto personal suyo, señor.

—No sé por qué, pero creo que puedo confiar en usted. En todo caso, parece que no me queda alternativa.

—Señor Stanbridge, su carta estará segura conmigo. A cambio, debe prometerme que se recuperará de la herida.

Aunque no estaba segura, juraría que el señor Stanbridge estuvo a punto de sonreír.

—Haré todo lo posible —replicó él, tras lo cual cerró los ojos de nuevo.

Amity le quitó el trapo, lo humedeció otra vez y lo usó para refrescarle las partes del torso y de los hombros que el vendaje no cubría y que estaban acaloradas por la fiebre.

Alguien llamó a la puerta del camarote.

—Adelante —dijo ella en voz baja.

Yates, uno de los dos asistentes, asomó la cabeza.

—Señorita Doncaster, ¿necesita algo más? El capitán me ha dicho que ponga a su disposición cualquier cosa que necesite.

—De momento es todo, señor Yates. —Sonrió—. Ha sido usted muy amable. He limpiado la herida en la medida de lo posible. Los puntos de sutura han detenido la hemorragia. De momento, está en manos de la naturaleza. Por suerte, el señor Stanbridge parece gozar de una constitución fuerte.

—El capitán dice que Stanbridge habría muerto en Saint Clare si no lo hubiera encontrado en aquel callejón, embarcado en el *Estrella del Norte* y cosido el agujero que tenía en el costado.

—Sí, bueno, dado que no ha muerto, no tiene sentido reflexionar sobre lo que habría podido pasar.

—No, señora. Pero no es el único pasajero a bordo que tiene motivos para estarle agradecido. La tripulación sabe que gracias a usted Ned *el Rojo* no murió de fiebre la semana pasada y que el señor Hopkins no perdió el brazo después de que se le infectara la herida. El capitán no para de decirle a todo el mundo que le gustaría que se quedara usted en el *Estrella del Norte*. La tripulación estaría encantada si lo hiciera, es un hecho confirmado.

—Gracias, señor Yates. Me alegro de poder ser de ayuda, pero debo regresar a Londres.

—Sí, señora. —Yates inclinó la cabeza—. Llame si me necesita.

—Lo haré.

La puerta se cerró una vez que el hombre se marchó. Amity extendió el brazo para coger otro trapo húmedo.

La fiebre bajó hacia el amanecer. Satisfecha porque el señor Stanbridge estuviera fuera de peligro, al menos de momento, Amity se acurrucó en el único sillón del camarote e intentó dormir un poco.

Se despertó sobresaltada. La abrumó una sensación extraña que le puso los nervios de punta. Parpadeó varias veces y aguzó el oído en un intento por descubrir qué la había sacado de su inquieto sueño. Solo escuchó el zumbido de los enormes motores de vapor del *Estrella del Norte*.

Estiró las piernas y se sentó con la espalda tiesa. Stanbridge la observaba desde la litera. Comprendió que era eso lo que la había despertado. Había percibido su mirada.

Se sintió un poco azorada. Para disimular la incomodidad del momento, se alisó las tablas de su vestido marrón de viaje.

—Señor Stanbridge, lo veo muy mejorado —comentó.

Era cierto. Sus ojos ya no tenían una expresión enfebrecida, pero había otro tipo de ardor en su mirada. Algo que le provocó cierta emoción y un escalofrío en la nuca.

—Me alegra saber que parezco haber mejorado. —Se cambió de posición en la litera. Su rostro se tensó por el dolor—. Porque, ciertamente, me encuentro fatal.

Amity miró el maletín médico que había dejado en la cómoda.

—Me temo que puedo hacer poco para mitigar el dolor. Apenas me quedan suministros. Tengo un poco de morfina, pero los efectos durarán poco.

—Ahórrese la morfina, gracias. Prefiero tener la cabeza despejada. No estoy seguro de haberme presentado correctamente. Benedict Stanbridge.

—El capitán Harris me dijo su nombre. Un placer conocerlo, señor Stanbridge. —Sonrió—. Dadas las circunstancias, tal vez sea exagerado decir que es un placer, aunque es mejor que la alternativa. Soy Amity Doncaster.

—¿Doncaster? —Esa cara tan interesante adquirió una expresión concentrada al fruncir el ceño—. ¿Por qué me resulta familiar ese apellido?

Amity carraspeó.

—He escrito varios artículos de viaje para *El divulgador volante*. Quizás haya leído alguno.

—No lo creo. No leo esa basura.

—Entiendo —replicó, ofreciéndole su sonrisa más fría.

Él tuvo la decencia de parecer avergonzado.

—La he insultado. Nada más lejos de mi intención, se lo aseguro.

Amity se puso de pie.

—Llamaré al asistente. Lo ayudará con sus necesidades personales mientras yo voy a mi camarote para asearme un poco y desayunar.

—Espere un momento, ya sé por qué conozco su apellido. —Benedict parecía satisfecho consigo mismo—. Mi cuñada mencionó sus artículos. Es una gran admiradora suya.

—Me alegra escucharlo —replicó Amity con voz fría.

Tiró con fuerza del cordón de la campanilla y se recordó que Benedict se estaba recuperando de una herida importante y que, por tanto, no podía echarle en cara sus malos modales. Sin embargo, ser consciente de ese hecho no apaciguó su irritación.

Benedict miró el maletín que ella había dejado sobre la cómoda.

—La carta que le di para que la guardara —dijo—. ¿Todavía la tiene?

—Sí, por supuesto. ¿La quiere?

Sopesó la pregunta un instante y después negó con la cabeza.

—No. Déjela en el maletín, por si acaso...

—¿Por si acaso qué, señor Stanbridge?

—La travesía hasta Nueva York es larga y tal vez sufra una recaída —contestó.

—Es poco probable.

—De todas formas, prefiero tener un plan para lidiar con dicha eventualidad.

Amity sonrió.

—¿Debo suponer que es usted un hombre preparado para cualquier eventualidad?

Benedict se tocó el borde del vendaje e hizo un gesto de dolor.

—Ya ha visto lo que sucede cuando no planeo bien las cosas. Como le decía, si no llego a Nueva York, me haría un favor grandísimo si prometiera entregarle la carta a mi tío.

—Cornelius Stanbridge, Ashwick Square. No se preocupe, anoté la dirección para no olvidarla. Pero le aseguro que no será necesario que yo la entregue. Se recuperará de la herida y la entregará usted mismo, señor.

—Si me recupero, no habrá necesidad de entregarla.

—No lo entiendo —repuso ella—. ¿Qué significa eso?

—No tiene importancia. Usted prométame que no se separará de ese maletín hasta que me sienta lo bastante fuerte para hacerme cargo de nuevo de la carta.

—Le doy mi palabra de que no me separaré del maletín ni de la carta en ningún momento. Pero dado lo que ha sucedido, tengo la impresión de que me debe una explicación.

—A cambio de su promesa de cuidar de la carta, le doy mi palabra de que algún día se lo explicaré en la medida de lo posible.

Amity concluyó que eso era lo único que iba a conseguir a modo de garantía de que algún día sabría la verdad.

Yates llamó a la puerta para anunciar su regreso. Amity cogió el maletín y atravesó la corta distancia que la separaba de la puerta.

—Vendré a echarle un vistazo tras el desayuno, señor Stanbridge —dijo—. Entretanto, asegúrese de no hacer nada que ponga en peligro mi labor con la aguja.

—Seré cuidadoso. Una cosa más, señorita Doncaster.

—¿Qué quiere?

—Según las escalas que tiene programadas el *Estrella del Norte,* no llegaremos a Nueva York hasta dentro de diez días. Además de los pasajeros que ya están a bordo, subirán algunos más en las distintas escalas.

—Sí. ¿Por qué?

Benedict se incorporó sobre un codo y el dolor hizo que su expresión se tensara.

—No le mencione esa carta a nadie. Ni a los pasajeros ni a los miembros de la tripulación. Es de vital importancia que no confíe en nadie que ahora mismo viaje a bordo del barco o que pueda embarcar de aquí a Nueva York. ¿Queda claro?

—Clarísimo. —Aferró el pomo de la puerta mientras contestaba—. Señor Stanbridge, admito que es usted un hombre muy misterioso.

Benedict se dejó caer de nuevo sobre la almohada.

—Todo lo contrario, señorita Doncaster. Soy ingeniero.

2

La tormenta en el mar estaba muy lejos, pero los relámpagos iluminaban las nubes con una claridad feroz. El ambiente estaba cargado y resultaba embriagador. En noches como esa, a una mujer se le podía perdonar que se creyera capaz de volar, pensó Amity.

Se encontraba en la cubierta de paseo, con las manos apoyadas en la barandilla de teca, contemplando el espectáculo con admiración y nerviosismo. No todas las emociones intensas que experimentaba se debían a la tormenta. El hombre que tenía a su lado era responsable de las sensaciones más emocionantes, pensó. De alguna manera iban de la mano, la noche y el hombre.

—Se puede sentir la energía desde aquí —dijo con una carcajada provocada por el maravilloso placer que le proporcionaba todo.

—Sí, es verdad —convino Benedict.

Sin embargo, él no miraba la tormenta. La miraba a ella.

Lo vio apoyar las manos en la barandilla, con los dedos muy cerca de los suyos. Se le había cerrado la herida sin signos de infección, pero seguía moviéndose con cuidado. Sabía que seguiría rígido y dolorido durante un tiempo. Unos cuantos días antes, tras haber llegado a la conclusión de que sobreviviría, le había pedido que le devolviese la carta.

Amity se dijo que era un alivio que la liberase de la responsabilidad. Sin embargo, el acto de entregarle la carta la había dejado con cierta sensación tristona, incluso un poco desolada. La tarea de ocultar la carta, saber que Benedict le había confiado su custodia, había creado un vínculo entre ellos, al menos en lo que a ella se refería.

Esa frágil conexión ya no existía. Benedict ya no la necesitaba. Recuperaba las fuerzas con rapidez. Al día siguiente, el *Estrella del Norte* atracaría en Nueva York. El instinto le decía que todo cambiaría por la mañana.

—No volveré a Londres con usted —anunció Benedict—. En cuanto atraquemos mañana, tengo que tomar el tren que parte hacia California.

Se había preparado para eso, se recordó ella. Sabía que el interludio durante la travesía llegaría a su fin.

—Entiendo —dijo. Hizo una pausa—. California está muy lejos de Nueva York. —Y más lejos todavía de Londres, pensó.

—Por desgracia, mis negocios me llevan hasta allí. Si todo va bien, no tendré que quedarme mucho tiempo.

—¿Adónde irá después de dejar California? —preguntó ella.

—A casa, a Londres.

Como no sabía qué más decir, se quedó callada.

—Me gustaría muchísimo ir a verla cuando vuelva, si me lo permite —dijo Benedict.

De repente, Amity pudo respirar de nuevo.

—Me gustaría. Me encantará volver a verlo.

—Amity, le debo más de lo que podré pagarle jamás.

—Por favor, no diga eso. Habría hecho lo mismo por cualquiera en su situación.

—Ya lo sé. Es una de las infinitas cosas maravillosas que tiene.

Sabía que estaba ruborizada y agradeció la oscuridad de la noche.

—Estoy segura de que usted habría hecho lo mismo en circunstancias parecidas.

—Se ha visto obligada a confiar en mí a ciegas —continuó Benedict, muy serio—. Sé que no ha debido de ser fácil. Gracias por confiar en mí.

No le respondió.

—Ojalá algún día pueda explicárselo todo —siguió él—. Por favor, créame cuando le digo que es mejor si no le cuento todavía toda la historia.

—Es su historia. Puede contársela a quien quiera.

—Merece saber la verdad.

—Ahora que lo dice, tiene razón —replicó.

Benedict sonrió por su tono brusco.

—Ojalá pudiera volver a Londres con usted.

—¿Lo dice en serio?

Benedict le cubrió las manos con una de las suyas. Durante un segundo, no se movió. Sabía que estaba esperando a ver si ella apartaba los dedos. Tampoco se movió.

La cogió de una mano y la instó a volverse hacia él lentamente.

—Voy a echarla de menos, Amity —dijo él.

—Yo también lo echaré de menos —susurró ella a su vez.

La pegó contra su cuerpo y se apoderó de su boca.

El beso era todo lo que ella había soñado que sería y mucho más, fue algo erótico y apasionado, emocionante a más no poder. Le rodeó el cuello con los brazos y entreabrió los labios para él. Su aroma la cautivaba. Inspiró hondo. Un deseo dulce y ardiente se abrió paso en su interior. Por temor a causarle daño, tuvo mucho cuidado de no pegarse a él con fuerza, aunque deseaba hacerlo. Ay, ansiaba dejarse arrastrar por ese momento tan maravilloso.

Benedict apartó los labios de los suyos y la besó en el cuello. Apartó las manos de su cintura y las subió hasta que quedaron justo por debajo de sus pechos. El calor y los destellos del horizonte eran el marco perfecto para las feroces emociones que amenazaban con consumirla. Se aferró con fuerza a los hombros de Benedict en busca de promesas, pero a sabiendas de que no las conseguiría. Al menos, no esa noche. Esa noche era un final, no un principio.

Benedict emitió un gemido ronco, volvió a sus labios y la besó con más pasión. Durante un segundo eterno, el mundo más allá del *Estrella del Norte* dejó de existir.

Consumida por una pasión que no se parecía a nada de lo que hubiera experimentado antes, anheló poder seguir el beso hasta el corazón de la tormenta, como si el mañana no existiera. Sin embargo, Benedict le puso fin al abrazo con un gemido y la separó de su cuerpo con delicadeza, pero con decisión.

—No es ni el momento ni el lugar —dijo.

Su voz sonó áspera y transmitió el mismo control acerado que el día que se lo encontró sangrando en el callejón.

—Sí, por supuesto, su herida —se apresuró a decir ella, avergonzada, porque con la pasión del momento se había olvidado de esta—. Lo siento. ¿Le he hecho daño?

Los ojos de Benedict brillaron con sorna. Le acarició la mejilla con el dorso de la mano.

—Ahora mismo la herida es lo último que me preocupa.

La acompañó de vuelta a su camarote y se despidió de ella en la puerta.

Por la mañana, el *Estrella del Norte* atracó en Nueva York. Benedict la acompañó mientras desembarcaban. Poco tiempo después se subió a un coche de alquiler y desapareció de su vista... y de su vida. Ni siquiera se tomó la molestia de mandarle un simple telegrama desde California.

3

Londres

Amity se culpaba por no haberse percatado a tiempo de la presencia del hombre oculto en las sombras del coche de alquiler. Fue por culpa de la lluvia, concluyó. En cualquier otra circunstancia, se habría mostrado mucho más observadora. Mientras viajaba por el extranjero, se aseguraba de estar siempre atenta a su entorno cuando se encontraba en sitios desconocidos. Pero estaba en Londres. Nadie se esperaba que lo secuestrasen en la calle a plena luz del día.

Sí, la verdad era que estaba distraída cuando salió del salón de conferencias. Aún echaba humo por las orejas después de escuchar las incontables inexactitudes pronunciadas por el señor Potter en su conferencia sobre el Oeste americano. El hombre era un tonto redomado. En la vida había salido de Inglaterra, ni mucho menos se había molestado en leer sus artículos publicados en *El divulgador volante.* Potter no sabía nada sobre el Oeste, y sin embargo se atrevía a presentarse como una autoridad en el tema. Le había costado la misma vida permanecer sentada, hasta que ya no aguantó más y se vio obligada a levantarse para objetar con firmeza.

Eso no les había sentado nada bien ni a Potter ni a su audiencia. La habían invitado a abandonar la sala de conferencias acompañada por dos recios asistentes. Mientras lo hacía, había escuchado las risillas y la desaprobación de la multitud. Las damas respetables no interrumpían a afamados conferenciantes con el propósito de corregirlos. Por suerte, nadie de entre el público conocía su identidad. La verdad, había que ser muy cuidadoso en Londres.

Irritada y ansiosa por escapar de la depresiva lluvia estival, se había subido al primer coche de alquiler que había encontrado en la calle. Lo que había demostrado ser un grave error.

Apenas tuvo tiempo para percatarse de las ventanillas cerradas a cal y canto y de la presencia del otro ocupante del vehículo cuando el hombre le rodeó el cuello con un brazo y tiró de ella para pegarla a su torso. Acto seguido, presionó un objeto afilado contra su garganta. Vio con el rabillo del ojo que sostenía un escalpelo con una mano enguantada.

—Silencio o te degüello antes de que llegue tu hora, puta. Eso sería una lástima. Estoy deseando fotografiarte.

Aunque habló en voz baja, su acento lo identificaba claramente como miembro de la clase alta. Llevaba la cara cubierta por una máscara de seda negra, aunque con pequeñas aberturas para los ojos, la nariz y la boca. Olía a sudor, a tabaco especiado y a colonia cara. Logró reparar en la buena calidad del paño de su abrigo porque el hombre la mantenía pegada a él.

De inmediato el hombre se movió, extendió una mano y cerró la portezuela. El vehículo se puso en marcha. Amity era consciente de que el carruaje se movía a gran velocidad, pero dado que las ventanillas estaban cerradas y cubiertas por los postigos de madera, no sabía en qué dirección avanzaba.

Una cosa sí fue evidente: su secuestrador era más fuerte que ella.

Detuvo el forcejeo y dejó los brazos lacios. Su mano derecha descansaba sobre el elegante abanico que llevaba sujeto a la cadena de plata que le rodeaba la cintura.

—¿Qué quiere de mí? —preguntó, esforzándose por usar un tono de voz indignado y ofendido.

Sin embargo, sabía la respuesta. La supo desde que vio el escalpelo. Había caído en las garras del criminal que la prensa llamaba «el Novio». Se esforzó por mantener la voz fría y firme. Si algo había aprendido de sus viajes, era que una actitud segura y controlada era la mejor defensa en medio de una crisis.

—Voy a hacerte un precioso retrato de boda, mi dulce putita —contestó el asesino con voz melosa.

—Puede llevarse mi monedero, pero le advierto que no llevo nada de valor en él.

—¿Crees que quiero tu monedero, puta? No necesito tu dinero.

—Entonces, ¿a qué viene este innecesario ajetreo? —le soltó.

Su tono furioso lo encolerizó.

—Cierra la boca —masculló—. Te diré por qué te he secuestrado. Voy a usarte a modo de ejemplo, al igual que he hecho con las demás mujeres que han demostrado una falta de decoro similar a la tuya. Aprenderás cuál es el precio de tu engaño.

Aunque no creía posible estar más asustada, esas palabras le provocaron una intensa oleada de terror que la embargó por entero. Si no hacía algo para liberarse, no sobreviviría a esa noche. Y estaba segura de que solo dispondría de una oportunidad. Tenía que planearlo bien.

—Me temo que ha cometido un gran error, señor —dijo, tratando de proyectar firmeza en sus palabras—. Yo no he engañado a nadie.

—Miente usted muy bien, señorita Doncaster, pero ahórrese la saliva. Sé exactamente lo que es. Es igual que las demás. Se presenta con una apariencia de pureza femenina, pero bajo esa fachada está mancillada. Los rumores del vergonzoso comportamiento que demuestra durante sus viajes al extranjero han llegado a mis oídos esta pasada semana. Sé que sedujo a Benedict Stanbridge y lo convenció de que, como el caballero que es, no tiene otra opción salvo la de casarse con usted. Voy a salvarlo de la trampa que le ha tendido, de la misma manera que salvé a los demás caballeros que han sido engañados. —El asesino le acarició la garganta con el escalpelo, aunque no llegó a perforarle la piel—. Me pregunto si se sentirá agradecido.

—¿Piensa que va a proteger al señor Stanbridge de una mujer de mi ralea? —le preguntó Amity—. Está perdiendo su tiempo. Le aseguro que el señor Benedict Stanbridge es muy capaz de defenderse solo.

—Quiere tenderle una trampa y casarse con él.

—Si tanto le interesa el asunto, ¿por qué no espera a que regrese a Londres? Así puede informarlo de sus teorías sobre mi virtud y permitirle que saque sus propias conclusiones.

—No, señorita Doncaster. Stanbridge descubrirá la verdad muy pronto. Y la alta sociedad descubrirá mañana por la mañana lo que es usted. No se mueva o la degollaré aquí mismo.

Se mantuvo muy quieta. La punta del escalpelo no tembló. Sopesó la posibilidad de alejarse de la hoja y lanzarse a un rincón del asiento, pero dicha maniobra, aunque tuviera éxito, solo le daría unos segundos de tiempo. Acabaría atrapada en el rincón, con el *tessen* contra el escalpelo.

Era poco probable que el Novio la matara en el interior del carruaje, pensó. Todo quedaría manchado, por decirlo de alguna manera. Habría una enorme cantidad de sangre y debería explicarle el motivo a alguien, aunque solo fuera al cochero. Todo lo referente al asesino, desde el elegante nudo de su corbata hasta la tapicería del interior del carruaje, dejaba claro que era un hombre bastante puntilloso. No arruinaría su elegante traje ni los cojines de terciopelo si podía evitarlo.

Llegó a la conclusión de que su mejor oportunidad llegaría cuando intentara sacarla del carruaje. Aferró el *tessen* cerrado y esperó.

El asesino extendió el brazo sobre el asiento para coger una cajita que descansaba en el cojín opuesto. Nada más captar el leve olor a cloroformo, Amity sintió una nueva oleada de pánico. La opción de esperar a que el carruaje parase ya no era factible. En cuanto se quedara inconsciente, no podría defenderse.

—Esto te mantendrá calladita hasta que lleguemos a nuestro destino —dijo el Novio—. No temas, te despertaré cuando llegue el momento de ponerte el vestido de novia y de posar para el retrato. Y ahora, recuéstate en el rincón. Buena chica. Pronto aprenderás a obedecerme.

La amenazó con el escalpelo, obligándola a retroceder hacia el rincón. Amity aferró el abanico con más fuerza. El asesino miró hacia abajo, pero su actitud no le causó alarma alguna. Aunque ella no podía ver su expresión debido a la máscara, estaba segura de que el hombre había sonreído. Sin duda, disfrutaba con la imagen de una mujer indefensa agarrando con fervor un precioso adorno colgado de su vestido.

Tras preparar el trapo empapado de cloroformo, se dispuso a colocárselo sobre la nariz y la boca.

—Solo tienes que respirar hondo —le ordenó—. Todo será muy rápido.

Amity hizo lo que cualquier dama de delicada sensibilidad haría en dichas circunstancias. Soltó un hondo suspiro, puso los ojos en blanco y se desplomó. Tuvo cuidado de no dejarse caer sobre el escalpelo, de modo que echó el cuerpo hacia el otro lado. Desde el asiento, se deslizó hacia el suelo.

—¡Maldita sea! —masculló el Novio, que se movió de forma instintiva para esquivar su peso.

Amity ya no tenía el escalpelo pegado al cuello. Como respuesta a sus silenciosas plegarias, el cochero tomó una curva a gran velocidad. El carruaje se inclinó hacia un lado. El Novio trató de mantener el equilibrio.

Era en ese momento o nunca.

Amity se enderezó, se volvió y clavó las afiladas varillas del abanico en el objetivo más cercano: el muslo del asesino. Las varillas se hundieron, perforando la ropa y la carne.

El Novio gritó, por el dolor y por la sorpresa. Aunque blandió el escalpelo en dirección a Amity, ella ya había abierto el *tessen*. El metal esquivó el golpe.

—Zorra.

Sorprendido y desestabilizado, el asesino trató de recuperar el equilibrio para atacarla de nuevo. Sin embargo, Amity cerró el abanico y le clavó las varillas en el hombro. La mano que blandía el escalpelo sufrió un espasmo. El arma cayó al suelo del vehículo.

Amity liberó el *tessen* y atacó de nuevo sin saber adónde apuntaba. El pánico se había apoderado de ella, y estaba desesperada por salir del carruaje. El Novio gritó de nuevo y trató de golpearla con las manos, en un intento por esquivar sus ataques. Tanteó el suelo en busca del escalpelo.

Amity abrió el abanico de nuevo, dejando a la vista el elegante jardín pintado en el país metálico, y le golpeó la mano con los afilados bordes. El asesino apartó la mano y gritó, enfurecido.

El carruaje se detuvo de forma abrupta. El cochero había escuchado los gritos.

Amity aferró el picaporte de la portezuela y logró abrirla. Cerró el *tessen* y lo dejó colgando de la cadena. Tras levantarse las faldas y las enaguas con una mano a fin de que la tela no fuera un estorbo, trastabilló y bajó del carruaje.

—¿Qué demonios está pasando? —El cochero la miró desde el pescante. El agua de lluvia le caía por el ala del bombín. Era evidente que el devenir de los acontecimientos lo había tomado por sorpresa—. A ver, un momento, ¿qué está pasando aquí? Me dijo que usted era una amiga. Que querían un poco de intimidad.

Amity no se detuvo a explicarle la situación. No se fiaba

del cochero. Tal vez fuera inocente, pero bien podría ponerse del lado del asesino.

Un rápido vistazo le indicó que el carruaje se había detenido en una calle estrecha. Se levantó de nuevo las faldas y las enaguas, tras lo cual echó a correr hacia el extremo opuesto, donde la calle perpendicular prometía estar concurrida y ofrecerle seguridad.

Escuchó que el cochero hacía restallar el látigo tras ella. El caballo salió a galope tendido y el sonido de sus cascos resonó sobre los adoquines. El carruaje se marchaba en la dirección contraria. Los angustiosos y coléricos aullidos procedentes del interior del vehículo se fueron alejando.

Amity corrió todo lo rápido que pudo.

Cuando llegó a la calle perpendicular, ya no se escuchaban los chillidos. La primera persona que la vio salir de la oscura callejuela fue una mujer que empujaba un cochecito de bebé. La niñera soltó un alarido ensordecedor.

El espantoso grito atrajo al instante a una multitud. Todo el mundo la miraba, espantado y fascinado, con el horror pintado en la cara. Apareció un policía que corrió hacia ella con la porra en la mano.

—Señora, está usted sangrando —comentó—. ¿Qué ha pasado?

Amity se miró y vio por primera vez que tenía el vestido manchado de sangre.

—La sangre no es mía —se apresuró a contestar.

El policía adoptó una actitud amenazadora.

—En ese caso, ¿a quién ha matado, señora?

—Al Novio —contestó—. Creo. El caso es que no estoy segura de que esté muerto.

A la mañana siguiente, Amity Doncaster se despertó con las noticias de que volvía a ser tristemente célebre... por segunda vez en la misma semana.

4

Se despertó inmerso en la misma nube de dolor y confusión que ya lo había abrumado en otras ocasiones. Sin embargo, su mente estaba algo más despejada esa vez. Había voces en la neblina. Mantuvo los ojos cerrados y aguzó el oído. Dos personas hablaban en susurros. Las conocía a ambas.

—Vivirá. —La voz del médico sonaba cansada y seria—. Las heridas se están cerrando como es debido. No hay indicios de infección y parece que no tiene afectado ningún órgano vital.

—Gracias, doctor. Estoy convencida de que le ha salvado la vida.

La mujer pronunció palabras de gratitud, pero su voz educada sonó fría y hueca, como si estuviera dividida entre la rabia y la angustia.

—He hecho todo lo que he podido por su cuerpo —prosiguió el médico—, pero como ya le he dicho en otras ocasiones, señora, no hay nada que yo o cualquier otro médico podamos hacer por su mente.

—Me aseguraron que estaba curado. De hecho, parecía muy bien estos últimos meses. Feliz. Comedido. Disfrutando de su fotografía. No ha habido indicios de que estuviera recayendo en su locura.

—Señora, le recuerdo que tampoco hubo indicios de locura previos al episodio anterior, si hace memoria. Tal como ya he intentado explicarle en varias ocasiones, la profesión médica carece de conocimientos para curarlo. Si no va a llamar a la policía...

—Jamás. Sabe tan bien como yo lo que sucedería si lo hiciera. Semejante acción no solo lo destruiría a él, sino que destrozaría a toda la familia.

El médico se mantuvo en silencio.

—Me ocuparé de la situación tal como lo hice la última vez —dijo la mujer. La determinación aceraba su voz.

—Supuse que tomaría esa decisión —replicó él médico. Parecía resignado—. Me he tomado la libertad de ponerme en contacto con el doctor Renwick de Cresswell Manor. Dos de sus asistentes esperan fuera.

—Hágalos pasar —ordenó la mujer—. Recuérdeles que espero la máxima discreción.

—Están bien entrenados. Como le expliqué la vez anterior, el doctor Renwick se especializa en tratar este tipo de situaciones. Solo acepta a pacientes de las mejores familias y siempre tiene presente la obligación que les debe a quienes pagan sus honorarios.

—En otras palabras, estoy comprando el silencio del doctor Renwick —dijo la mujer con voz amarga.

—Le aseguro que no es la única de la alta sociedad que lo hace. Pero teniendo en cuenta la alternativa, no se puede hacer otra cosa, ¿verdad?

—No. —La mujer titubeó—. ¿Está seguro de que se encuentra en condiciones para viajar?

—Sí.

—En ese caso, haga pasar a los asistentes.

—Creo que lo más seguro para todas las personas involucradas es que le administre al paciente otra dosis de cloroformo antes de prepararlo para su traslado.

—Haga lo que crea que debe hacer —dijo la mujer—. Me voy. No puedo ver cómo se lo llevan de nuevo.

La mujer se iba...

El pánico recorrió al paciente como una llamarada. Abrió los ojos e intentó incorporarse en la cama, pero descubrió espantado que no podía moverse. Unas tiras de cuero lo ataban a las barandillas de la cama.

El médico se acercó a él con un trapo blanco en la mano. El espantoso olor dulzón del cloroformo flotaba en el aire. Dos hombres corpulentos con chaquetas anchas entraron por la puerta. Los reconoció de su anterior estancia en Cresswell Manor.

—Madre, no, no dejes que me lleven —suplicó—. Estás cometiendo un terrible error. Debes creerme. Esa zorra mentirosa intentó matarme. ¿No te das cuenta? Soy inocente.

Los hombros de su madre se tensaron, pero no volvió la vista atrás. La puerta se cerró tras ella.

El doctor Norcott colocó el paño empapado de cloroformo sobre la boca y la nariz del paciente.

La rabia le corrió por las venas. Era culpa de esa ramera. Todo se había ido al traste por ella. Lo pagaría. A las otras les había permitido una muerte rápida, se había apiadado de ellas después de que reconocieran sus pecados. Pero Amity Doncaster moriría lentamente.

5

—No creo que mi reputación resista más cotilleos —dijo Amity. Soltó el ejemplar de *El divulgador volante* y cogió la taza de café—. Han pasado tres semanas desde que me atacaron y todavía aparezco en todos los periódicos matinales. Por si no tuviera bastante con que los idiotas de la alta sociedad se estuvieran entreteniendo con rumores sobre mi relación con el señor Stanbridge.

—Stanbridge es un caballero muy rico que proviene de una familia distinguida y muy antigua —le recordó Penny—. También está soltero. Además, hace varios años se vio involucrado en un gran escándalo cuando su prometida lo dejó plantado en el altar. Esa mezcla hace que su vida privada sea un asunto de gran interés en determinados círculos sociales.

Amity parpadeó.

—¿Lo dejaron plantado en el altar? No me lo habías dicho.

—La joven en cuestión se fugó con su amante. Han pasado ya varios años, pero se habló mucho del tema en su momento. Todo el mundo se preguntó por qué esa joven abandonaría a un caballero del estatus y la riqueza de Stanbridge.

—Entiendo. —Amity sopesó la información—. Tal vez se cansó de que desapareciera de su vida como hizo conmigo.

—Puede ser.

—En fin, yo lo conocí como el señor Stanbridge, un ingeniero que estaba de viaje por el Caribe —dijo Amity—. Ni una sola vez se molestó en hablarme de sus finanzas ni de sus relaciones sociales. Como decía, los rumores sobre nuestra supuesta aventura a bordo del *Estrella del Norte* han sido muy molestos, pero esperaba que se disiparan antes de la publicación de mi libro. Por desgracia, los morbosos informes de mi huida del Novio no parece que vayan a desaparecer. Incluso pueden convertirse en la ruina de mi carrera como escritora de guías de viajes.

—Por el amor de Dios, Amity, casi te matan —protestó Penny. Soltó el tenedor y la miró con una expresión ansiosa y alarmada en los ojos—. Según los periódicos, eres la única víctima potencial de ese monstruo desalmado que ha conseguido escapar de sus garras. Es normal que tu nombre aparezca en los periódicos. Debemos dar gracias porque estés viva.

—Y doy gracias... doy muchísimas gracias. Pero no disfruto viéndome dibujada en las portadas de *Noticias policiacas ilustradas* ni en las del *Gráfico*. Ambas revistas me dibujaron huyendo del carruaje del asesino ataviada únicamente con un camisón.

Penny suspiró.

—Todo el mundo sabe que esos periódicos están plagados de ilustraciones exageradas y melodramáticas.

—¿Cuándo acabará? —Un mal presentimiento se apoderó de Amity—. Temo que mi carrera como escritora de guías de viaje para damas está destinada al fracaso incluso antes de que publiquen mi primer libro. Estoy segura de que es cuestión de tiempo que el señor Galbraith se ponga en contacto conmigo para decirme que ha decidido no publicar la *Guía del trotamundos para damas*.

Penny esbozó una sonrisa tranquilizadora desde el otro lado de la mesa.

—A lo mejor el señor Galbraith considera que todo el ruido mediático es una buena publicidad para tu guía de viajes.

Así era Penny, pensó Amity. Su hermana siempre era un ejemplo de elegancia y de serenidad, sin importar del desastre que hubiera a las puertas. Claro que Penny era un ejemplo de perfección femenina en todos los ámbitos, incluido el de la viudez. Hacía seis meses, Penny había perdido a su marido tras menos de un año de matrimonio. Amity sabía que su hermana se había quedado desolada. Nigel era el amor de su vida. Sin embargo, Penny ocultaba su dolor tras una máscara de estoicismo y fortaleza.

Por suerte, Penny estaba exquisita vestida de negro. Claro que estaba espectacular con casi cualquier color, se dijo Amity. De todas formas, era imposible negar que los tonos oscuros del luto resaltaban el pelo rubio platino de Penny, su piel de alabastro y sus ojos azules, confiriéndole un aspecto etéreo. Parecía salida de un cuadro prerrafaelita.

Penny era una de esas mujeres que llamaba la atención de todos los presentes en una estancia, ya fueran hombres o mujeres, al entrar. No solo era guapa, sino que poseía un encanto natural y una ternura que la congraciaban con todo aquel que conocía.

Lo que la mayoría no conseguía comprender, pensó Amity, era que bajo toda su belleza y sus buenas cualidades, Penny también contaba con un gran talento para la inversión. Esa habilidad le había proporcionado una buena posición después de que Nigel se rompiera el cuello al caer del caballo. Le había dejado una fortuna a su mujer.

A diferencia de Penny, que se parecía a su madre, Amity era muy consciente de que le debía el pelo oscuro, los ojos verdosos y una nariz más que prominente a la familia paterna. Por desgracia, las mujeres Doncaster que habían tenido la mala suerte de heredar semejantes cualidades se habían granjeado cierta reputación a lo largo de los años. Todavía se contaba la historia de una tatarabuela que se había salvado por los pelos de que la quemaran por bruja allá por el siglo XVII.

Un siglo más tarde, una briosa tía había conseguido que la familia cayera en desgracia al fugarse con un salteador de caminos. Después, estaba la tía que había desaparecido durante un trayecto en globo aerostático para reaparecer como la amante de un conde casado.

Había más mujeres que habían mancillado el apellido Doncaster a lo largo de los siglos... y todas las que se habían labrado una especie de leyenda compartían el mismo color de pelo y de ojos, y también la misma nariz.

Amity había escuchado los susurros a sus espaldas desde que era pequeña. Todo aquel que conocía la historia de la familia Doncaster consideraba que había una vena salvaje en las mujeres. Y si bien dicha vena salvaje estaba bien vista en los hombres (desde luego hacía que resultaran más interesantes a ojos de las mujeres), se consideraba algo negativo en las féminas. Con diecinueve años, Amity había aprendido por las malas que no debía confiar en los caballeros que se sentían atraídos por ella a causa de la historia de la familia.

Nadie, mucho menos Amity, entendía cómo sus poco respetables antepasadas habían conseguido meterse en tantas situaciones tan escandalosas. Su aspecto no era nada del otro mundo... salvo por la nariz, claro. En cuanto a su figura, todo tenía un límite, incluso lo que la maravillosa modista de Penny era capaz de hacer con un cuerpo con tan pocas curvas femeninas que cuando se cubría con un atuendo masculino, Amity había sido capaz de pasar por un joven en más de una ocasión durante sus viajes por el extranjero.

Bebió un buen sorbo del café cargado de la señora Houston para infundirse valor y depositó la taza con fuerza.

—No creo que al señor Galbraith le parezca que la publicidad que he conseguido le sirva de mucho a la hora de vender mi libro —comentó—. Cuesta imaginarse que las personas quieran comprar una guía de viaje para damas si descubren que su autora tiene la costumbre de caer en las garras de asesinos desalmados como el Novio. Ese incidente desde luego que no me hace parecer una experta en cómo debe viajar una dama por el mundo con total seguridad.

El montón de periódicos y de revistas morbosas la estaba esperando en la mesa del desayuno poco antes, cuando entró en el comedor matinal, tal como había sucedido desde que consiguió escapar del carruaje del asesino. Normalmente, solo había un periódico en la mesa del desayuno, *El divulgador volante*. Pero de un tiempo a esa parte, la señora Houston, una gran seguidora de los folletines de terror, acostumbraba a salir muy temprano para comprar una gran variedad de material de lectura para la mañana. En opinión de Amity, cada informe nuevo de su encuentro con el Novio tenía más descripciones aterradoras y más detalles espeluznantes que el anterior.

Era bastante increíble, pensó ella, que por más escalofriante que fuera el relato que los periódicos hacían del secuestro y de su milagrosa huida, ninguno hubiera conseguido captar el pánico tan atroz que experimentó. Pese a las dos generosas dosis de brandi que se tomaba antes de acostarse todas las noches desde que rozó el desastre, no había dormido bien. Su mente estaba llena de imágenes espantosas, no del pánico que sintió y de la fuerza con la que se debatió, sino de cómo suponía que habían sido los últimos momentos de las otras víctimas.

Esa mañana, como sucedía todas las mañanas desde hacía tres semanas, casi todo el miedo fue reemplazado por una rabia silenciosa y ardiente. Esa mañana, como las otras mañanas, había bajado a desayunar con la esperanza de descubrir que los periódicos anunciarían que la policía había encontrado el cadáver del Novio. Pero se había llevado otra decepción. En cambio, había muchas especulaciones acerca de la suerte que había corrido. Era muy probable que semejante pérdida de sangre fuera mortal, insistía la prensa. Era cuestión de tiempo que encontrasen el cadáver del asesino.

Amity no estaba tan segura. Durante los viajes por el extranjero con su padre, había cosido las heridas de muchas personas, heridas infligidas por distintos objetos muy punzantes, entre los que se encontraban lanzas, cuchillas, cuchillos de caza y cristales rotos. Incluso una pequeña cantidad de sangre podía parecer mucha si salpicaba de forma lo bastante espectacular. Cierto que su vestido de paseo nuevo quedó destrozado por la sangre del Novio, pero no creía haberle asestado un golpe mortal.

—Debes adoptar una actitud positiva en esta situación —le aconsejó Penny—. No hay nada que le guste más a la opinión pública que una gran noticia relacionada con un asesinato y una dama interesante. Tu encontronazo con el Novio desde luego que cumple ambos requisitos. Estoy segura de que al final todo esto aumentará las ventas de tu libro. El señor Galbraith es muy pragmático en lo tocante al mundo editorial.

—Ojalá que tengas razón —repuso Amity—. Desde luego que tú estás más versada que yo en cómo se comporta la alta sociedad. Tienes un don para superar situaciones incómodas. Me pongo en tus manos.

Penny la sorprendió dirigiéndole una mirada elocuente.

—Has recorrido las llanuras del Salvaje Oeste y las junglas de los Mares del Sur. Has sobrevivido a un naufragio y te enfrentaste a un aprendiz de ladrón en una habitación de hotel de San Francisco. Has montando en camello y en elefante. Para más inri, ahora mismo eres la única mujer en todo Londres que se sepa que ha sobrevivido al ataque de un criminal que ha matado a tres mujeres de momento. Sin embargo, te echas a temblar por la mera idea de enfrentarte a la alta sociedad.

Amity suspiró.

—No me fue muy bien la última vez que me moví en círculos sociales, por si no te acuerdas.

—Eso fue hace mucho. Solo tenías diecinueve años y mamá no te protegió como debía. Ahora eres mucho mayor y, estoy segura, también mucho más lista.

Amity hizo una mueca al escuchar ese «mucho mayor» y sintió que le ardían las mejillas. Sabía que había adoptado una tonalidad roja nada favorecedora, pero no podía negar el hecho de que con veinticinco años había cruzado el límite que separaba a las jóvenes casaderas de las solteronas sin remisión.

El recuerdo de la Debacle Nash, como llamaba al incidente, siempre le provocaba un escalofrío. Su corazón roto se había curado bastante bien, pero el daño a su orgullo era permanente. Le dolía reconocer lo inocente que fue. Tras descubrir que las intenciones de Humphrey Nash eran cualquier cosa menos honorables, Amity llegó a la conclusión de que no había nada para ella en Londres. La última carta de su padre llegó desde Japón. Hizo el equipaje y compró un pasaje en un barco de vapor en dirección al Lejano Oriente.

—Desde luego que ahora soy mayor —admitió—. Pero empiezo a preguntarme si me han echado una maldición con respecto a Londres. No llevo ni un mes aquí y mi nombre ya está en boca de todos. ¿Qué probabilidades había de que me mezclara no en uno, sino en dos escándalos? Por cierto, me temo que es solo cuestión de tiempo que el señor Stanbridge averigüe que su nombre está siendo arrastrado por el barro por la prensa.

—En el caso de que el señor Stanbridge descubra, si acaso lo hace, que su nombre ha salido mencionado en una aventura ilícita a bordo de un barco, estoy segura de que comprenderá que no es culpa tuya —le aseguró Penny.

—Yo no lo tengo tan claro —replicó Amity.

En su fuero interno, esperaba que al menos descubriera que su nombre no era el único que había aparecido en los periódicos de un tiempo a esa parte. Tal vez eso lo llevaría a mandarle una carta o un telegrama para comunicarle su desagrado. Un mensaje de cualquier tipo que le asegurase que se encontraba sano y salvo.

No había tenido noticias de Benedict desde que el *Estrella del Norte* atracó en Nueva York. Al día siguiente, él subió a un tren con rumbo a California. A todos los efectos, se había esfumado. Cierto que le dijo algo acerca de que iría a verla cuando volviese a Londres, y durante un tiempo Amity albergó la esperanza de encontrárselo algún día en su puerta. Pero había pasado un mes y seguía sin tener noticias de él. No sabía si sentirse dolida por el hecho de que se hubiera olvidado de ella con tanta facilidad o si preocuparse por la posibilidad de que quien le hubiera disparado en Saint Clare lo hubiera seguido y hubiera intentado matarlo de nuevo, con éxito en esa ocasión.

Fue Penny quien le aseguró que si un caballero de la talla y de la riqueza de Stanbridge hubiera sido asesinado en el extranjero, los periódicos habrían dado la noticia. Por desgracia, pensó Amity, esa lógica la dejaba con la deprimente realidad de que si bien Benedict sentía cierta gratitud hacia ella (después de todo le había salvado la vida), desde luego que no había desarrollado sentimientos de índole romántica.

Pese al ardiente beso que se dieron en la cubierta de paseo la víspera de atracar en Nueva York.

Noche tras noche se decía que debía desterrar esos absurdos sueños. Pero noche tras noche se descubría recordando esos mágicos momentos a bordo del *Estrella del Norte*. Mientras Benedict se recuperaba de su herida, habían paseado por la cubierta y habían jugado a las cartas en el salón. Por las noches, se habían sentado el uno frente al otro en la larga mesa donde cenaban los pasajeros de primera clase. Habían hablado de infinidad de temas hasta altas horas de la madrugada. Había descubierto que Benedict era un hombre de muchos intereses, pero solo cuando la conversación se centraba en los nuevos avances de la ingeniería y de la ciencia sus ojos se iluminaban con un entusiasmo que rayaba en la verdadera pasión.

La señora Houston entró desde la cocina con una cafetera recién hecha. Era una mujer atractiva y robusta de mediana edad. Tenía el pelo castaño salpicado de canas. Penny la había contratado después de abandonar la enorme casa moderna a la que se había mudado al casarse con Nigel.

Penny se había instalado en una casa mucho más pequeña, en una zona respetable, pero tranquila y en absoluto demandada por la alta sociedad. En el proceso, había despedido a todo el servicio de la mansión. En ese momento, solo contaban con la señora Houston, a quien habían contratado a través de una agencia.

Amity tenía la sensación de que había algo más en esa historia. Cierto que Penny ya no necesitaba muchos criados. De todas formas, su personal doméstico se había reducido a lo esencial. Cuando preguntó por qué la señora Houston era la única que vivía en la casa, Penny le comentó con vaguedad algo acerca de que no quería tener a mucha gente a su alrededor.

—Estoy segura de que solo es cuestión de tiempo que encuentren el cuerpo del Novio —afirmó la señora Houston—. He leído todos los informes de los periódicos, señorita Amity. Las heridas que le infligió tuvieron que ser de gravedad, sin duda. Es imposible que sobreviva. Cualquier día de estos lo encontrarán en un callejón o en el río.

—Esos informes fueron escritos por periodistas, ninguno estuvo presente en la escena del crimen —replicó Amity—. En mi opinión, es más que posible que ese monstruo haya sobrevivido, siempre y cuando recibiera la debida atención médica.

—¿Tienes que ser tan negativa? —la reprendió Penny.

—Atención médica —repitió la señora Houston. Parecía sorprendida por esa idea—. Si sufrió heridas tan graves, habría buscado la ayuda de un médico. Sin duda, cualquier doctor a quien le requiriesen tratar semejantes heridas se daría cuenta de que tenía delante a una persona violenta. Informaría de ello a la policía.

—No si el asesino consiguió convencer al médico de que

las heridas se las hizo en un accidente o se las infligió un ladrón —repuso Amity—. ¿Me sirve más café, señora Houston? Creo que voy a necesitarlo en cantidades ingentes para poder soportar el interrogatorio de ese hombre de Scotland Yard que envió el mensaje preguntando si podía venir esta mañana.

—Se llama inspector Logan —dijo Penny.

—En fin, ojalá que sea más competente que su predecesor. El inspector que habló conmigo después de escapar del asesino no me causó una gran impresión. Dudo mucho de que sea capaz de atrapar a un ladronzuelo normal y corriente, mucho menos a un monstruo como el Novio.

—Según el mensaje del inspector Logan, no vendrá hasta las once de la mañana —puntualizó Penny—. Parece que no has dormido bien. A lo mejor deberías echarte una siesta después del desayuno.

—Estoy bien, Penny. —Amity cogió la taza—. Nunca he sido capaz de echarme una siesta durante el día.

El sonido amortiguado de la aldaba resonó por el pasillo. Amity y Penny se miraron con expresión sorprendida.

La señora Houston adoptó un gesto adusto.

—¿Quién diantres viene a esta hora?

Amity soltó la taza.

—Supongo que será el inspector Logan.

—¿Le digo al inspector que venga a una hora más decente?

—¿Para qué? —preguntó Amity. Arrugó la servilleta y la dejó junto a su plato—. Bien puedo quitarme de encima la conversación ahora mismo. No tiene sentido posponer lo inevitable. A lo mejor el inspector Logan ha venido antes porque tiene noticias.

—Sí, por supuesto —dijo Penny—. Ojalá que hayan encontrado el cuerpo.

La señora Houston enfiló el pasillo para abrir la puerta.

Se hizo el silencio en el comedor. Amity aguzó el oído mientras la señora Houston saludaba al visitante. Una voz masculina, grave, gruñona y asustada, teñida de impaciencia y dominio, le respondió.

—¿Dónde narices está la señorita Doncaster?

Amity tuvo la sensación de que la hubiera golpeado una enorme ola oceánica.

—Ay, Dios —susurró—. No es el inspector Logan.

Pese a las noches en vela y al exceso de café, o tal vez precisamente por esas dos cosas, sintió cómo el miedo y la emoción la recorrían en oleadas. Los aguijonazos de emoción le pusieron los nervios de punta y le aceleraron el pulso. A lo largo de todos sus viajes, solo había conocido a un hombre que le provocara semejante efecto.

—La señorita Doncaster está desayunando, señor —contestó la señora Houston—. Le haré saber que usted pregunta por ella.

—Da igual, ya la busco yo.

Se escucharon los pasos de unas botas por el pasillo.

Penny miró a Amity por encima de la mesa, un tanto ceñuda.

—¿Quién diantres...? —preguntó.

Antes de que Amity pudiera contestarle, Benedict entró en la estancia. Llevaba el pelo alborotado por el viento y lucía ropa de viaje. Llevaba un maletín de cuero debajo del brazo.

Al verlo, la alegría la consumió. Estaba vivo. Su peor pesadilla solo era eso, una pesadilla.

Y luego llegó la rabia.

—Menuda sorpresa, señor Stanbridge —dijo con el deje más acerado que pudo—. No lo esperábamos esta mañana. Ni ninguna otra mañana, por cierto.

Benedict se detuvo en seco y entrecerró los ojos. Resultaba evidente que no era la bienvenida que había esperado.

—Amity... —dijo él.

Como era de esperar, fue Penny quien se hizo cargo de la áspera situación, con su habitual elegancia y dignidad.

—Señor Stanbridge, permítame que me presente, ya que

44

parece que mi hermana ha olvidado los buenos modales. Soy Penelope Marsden.

Durante un brevísimo segundo, Amity creyó que Benedict no se dejaría distraer por la presentación. A juzgar por su experiencia personal a bordo del *Estrella del Norte,* tenía unos modales excelentes solo cuando decidía usarlos. Sin embargo, la mayor parte del tiempo no soportaba las costumbres de la alta sociedad.

Pero resultó obvio que era consciente de que había sobrepasado los límites del decoro al invadir el comedor matinal de una dama a una hora tan temprana, porque se volvió hacia Penny de inmediato.

—Benedict Stanbridge, a su servicio. —La saludó con una inclinación de cabeza y una reverencia sorprendentemente elegante—. Siento la intromisión, señora Marsden. Mi barco atracó hace menos de una hora. He venido directo aquí porque he leído la prensa matinal. Decir que estaba preocupado es quedarse corto.

—Absolutamente comprensible —repuso Penny—. ¿Por qué no desayuna con nosotras, señor?

—Gracias —dijo Benedict. Miró la cafetera de plata con algo parecido al deseo—. Le estaría muy agradecido. No he desayunado, ya que hemos atracado antes de lo que había previsto.

Penny miró a la señora Houston, que contemplaba, fascinada, a Benedict.

—Señora Houston, si es tan amable, tráigale un plato al señor Stanbridge.

—Sí, señora. Ahora mismo, señora.

La señora Houston recuperó enseguida su profesionalidad, pero sus ojos relucían por la curiosidad. Se perdió por la puerta de vaivén de la despensa.

Benedict separó una silla de la mesa y se sentó. Dejó el maletín cerca, sobre el aparador, y examinó a Amity como si la tuviera bajo la lente de un microscopio.

—¿Se encuentra bien? —preguntó.

—Solo sufrí unas pocas magulladuras, pero ya han desaparecido, gracias —contestó ella.

Penny frunció el ceño, desaprobando el tono gélido de su hermana. Amity se desentendió de la mirada. Tenía derecho a estar molesta con Benedict, pensó.

—Según la prensa, le infligió un daño considerable al malnacido con ese abanico que siempre lleva encima. —Benedict asintió con la cabeza una sola vez, a todas luces complacido—. Buen trabajo, por cierto.

Amity enarcó las cejas.

—Gracias. Se hace lo que se puede en esas circunstancias, se lo aseguro.

—Claro —replicó Benedict. Su expresión empezaba a tornarse inquieta—. ¿Han encontrado el cuerpo?

—No que sepamos —contestó Amity—. Pero esperamos noticias de un inspector de Scotland Yard, llamado Logan, esta misma mañana. Sin embargo, no albergo muchas esperanzas de que hayan avanzado en la investigación. El predecesor de Logan parecía estar superado.

—Nunca es una buena señal —convino Benedict. Extendió un brazo para servirse una tostada de la bandeja de plata.

Toda mujer tenía sus límites.

Amity golpeó el platillo con la taza.

—Maldita sea, Benedict, ¿cómo se atreve a venir a esta casa como si nada hubiera pasado? Lo menos que podría haber hecho era enviarme un telegrama para decirme que estaba vivo. ¿Era pedir demasiado?

6

Amity estaba furiosa.

Benedict se sintió sorprendido al comprobar que tuviera la energía suficiente para demostrar semejante emoción considerando lo que había soportado tres semanas antes. Pero el fuego que ardía en esos asombrosos ojos era decididamente peligroso.

Ese no era el apasionado encuentro con el que había estado soñando durante todo un mes, pensó.

Mientras se devanaba los sesos en busca de la mejor manera de responder al exabrupto, untó la tostada con un poco de mantequilla. No se le ocurrió nada.

—Lo siento —se disculpó—. Creí que lo mejor era evitar toda comunicación hasta mi regreso a Londres.

Ella lo miró con una sonrisa gélida.

—Ah, ¿sí?

La cosa no iba bien, decidió Benedict. Se dijo que debía tener consideración con ella, dado el estado emocional en el que se encontraba. Si la mitad de lo que la prensa aseguraba era cierto, tenía suerte de seguir viva. La mayoría de las mujeres se habrían refugiado en la cama después de sufrir semejante calvario. Y habrían seguido en dicha cama durante un mes, alimentándose de caldos y tés, y pidiendo cada cierto tiempo las sales.

Aunque claro, la mayoría de las mujeres no habrían sobrevivido al ataque, pensó. La admiración se mezclaba con el intenso alivio que lo había invadido nada más atravesar la puerta del comedor matinal poco antes. Los periódicos habían enfatizado que se encontraba sana y salva, pero Benedict sabía que no se quedaría tranquilo hasta haberla visto con sus propios ojos.

Debería haber sabido que la encontraría disfrutando de un copioso desayuno.

Amity era la mujer más singular que había conocido en la vida. Jamás dejaba de asombrarlo. Desde el momento en que la vio en aquel callejón de Saint Clare, se sintió hipnotizado. Le recordaba a una gata pequeña, ágil y curiosa. El alcance de su curiosidad lo intrigaba enormemente. Nunca se sabía qué tema sacaría a continuación.

Durante la travesía de Saint Clare a Nueva York, descubrió a Amity en los lugares más inesperados del barco. Resultó evidente desde el principio que la tripulación la adoraba. En una ocasión, fue en su busca para encontrarla emergiendo de una excursión a la cocina del barco. Estaba enfrascada en una conversación con el cocinero, que le explicaba largo y tendido la logística necesaria para alimentar durante un viaje tan largo a la tripulación y al pasaje. Amity parecía realmente interesada. Sus preguntas eran sinceras. El chef parecía medio enamorado de ella.

Y, después, la encontró un día manteniendo una conversación íntima con Declan Garraway, un estadounidense joven y guapo. Benedict se sorprendió al descubrir el afán posesivo que experimentó al encontrar a la pareja en la biblioteca.

Garraway acababa de salir de una universidad de la costa este y estaba en el proceso de descubrir mundo antes de asumir sus responsabilidades en el negocio familiar. Parecía muy interesado en las nuevas teorías sobre la psicología, que había estudiado en la universidad. Le dio unas charlas entusiastas a Amity sobre el tema. Ella, a cambio, tomaba notas y le hacía multitud de preguntas. Garraway parecía embelesado, no solo con la psicología, sino también con Amity.

A lo largo de las pasadas semanas, Benedict había repasado las conversaciones que él mismo había mantenido con Amity a bordo del barco. Sin duda la había aburrido mortalmente con sus descripciones sobre los emocionantes inventos de Alexander Graham Bell, creador de un instrumento que permitía la comunicación a distancia, llamado fotófono. Ella había logrado parecer tan interesada que se sintió animado para abordar otros temas. De modo que había hablado largo y tendido sobre las teorías de varios científicos e ingenieros de renombre, como el inventor francés Augustin Mouchot, que predecían que las minas de carbón de Europa y América pronto se agotarían. Si se demostraba que estaban en lo cierto, las grandes máquinas de vapor de la era moderna que lo movían todo, desde los barcos y las locomotoras hasta las fábricas, dejarían de funcionar. La necesidad de encontrar una nueva fuente de energía era la principal preocupación de todos los poderes. Y así habló de muchos otros temas. En una ocasión en absoluto memorable, llegó al punto de regalarle una explicación detallada sobre cómo los antiguos griegos y romanos experimentaron con la energía solar.

¿En qué había estado pensando?

Se había hecho esa misma pregunta todas las noches durante un mes. Amity estuvo atrapada a bordo del *Estrella del Norte* a su lado desde Saint Clare hasta Nueva York. Una oportunidad de oro para impresionarla. En cambio, se había puesto a hablar sin fin sobre asuntos relacionados con la ingeniería, un tema de su interés. Como si una mujer quisiera escucharlo hablar sobre ingeniería.

Pero, en aquel momento, Amity le había parecido dispuesta a discutir sobre sus especulaciones y teorías. La mayoría de las mujeres que conocía, con la manifiesta salvedad de su madre y de su cuñada, consideraba el reino de la ingeniería y la invención como un interés degradante para un caballero. Ami-

49

ty, en cambio, había llegado al extremo de tomar notas, tal como había hecho mientras conversaba con Declan Garraway. Benedict reconocía que se había sentido halagado. Después, sin embargo, durante el largo trayecto en tren hasta California, tuvo mucho tiempo para llegar a la verosímil conclusión de que se había limitado a ser educada.

Cuando pensaba en el tiempo que había compartido con Amity en el *Estrella del Norte,* prefería centrarse en la última noche que estuvieron juntos. El recuerdo había enardecido sus sueños durante la separación.

Deambularon por la cubierta de paseo y se detuvieron para contemplar los fuegos artificiales celestiales provocados por una distante tormenta en el mar. Estuvieron juntos en la barandilla durante casi una hora, observando los distantes relámpagos que iluminaban el cielo nocturno. Amity se sintió cautivada por la escena. Él, en cambio, se sintió cautivado por su entusiasmo.

Fue la noche en que la tomó entre sus brazos y la besó por primera y única vez. La experiencia demostró ser más electrizante que la tormenta nocturna. Solo fue un beso, pero por primera vez en su vida comprendió cómo era posible que la pasión obligara a un hombre a desafiar la lógica y los dictados del sentido común.

La señora Houston regresó de la despensa.

—Aquí tiene, señor —dijo—. Que le aproveche el desayuno.

Dejó frente a él un plato lleno hasta arriba de huevos y salchichas. Benedict aspiró los aromas y de repente se sintió famélico.

—Gracias, señora Houston —replicó mientras desplegaba su servilleta—. Esto es justo lo que necesito.

La señora Houston sonrió y le sirvió una generosa ración de café.

Benedict probó los huevos revueltos al tiempo que miraba a Amity.

—Dígame qué pasó —la invitó—. Espero que la prensa haya exagerado en parte.

Penny habló antes de que pudiera hacerlo Amity.

—Por desgracia, el incidente sucedió tal cual lo describe la prensa —le aseguró.

—Salvo por la parte en la que afirman que escapé del carruaje en camisón —añadió Amity, contrariada—. Eso es una espantosa exageración. Le aseguro que estaba vestida como Dios manda.

Antes de que Benedict pudiera comentar al respecto, Penny siguió con la historia.

—Un cruento asesino al que apodan «el Novio» secuestró a Amity en la calle a plena luz del día e intentó dejarla inconsciente con cloroformo —le explicó.

—Cloroformo. —Benedict sintió que se le helaban las entrañas. Si el asesino hubiera logrado dejar a Amity inconsciente, era poco probable que hubiera podido escapar—. Maldita sea su estampa.

Se percató de que tanto Penny como la señora Houston lo estaban mirando.

—Perdón por el lenguaje —se disculpó.

Cayó en la cuenta de que era la segunda vez que se disculpaba y ni siquiera había acabado de desayunar.

Amity enarcó las cejas y eso le hizo pensar que la situación le hacía gracia. De hecho, no era la primera vez que lo había escuchado maldecir, pensó. En todo caso, ya estaba de vuelta en Londres. Había reglas que cumplir.

—Por suerte, pude usar mi abanico antes de que él usara el cloroformo —siguió Amity—. Salté del carruaje y corrí todo lo rápido que fui capaz.

Benedict frunció el ceño mientras sopesaba sus palabras.

—¿Quién conducía el carruaje?

—¿Cómo? —Amity frunció el ceño también—. No tengo la menor idea. Era un carruaje particular, así que supongo que el cochero era empleado del asesino.

Benedict analizó a fondo la información.

—¿Era un carruaje particular?

—Sí. Por culpa de la lluvia lo confundí con un coche de alquiler. —La mirada de Amity se tornó penetrante—. ¿Qué está pensando, señor?

—Que el cochero es cómplice o bien un criminal contratado para la ocasión y al que han pagado para que mantenga la boca cerrada. En cualquier caso, sabrá algo que pueda ayudar a identificar al asesino.

Amity abrió los ojos de par en par.

—Una idea excelente. Debe mencionársela a Logan.

Benedict se encogió de hombros y se llevó a la boca un trozo de salchicha.

—Es una línea de investigación obvia. Estoy seguro de que la policía ya la está siguiendo.

La expresión de Amity se tornó furibunda.

—Yo no estaría tan segura.

Penny parecía pensativa.

—Hasta que Amity escapó, no se sabía cómo logró secuestrar a las otras novias. Desaparecieron sin más.

Benedict siguió comiendo huevos mientras sopesaba el asunto. Después, miró a Amity.

—¿Por qué usted? —quiso saber.

Ella lo miró perpleja.

—¿Cómo?

—¿Tiene la menor idea de por qué el asesino la eligió como víctima, de entre todas las mujeres de Londres?

Amity miró a Penny, que carraspeó con disimulo y luego dijo:

—Supongo que no está al tanto de los rumores, señor Stanbridge.

—Los rumores fluyen por Londres como el mismo Támesis. —Cogió la taza de café—. ¿A qué rumor en particular se refiere?

En esa ocasión, fue Amity quien contestó.

—El rumor sobre nosotros, señor Stanbridge —dijo con voz fría.

Benedict detuvo la taza en el aire sin que llegara a sus labios y la miró por encima del borde.

—¿Sobre nosotros?

Amity lo miró con una sonrisa gélida.

—En ciertos círculos ha habido una gran cantidad de especulaciones sin fundamento sobre la naturaleza de nuestra relación mientras viajábamos en el *Estrella del Norte*.

Eso lo dejó estupefacto.

—¿A qué diantres se refiere? Éramos pasajeros que viajábamos en el mismo barco.

Penny lo miró con los ojos entrecerrados.

—Se han esparcido rumores que aseguran que su relación con Amity fue de índole íntima.

—Bueno, me salvó la vida, algo que puede considerarse como un vínculo íntimo. —Guardó silencio, consciente de que tanto Amity como Penny lo estaban mirando de forma ciertamente extraña. A la postre, lo comprendió todo. Miró a Amity, atónito—. ¿Quiere decir que se rumorea que usted y yo fuimos amantes?

La señora Houston resopló y se apresuró a recoger la cafetera. Penny apretó los dientes. Amity se puso muy colorada.

—Siento decirle que así es —dijo.

Benedict se esforzó por asimilar la situación un instante y decidió que lo mejor sería no decirle que le gustaría que fuese cierto. Se obligó a concentrarse en el problema más acuciante.

—¿Qué tienen que ver los rumores con el hecho de que han estado a punto de asesinarla? —preguntó en cambio.

Amity respiró hondo y enderezó los hombros.

—Según la prensa, el Novio elige víctimas cuya reputación ha sido mancillada por un escándalo.

Lo dijo con tal rapidez, y casi murmurando, que Benedict no estuvo seguro de haberla escuchado bien.

—¿Mancillada por un escándalo? —repitió para asegurarse de que lo había entendido.

—Sí —contestó Amity con brusquedad.

—¿Me está diciendo que los rumores sobre usted, o mejor dicho sobre nosotros, han llegado a oídos del asesino y por eso se fijó en usted?

—Ese parece ser el caso —respondió Amity, que se sirvió un poco de nata en el café—. Me temo que los rumores llevan un tiempo corriendo por ciertos círculos.

—Desde el baile de los Channing para ser exactos —añadió Penny—. Según tengo entendido, comenzaron la mañana posterior al evento.

Benedict arrugó la frente.

—¿Asistieron ustedes?

—No —contestó Penny—. Pero no me resultó difícil establecer que comenzaron a correr justo después. La alta sociedad es un círculo reducido, tal como estoy segura de que usted sabe, señor Stanbridge.

—Cierto —replicó—. Y también es como un invernadero recalentado en lo referente a los rumores. Me esfuerzo todo lo posible en evitarla.

—A mí tampoco me agrada —puntualizó Penny—. Pero debido a mi difunto marido, he pasado una temporada en dicho invernadero y todavía tengo contactos. Así fue como descubrí dónde y cuándo comenzaron los rumores.

—¿Ha descubierto al responsable? —quiso saber.

—No —confesó Penny—. Eso es más difícil de concretar. Hasta que Amity sufrió el ataque, nuestra principal preocupación era que los rumores obligaran al editor a cambiar de opinión sobre la publicación de su libro.

Benedict miró a Amity.

—¿Ha acabado su libro de viajes para damas?

—Casi —contestó ella—. Aún tengo que hacer unos cuantos cambios menores, pero esperaba enviárselo al señor Galbraith a finales de este mes. Por desgracia, los rumores que me relacionan con usted, sumados al asunto del asesino, han complicado mucho las cosas.

Benedict analizó varias posibles soluciones al problema mientras apuraba los huevos. Después, se apoyó en el respaldo de la silla e hizo lo propio con el café.

—El problema de asegurar la publicación de su libro es bastante sencillo de resolver —aseguró.

Amity y Penny lo miraron.

—¿A qué se refiere exactamente con «sencillo», señor Stanbridge? —le preguntó Amity. Saltaba a la vista que recelaba de él—. ¿Tiene la intención de amenazar o intimidar de alguna manera al señor Galbraith? Porque le aseguro que, aunque aprecio el gesto, no toleraré semejante comportamiento.

—¿Apreciaría el gesto? —le preguntó Benedict.

Ella esbozó la primera sonrisa sincera que le había regalado desde su llegada. El tipo de sonrisa que iluminaba sus ojos y todo aquello que la rodeaba. El tipo de sonrisa que lo hacía sentirse muy pero que muy bien por dentro.

—Es muy amable por su parte que se ofrezca a intimidar al señor Galbraith para ayudarme a publicar mi guía de viaje, pero me temo que, dadas las circunstancias, podría resultar un tanto incómodo —aclaró ella.

—Bueno, en ese caso, dejaré la opción de atemorizar a su editor como último recurso —repuso Benedict—. La verdad sea dicha, no creo necesario tomar medidas tan drásticas si aplicamos la solución más directa y sencilla que tengo en mente.

Penny aún parecía un poco atónita, pero sus ojos se iluminaron cuando empezó a comprender.

—¿Cuál es, señor?

—Por lo que me ha dicho, es evidente que la manera más fácil de lidiar con el asunto de la reputación de Amity es anunciar nuestro compromiso matrimonial —contestó. Satisfecho con la obvia perfección de su respuesta al problema, bebió un poco más de café y esperó a que Amity y Penny mostraran la alegría y conformidad apropiadas por el plan.

Amity lo miró como si acabara de declarar que el fin del mundo estaba cerca.

Sin embargo, Penny afrontó la solución con un profundo alivio.

—Sí, por supuesto —dijo—. Es la respuesta ideal. Confieso que a mí también se me había ocurrido. Pero debo admitir que no esperaba que usted lo propusiera, señor Stanbridge.

—¿Cómo? —Amity miró a su hermana—. ¿Estás loca? ¿Cómo diantres va a solucionar las cosas semejante anuncio?

Penny adoptó una actitud madura.

—Estoy segura de que el señor Stanbridge tiene todas las respuestas. Algo me dice que ideó el plan antes de que llegara a nuestra puerta, hace un rato. ¿Estoy en lo cierto, señor?

—Sí, desde luego —contestó, intentando parecer modesto.

Amity aferró con fuerza su servilleta.

—Señor Stanbridge, le recuerdo que hasta que se sentó a esta misma mesa para desayunar era usted ajeno a la existencia de los rumores que circulan sobre nosotros. ¿Cómo diantres puede afirmar que ha tramado este descabellado plan durante el camino del barco a esta casa?

Que lo tildara de «descabellado plan» le escoció, pero se recordó que Amity había estado bajo un estrés considerable en los últimos días.

—Han sido las noticias del ataque las que me han convenido de que el compromiso es la única alternativa —contestó.

Penny asintió con la cabeza, satisfecha.

—Sí, por supuesto.

Amity los miró, furibunda.

—¿Cómo es posible que un compromiso falso sea una buena idea?

—Porque logrará dos cosas importantes —respondió Benedict, que trataba de ser paciente, pero en el fondo reconocía que encontraba su falta de entusiasmo por el plan bastante deprimente—. En primer lugar y más importante, nos permitirá que me vean a menudo en su compañía. Eso me facilitará la tarea de protegerla.

Amity frunció el ceño.

—¿Protegerme? ¿Quiere decir que cree que el asesino podría tratar de secuestrarme por segunda vez?

—No podemos alcanzar a entender cómo funciona la mente de ese monstruo al que apodan «el Novio» —respondió con tiento—. Hasta que no estemos seguros de que ha muerto o está en prisión, no creo que sea sensato que salga sola. Si está escondido ahí fuera, tendrá tiempo para que se le curen las heridas. No debería salir de esta casa sola en ninguna circunstancia. Como su prometido, podré acompañarla a cualquier lugar adonde quiera ir.

Amity hizo ademán de replicar, pero se detuvo, tomó aire y lo intentó de nuevo.

—¿Y la segunda razón por la que cree que este acuerdo fraudulento es una buena idea? —le preguntó.

—¿No es evidente? —preguntó él a su vez—. Acabará con los rumores. Ya no tendrá que preocuparse por la posibilidad de que el señor Galbraith se niegue a publicar su libro por culpa del daño que ha sufrido su reputación.

Penny miró a Amity.

—Seguro que entiendes que un compromiso es la solución perfecta para ambos problemas.

—Discúlpame —replicó ella—, pero no estoy muy segura.

—¿Por qué? —quiso saber Penny.

—¿Que por qué? —replicó Amity con voz aguda—. ¿Y tú me lo preguntas? Es una idea terrible. El compromiso sería ficticio. ¿Cómo diantres vamos a lograr que parezca cierto? Aunque el señor Stanbridge acepte interpretar el papel de mi prometido, ¿qué pasa con sus padres? Estoy segura de que podrán alguna objeción.

—No, no lo harán —le aseguró Benedict—. Mis padres son asunto mío. Yo me encargaré de ellos si es necesario.

—¿Cómo no va a ser necesario? —le soltó Amity.

—Da la casualidad de que se encuentran en Australia ahora mismo. —Desterró de esa manera el asunto de sus padres—. No tendrán la menor idea de que lo que sucede aquí en Londres. Y, por cierto, ya que tratamos el tema, también me encargaré de mi hermano y de su esposa.

Amity apretó los labios.

—Aprecio su ofrecimiento, señor Stanbridge, pero...

—Haga el favor de no decir más que aprecia mis esfuerzos —la interrumpió él.

Cayó en la cuenta de la brusquedad de sus palabras cuando vio que Amity guardaba silencio de repente. El asombro de su mirada le recordó que hasta ese momento no la había hecho partícipe de su temperamento.

Contuvo un gemido y trató de explicarse.

—Es lo menos que puedo hacer después de lo que usted hizo por mí —adujo en voz baja—. Me salvó la vida en Saint Clare. No lo habría logrado sin usted. Fue dicho incidente el que provocó la situación comprometedora que, a su vez, provocó que se extendieran los rumores sobre nuestra supuesta relación. Y resulta que la han atacado debido a dichos rumores. Estoy en deuda con usted y yo sí que apreciaría que me permitiera agradecérselo.

—¿Fingiendo ser mi prometido? —preguntó ella sin dar crédito.

—Hasta que la policía encuentre al asesino —respondió Benedict.

—¿Y si no lo consiguen? —quiso saber Amity.

—En ese caso, tendremos que hacer nosotros su trabajo.

Había sido un palo de ciego, pero lo hizo basándose en lo que sabía de su personalidad. Por encima de todo, era una persona curiosa a la que le intrigaba la idea de una aventura. Fue ese espíritu el que la motivó a viajar por el mundo.

Supo al instante que su estrategia estaba funcionando. Amity pareció entusiasmada de repente.

—Mmm... —musitó.

Penny lo miró con recelo.

—¿Tiene alguna experiencia en investigaciones criminales, señor Stanbridge?

—No, pero imagino que es como cualquier problema que se presenta en el campo de la ingeniería o de las matemáticas —respondió—. Se reúnen los datos relevantes de forma lógica y se resuelve el misterio.

—Si fuera tan simple, la policía capturaría a todos los criminales que andan por las calles —repuso Amity de forma sucinta. Se puso en pie—. Penny, si nos disculpas, me gustaría enseñarle el jardín al señor Stanbridge.

—Estaba a punto de pedirle a la señora Houston que me traiga más café —comentó Benedict.

Amity lo miró.

—Un paseo por el jardín, señor. Ahora mismo.

7

La lluvia estival había cesado y el sol había salido, pero el jardín seguía mojado. Amity se subió las faldas hasta los tobillos para evitar las flores y los setos húmedos. Se dirigió hacia el pequeño cenador emplazado en el extremo más alejado, muy consciente de que Benedict la seguía de cerca. La gravilla del camino crujía bajo sus botas.

Nada más entrar en el cenador, se dio media vuelta para mirarlo.

—Parece que se ha recuperado muy bien de la herida —comentó.

Benedict se tocó el costado derecho a la altura de las costillas con cierta cautela, si bien bajó la mano de inmediato.

—Gracias por sus cuidados médicos.

—Como ya le dije en su momento, fue mi padre quien me enseñó los cuidados médicos básicos.

—Siempre le estaré agradecido. —Benedict la miró—. Y a usted también.

Amity se percató de que se ponía colorada otra vez. La invadió un anhelo melancólico. Tuvo que echar mano de toda su fuerza de voluntad para suprimir dicha emoción. No quería su gratitud, pensó.

—¿Y bien? —dijo—. Sobre el resultado de su viaje a California... ¿Llevó a cabo la misión con éxito?

—¿La misión?

—No hace falta ser modesto. ¿Cree que no me di cuenta de que es un espía de la Corona?

—Maldita sea, Amity, soy un ingeniero, no un espía.

Amity miró de forma elocuente el maletín negro que él llevaba.

—Muy bien, hasta cierto punto entiendo que no se le permite decirle a la gente que participa del Gran Juego. Pero al menos, ¿puede confirmarme que su aventura, fuera la que fuese, tuvo éxito?

Benedict apoyó una mano en una columna cercana y se cernió sobre ella.

—La respuesta es sí, tuvo éxito.

Amity sonrió, satisfecha pese a la irritación.

—Excelente. Me alegra saber que pude contribuir en cierto modo a dicho éxito, aunque nunca sepa exactamente de qué se trató.

Benedict golpeó la columna con un dedo mientras sopesaba el comentario. Después, pareció tomar una decisión.

—No encuentro un motivo de peso que me impida contarle algunos detalles ahora que el asunto ha llegado a su fin. Pero antes, permítame aclararle una cosa, no soy un espía profesional. Le hice un favor a mi tío, quien casualmente tiene ciertos contactos en el gobierno. Dichos contactos le pidieron su ayuda en un proyecto y él, a su vez, me pidió ayuda a mí, dados mis conocimientos sobre ingeniería. La misión, como usted la llama, fue mi primera experiencia, y posiblemente la última, en este tipo de asunto. Creo que no soy apto para esta clase de cosas. Por si no lo recuerda, estuvieron a punto de matarme.

—No creo que pueda olvidarlo. —Amity titubeó—. ¿Tiene alguna idea sobre la identidad de quien trató de matarlo en Saint Clare?

—No. Seguramente fuera la misma persona que mató al inventor a quien fui a visitar mientras estaba en la isla.

—¡Por el amor de Dios! ¿Mataron a otra persona en Saint Clare? No me lo había dicho.

—Descubrí su cadáver en el laboratorio —contestó Benedict—. Lo mataron poco antes de que yo llegara.

—Y ¿quién era?

—Alden Cork. Un ingeniero excéntrico, pero brillante, que estaba trabajando en el diseño de una nueva arma que ciertos miembros del gobierno creían que revolucionaría el armamento naval. Según sus fuentes, los rusos también están ansiosos por echarle el guante a ese artefacto.

—¿Qué tiene de revolucionario?

—Cork lo llamaba «cañón solar». Está diseñado para usarlo con la energía del sol.

—Fascinante. ¿El señor Cork tenía un laboratorio en una isla caribeña?

—Había ciertas razones para que se instalara en el Caribe —contestó Benedict—. La primera era su afán por ocultar sus actividades a los distintos gobiernos interesados en el proyecto hasta que hubiera perfeccionado el cañón solar. Su intención era la de venderlo al mejor postor cuando lo hubiera terminado. Además, por motivos obvios, necesitaba un clima soleado para llevar a cabo sus experimentos. También necesitaba una ubicación cercana a la ruta de los barcos de vapor, de forma que le resultara sencillo obtener los materiales y los suministros que sus investigaciones requerían.

—Sí, por supuesto, una isla caribeña sería la ubicación ideal.

—Tal como he comentado antes, alguien, posiblemente un agente a sueldo de los rusos, llegó hasta Cork antes de que yo apareciera. El laboratorio estaba patas arriba. No había ni rastro de los planos donde se detallaba el desarrollo del arma. Uno de los sirvientes que atendía a Cork de tanto en tanto me dijo que faltaba un cuaderno muy importante que contenía bocetos y especificaciones. Creo que lo robó la misma persona que lo mató.

—¿Y esa misma persona trató de matarlo a usted?

—Supongo. —Benedict hizo una pausa—. Debí de llegar pisándole los talones. Pero antes de marcharme del laboratorio de Cork, encontré una carta.

—La que me confió por si no sobrevivía.

—Sí —convino Benedict—. Tan pronto como la leí, comprendí que era mucho más valiosa que el diseño del arma de Cork.

—¿Por qué?

—Estaba escrita por otro inventor que trabaja en California, Elijah Foxcroft, y dirigida a Cork. Cuando la leí, comprendí de inmediato que ambos hombres llevaban un tiempo manteniendo correspondencia. Estaba claro que lo que hacía que el arma de Cork fuera un cañón naval altamente destructivo no era el diseño del cañón solar en sí, algo que no dejaba de ser convencional, sino el motor que lo accionaba.

—¿Un motor solar?

—Sí.

Amity sonrió.

—Bueno, supongo que eso explica por qué tuvimos todas aquellas interesantes conversaciones sobre el potencial de la energía solar durante la travesía a bordo del *Estrella del Norte*.

—Estaba dándole vueltas al tema, sí —admitió él.

De repente, algo alarmó a Amity.

—Un momento. Ha dicho que los planos del arma de Cork habían desaparecido cuando usted llegó. ¿Eso significa que están en manos de los rusos?

—Posiblemente, aunque les van a servir de bien poco.

Amity lo miró con las cejas enarcadas.

—Explíquemelo, por favor.

—La carta dejaba claro que Cork no había sido capaz de crear un motor viable para accionar el cañón. Sin un sistema funcional capaz de convertir la luz solar en energía de una forma eficiente y con capacidad para almacenar dicha energía a fin de usarla cuando se necesite, su arma solo era otra fantasía de la ingeniería. —Benedict echó un vistazo por el soleado jardín—. Como las máquinas voladoras de Da Vinci y sus fantasiosas armas.

—¿Y Elijah Foxcroft sí ha diseñado un motor solar y un dispositivo de almacenamiento?

—Exacto. La carta deja claro que Cork lo creía capaz de hacer funcionar su cañón. Foxcroft y él planeaban trabajar juntos en el proyecto.

Amity miró de nuevo el maletín de cuero.

—¿Debo suponer que ha encontrado a Foxcroft?

—Sí. —Benedict soltó el aire despacio—. Por desgracia, estaba en su lecho de muerte.

—Por Dios, ¿también lo han asesinado?

—No. Estaba enfermo de cáncer. Sabía que se estaba muriendo. Y le preocupaba la posibilidad de que sus diseños del motor solar y de la batería se perdieran para siempre. Me dio su cuaderno de notas.

—¿Lo lleva en ese maletín?

—Exacto. Hoy mismo se lo entregaré a mi tío y, después, mi pequeño papel en el Gran Juego habrá terminado. No veo la hora, si le digo la verdad.

—Entiendo. —Lo observó un instante—. Todo esto es muy interesante. Y también entiendo su secretismo en el *Estrella del Norte*.

—En aquel momento, supuse que cuanto menos supiera, más segura estaría. Cabía la posibilidad de que el agente ruso también viajara en el barco.

—¿Cómo sabía que el agente no era yo?

La pregunta pareció hacerle gracia.

—Por si no lo recuerda, me salvó la vida. Habría sido fácil para usted haberme dejado morir en aquel callejón después de que le entregara la carta. Esa fue la única prueba que necesité para saber que podía confiar en usted.

Bueno, ¿qué esperaba que dijese?, se preguntó Amity.

¿Que la había mirado a los ojos y de alguna manera había sabido que jamás lo traicionaría? Ese hombre era un ingeniero, por el amor de Dios. A los ingenieros les gustaban las pruebas fehacientes.

—Bueno, tampoco es que tuviera muchas alternativas en aquel momento.

—Efectivamente —convino Benedict—. Corrí cierto riesgo al entregarle la carta, pero no tardé en comprender que no podía ser una agente rusa. En todo caso, no le conté nada sobre mis planes porque...

—Porque no quería correr el riesgo de que se me escapara algún detalle de forma accidental mientras conversaba con otros pasajeros —terminó por él sucintamente—. Lo entiendo. No es necesario que me dé más explicaciones al respecto.

—Temía la posibilidad de que si había un agente a bordo y decía algo sobre el cañón solar o sobre la carta, acabara poniéndose en peligro.

Amity tamborileó sobre la barandilla con los dedos.

—¿Por eso no se ha molestado en ponerse en contacto conmigo desde que nos separamos en Nueva York?

—Pensé que lo mejor era mantener también en secreto mi intención de visitar a Foxcroft. —Benedict frunció el ceño—. Maldita sea, Amity, estaba tratando de protegerla en la medida de lo posible.

Amity esbozó una sonrisilla.

—Le aseguro que la ignorancia no siempre es una bendición. Da la casualidad de que sufrí un ataque por mi relación con usted y dudo mucho de que el Novio sea un agente ruso.

—Lo siento. —Benedict apretó los dientes—. Al parecer, me estoy disculpando mucho esta mañana. Mi intento por protegerla de un espía ruso la puso directamente en el punto de mira de un monstruo.

Amity se ablandó.

—Usted no tiene la culpa.

—Al contrario. Es obvio que si no nos hubieran visto

juntos en el *Estrella del Norte,* el asesino no la habría elegido como presa.

Amity se percató de que su irritación creía por momentos.

—Señor Stanbridge, me niego a hacerlo responsable de lo que me ha pasado en Londres. Ni siquiera se encontraba en la ciudad en aquel entonces.

Él pareció no hacerle caso, ya que su mirada se desvió hacia la puerta de la cocina.

—Su ama de llaves está tratando de llamar su atención.

Amity se volvió y vio que la señora Houston le hacía señas desde la puerta.

—La señora Marsden me envía para decirle que ha llegado el hombre de Scotland Yard —anunció la señora Houston.

8

Penny se encontraba en el saloncito con el inspector Logan. Estaba sentada con pose elegante en el sofá. Las faldas de su vestido negro caían en perfectas capas alrededor de los zapatos de cuero que llevaba para estar en casa. Hablaba del tiempo con el hombre alto y de hombros anchos que estaba de pie junto a la ventana.

No fue el tema de conversación lo que sorprendió a Amity. Todo el mundo hablaba del tiempo. Fue la sorprendente expresión animada en la cara de Penny lo que le llamó la atención. Sería una exageración afirmar que Penny parecía alegre, pero veía un sutil atisbo de esa chispa que la había caracterizado en otro tiempo.

Todas las pruebas indicaban que el inspector Logan era el responsable de animar a Penny, y de ser realmente cierto, pensó Amity, estaba preparada para que el hombre le cayera bien a simple vista.

—Ah, Amity, aquí estás —indicó Penny—. Permíteme presentarte al inspector Logan de Scotland Yard. Inspector, le presento a mi hermana y a su prometido, el señor Stanbridge.

Amity hizo una mueca al escuchar lo de «prometido», pero Benedict ni parpadeó. Claro que él tenía más experiencia con tareas encubiertas, se dijo.

Logan se dio media vuelta al punto. Saludó a Amity con un gesto de cabeza.

—Señorita Doncaster. Es un placer verla sana y salva esta mañana.

Logan tenía treinta y pocos años. Rubio y casi guapo, lo rodeaba un aura de inocencia infantil que quedaba desmentida por la expresión atenta de sus gélidos ojos azules. Hablaba con el acento de un hombre respetable y educado. La calidad de su chaqueta y de su pantalón era buena, pero no excepcional ni tampoco iba al último grito de moda. Amity sospechaba que estaría aumentando el sueldo de un inspector con algún tipo de ingreso independiente. O tal vez, como Penny, Logan era un hacha para las inversiones.

Se mostraba respetuoso y educado, pero no parecía ni intimidado ni impresionado con los caros muebles del salón.

Recorrió a Benedict con una rápida mirada penetrante y pareció darse por satisfecho con lo que vio.

—Señor Stanbridge, lo felicito por su compromiso.

—Gracias, inspector —dijo Benedict—. Soy el hombre más feliz del mundo.

Amity cerró un segundo los ojos al escucharlo. Cuando miró a Logan una vez más, le resultó evidente que el comentario no le pareció raro.

Logan enarcó las cejas.

—¿Es usted el Stanbridge de Stanbridge & Company, señor?

—Sí —contestó Benedict—. ¿Conoce la empresa?

—Mi padre quería que estudiase ingeniería —adujo Logan—. De haber vivido, se habría llevado una tremenda decepción al verme solicitar el ingreso en Scotland Yard.

—A mi parecer, su profesión requiere de una ingeniería que dista un poco de la que yo practico —comentó Benedict. Sonrió—. Pero los dos estamos comprometidos con la tarea de asegurarnos de que los cimientos de la civilización no se derrumban bajo nuestros pies.

Tras haber llegado a la conclusión de que Benedict no quería intimidarlo, Logan se relajó. Incluso llegó a sonreír.

—Ciertamente, señor —contestó—. Un comentario muy profundo.

Amity no se sorprendió al ver lo bien que se relacionaban los dos hombres. Había pasado tiempo de sobra en compañía de Benedict para saber que no juzgaba a los demás por su estatus social. Respetaba la competencia y la profesionalidad en cualquier aspecto, y el inspector Logan daba la impresión de poseer ambas cualidades.

La señora Houston apareció con una bandeja de té y la dejó en la mesita situada delante del sofá. Logan pareció sorprenderse un segundo cuando le ofrecieron una taza, pero se recuperó enseguida.

Amity se sentó en una silla y contuvo la sonrisa. Era muy consciente de que los buenos modales de Penny no eran a lo que el inspector estaba acostumbrado por parte de las damas de las clases altas. Los policías, aunque fueran inspectores, solían ser tratados como los comerciantes y los criados por aquellos que se movían en los círculos sociales a los que Penny y Nigel habían pertenecido. Los ricos rara vez hablaban con los hombres de Scotland Yard. Cuando se veían en la necesidad de hablar con un inspector, no los recibían en sus salones. Ni tampoco les ofrecían té y pastas.

—Gracias por recibirme hoy, señorita Doncaster —dijo Logan. Dejó la taza y el platillo en una mesita cercana y sacó un pequeño cuaderno con un lápiz—. Siento mucho lo que le ha sucedido. He leído los informes de mi predecesor y siento una gran admiración por usted. No me cabe la menor duda de que su ingenio y su rápida actuación le salvaron la vida y tal vez conduzcan a la captura de ese monstruo.

—Tuve suerte —repuso Amity.

—Sí. —Logan la miró con expresión pensativa—. Exactamente, ¿cómo consiguió escapar? Los informes que he recibido de mi predecesor son bastante vagos.

—Seguramente se deba a que su predecesor demostró muy poco interés por los detalles que intenté contarle. —Tocó el abanico que colgaba de la cadena de plata que llevaba a la cintura—. Durante mis viajes por el extranjero, he adquirido alguna que otra habilidad inusual. Un conocido de mi padre me regaló este abanico y me enseñó a usarlo para defenderme. —Cogió el abanico y lo abrió con un movimiento seco y automático para mostrar el elegante diseño—. Las varillas están fabricadas con acero endurecido. Dichas varillas se pueden usar para repeler una hoja. Los bordes están afilados. De hecho, mi abanico es como un cuchillo.

Logan pareció sorprenderse al principio, pero luego adoptó una expresión intrigada.

—Por el amor de Dios. No he visto nada parecido en la vida. Todas las mujeres deberían llevar uno.

—Requiere cierto adiestramiento y mucha práctica —continuó ella—. No me tengo por una experta. De cualquier modo, un objeto punzante, del tipo que sea, puede ser muy útil en el tipo de situación a la que me tuve que enfrentar.

Logan asintió con la cabeza.

—Ciertamente. Pero también requiere mantener la cabeza fría y tener la disposición de usar el arma.

—Mi hermana posee ambas cualidades —terció Penny con voz sosegada—. No me la imagino presa del pánico en ninguna circunstancia. Dudo mucho de que yo pudiera mantener la calma como ella en semejante situación.

Amity cerró el abanico con un golpe seco.

—Debo señalar que, aunque he viajado por todo el mundo, el único lugar en el que he tenido que usar el abanico para defenderme ha sido aquí en Londres.

—Londres nunca ha sido famoso por su seguridad —comentó Benedict.

—Desde luego que no es seguro ahora mismo con ese espantoso asesino suelto —repuso Penny.

—Lamento decir que Scotland Yard no se ha distinguido

con este caso —reconoció Logan—. A decir verdad, estamos en un callejón sin salida. Por eso mi superior me ha puesto al mando de la investigación. Alberga la esperanza de que unos ojos nuevos vean pistas que hemos pasado por alto.

Benedict se apoyó en la pared y cruzó los brazos por delante del pecho.

—¿Qué sabe del asesino, inspector?

—A lo largo del último año, se han encontrado los cuerpos de cuatro mujeres, que parecen haber sido asesinadas por el mismo individuo, en diversos callejones de la ciudad —contestó Logan.

Penny lo miró fijamente.

—Pero creía que el Novio solo había cometido tres asesinatos, inspector.

—Se han encontrado tres cuerpos en los últimos tres meses —explicó Logan—. Sin embargo, hace un año una mujer murió asesinada de la misma manera. Creemos... creo que fue su primera víctima.

Benedict frunció el ceño.

—De ser así, hay un considerable espacio de tiempo entre el primer asesinato y los tres siguientes.

—Unos ocho meses —dijo Logan—. Ese periodo de tiempo es otro de los muchos misterios que rodean el caso. —Miró a Amity—. Necesitamos información desesperadamente.

—Ayudaré en todo lo posible —le aseguró Amity.

—¿Puede describir al hombre que la secuestró en la calle?

—No le vi la cara —contestó ella—. Llevaba una máscara de seda negra. Puedo contarle unos cuantos detalles más sobre él, pero temo que no le ayuden demasiado.

—A estas alturas, cualquier detalle será mejor que lo que tengo —replicó Logan.

—Muy bien, pues, le diré las impresiones que me provocó. Hablaba con la dicción de un caballero de la alta sociedad.

Logan pareció llevarse una tremenda sorpresa. Benedict, en cambio, aceptó la información sin pestañear. Era evidente que la idea de un caballero bien educado, de familia aristocrática, que era a la vez un asesino desalmado no le parecía descabellada en absoluto.

—¿Está segura de su estatus social, señorita Doncaster? —preguntó Logan.

—No es algo que se pueda ocultar fácilmente —contestó ella—. Supongo que un buen actor podría imitar el acento y los ademanes, pero dudo mucho de que hubiera podido permitirse el lujoso interior de ese carruaje y la ropa cara que llevaba el asesino.

Logan empezó a golpear el cuaderno con el lápiz. Miró a Penny con una extraña expresión, pero después concentró la mirada en Amity una vez más.

—Tiene razón —convino—. Es difícil imitar la riqueza. ¿Qué más, señorita Doncaster?

Titubeó, pero otro recuerdo acudió a su mente.

—Fuma cigarros con algún tipo de especia. Podía oler el humo en su ropa.

Benedict miró a Amity.

—¿Vio algún blasón o algún otro símbolo que pueda indicarnos su identidad?

—No —contestó ella—. Llevaba guantes... unos guantes de cuero de muy buena calidad, por cierto. Todo lo que vi y toqué en ese carruaje era caro y del gusto más exquisito. Salvo por los gruesos postigos de madera.

Benedict frunció el ceño.

—¿Había postigos en las ventanillas?

—De madera gruesa —puntualizó Amity—. Estaban cerradas para que nadie pudiera curiosear lo que sucedía desde la calle.

—Y tal vez diseñadas para que no se pudiera salir si la puerta se cerraba desde fuera —comentó Benedict, con gesto muy serio.

Amity se estremeció.

—Creo que tiene razón.

Se produjo un breve silencio mientras todos asimilaban las implicaciones.

—En ese caso, un carruaje privado —dijo Logan. Tomó nota y alzó la vista—. Pero ¿no pudo identificarlo como tal desde el exterior?

—No. Le aseguro que el vehículo parecía un coche de alquiler normal y corriente. Tampoco vi nada inusual en el cochero.

—Sí, claro —dijo Logan—. El cochero. —Hizo otra anotación—. Tenemos que investigar eso también.

Benedict asintió con la cabeza, dándole su aprobación en silencio.

—¿Puede decirme algo más sobre él? —preguntó Logan.

Amity negó con la cabeza.

—Me temo que no. La única vez que hablé con él, sonaba justo como era de esperar que sonase un cochero de un coche de alquiler. Alguien de la clase obrera. Un poco rudo. Pero desde luego que manejaba bien las riendas. Y no hizo además de atraparme cuando me escapé.

Logan anotó algo en el cuaderno y alzó la vista una vez más.

—¿Qué le dijo el asesino?

Amity le lanzó una miradita a Benedict antes de concentrarse en Logan. Inspiró hondo.

—Me informó de que me había elegido porque había buscado encontrarme en una situación comprometida con el señor Stanbridge. Parecía estar convencido de que le había tendido una trampa al señor Stanbridge.

Logan miró a Benedict, que esbozó una sonrisa fría.

—Es evidente que el asesino no estaba al tanto de que la señorita Doncaster y yo estamos prometidos en matrimonio —dijo Benedict.

—Entiendo. —Logan hizo otra anotación y miró a Amity—. Debo preguntarle si el asesino hizo alguna referencia a la fotografía.

—Pues sí, ahora que lo menciona —replicó Amity—. Estaba a punto de comentarlo. Dijo que quería hacerme mi retrato de bodas. ¿Cómo lo ha sabido?

—Se lo he preguntado porque hay un detalle muy importante que no hemos divulgado a la prensa —contestó Logan. Soltó el cuaderno—. Cada una de las víctimas fue encontrada en un callejón distinto. Degolladas con una hoja afiladísima. Las heridas casi parecían quirúrgicas.

—Un escalpelo —dijo Amity de repente—. Me lo apretó contra la garganta.

—¿De verdad? —Logan anotó algo más—. Muy interesante. Siguiendo con lo que estaba diciéndoles, las víctimas lucían la ropa con la que habían sido vistas por última vez. Y todas tenían una alianza dorada.

—Todo eso ha salido publicado en la prensa —dijo Penny—. Las alianzas fueron el motivo de que los periódicos apodaran al asesino como el Novio.

—Sí —convino Logan—. Pero lo que hemos conseguido ocultar a la prensa es el hecho de que, además de las alianzas, todas las mujeres llevaban medallones. Dentro de cada uno, había un pequeño retrato de la víctima vestida de novia. No cabe la menor duda de que los retratos son obra de un fotógrafo profesional.

Amity arrugó la frente.

—Pero ninguna de las mujeres se había casado.

—Cierto —dijo Logan.

—Madre de Dios —susurró Penny—. Ese hombre está loco.

Un escalofrío recorrió a Amity.

—¿Los retratos se hicieron antes o después de que las mujeres fueran asesinadas?

Benedict se enderezó y se apartó de la pared para colocarse junto a la ventana.

—Bastantes fotógrafos profesionales se ganan la vida haciendo retratos de los difuntos.

Amity se estremeció.

—Esa práctica siempre me ha parecido muy macabra.

—A mí también me lo parece —repuso Penny.

—Las víctimas del Novio estaban todas vivas cuando se las retrató —dijo Logan—. Todavía no las habían degollado.

—¿Por qué han mantenido en secreto lo de los medallones? —quiso saber Penny.

—Lo crean o no, en Scotland Yard hemos descubierto que hay algunos pobres locos que se declararán culpables de los crímenes que reciben más atención del público —respondió Logan.

Benedict se dio la vuelta.

—En otras palabras, usan el detalle de los medallones para separar el trigo de la paja. Solo el verdadero asesino sabrá lo de las fotografías.

—Sí —dijo Logan.

Penny soltó la taza de té.

—Se me acaba de ocurrir algo. Seguramente sea una tontería...

—Por favor, señora Marsden —pidió Logan.

—Los rumores de lo que todos, incluido el asesino, asumieron que era una aventura ilícita entre mi hermana y el señor Stanbridge empezaron a circular justo después del baile de los Channing. Si el asesino se mueve en los círculos de la alta sociedad, tal como Amity cree, tal vez estuviera presente en dicho baile. Desde luego que eso explicaría cómo se enteró de los rumores.

Logan parecía impresionado.

—Es una observación muy interesante, señora Marsden.

Amity miró a su hermana.

—Es absolutamente brillante.

—Gracias —dijo Penny—. Pero no veo cómo puede ser de ayuda.

—Me da un punto de partida —adujo Logan—. Le dije a mi superior que me daba en la nariz que el sospechoso se movía en los círculos de la alta sociedad porque todas sus víctimas pertenecen a ese mundo. Pero no estaba dispuesto a aceptar la idea.

—Seguramente porque sabía que semejante teoría sería difícil de investigar —replicó Benedict.

Logan y él se miraron. Los hombres y sus métodos de comunicación silenciosa, pensó Amity. Podían ser de lo más irritante. Pero debía admitir que las mujeres eran igual de dadas a unos intercambios no verbales que tal vez resultaran incomprensibles para la mitad masculina de la especie.

Era una verdadera lástima que los dos sexos no pudieran comunicarse tan bien entre ellos, se dijo.

Logan tenía una expresión adusta.

—Veo que entiende mi problema, señor Stanbridge.

—Por supuesto, inspector —aseguró Benedict—. Busca a un asesino que se mueve por los círculos más elevados de la sociedad, el único estrato social donde es casi imposible que un policía, sea cual sea su posición, pueda entrar sin invitación.

—Si empiezo a hacer preguntas sobre un asesino de alta alcurnia con tendencia a matar de un modo especialmente perverso, se me cerrarán todas las puertas —continuó Logan.

Se produjo un breve silencio.

—Se abrirán para mí —dijo Benedict en voz baja.

Logan lo miró un buen rato. Amity se dio cuenta de que el inspector no se apresuró a rechazar la oferta de ayuda de Benedict.

La posibilidad de hacer algo, lo que fuera, para ayudar en la captura del hombre que había intentado matarla y que había acabado de forma tan desalmada con la vida de cuatro mujeres la animó sobremanera.

—Esas puertas también se abrirán para mí —dijo sin dilación—. Al fin y al cabo, soy la prometida del señor Stanbridge.

Los ojos de Benedict relucieron por la sorna.

Penny apretó los dientes. Cogió su taza.

—También se abrirán para mí, inspector. Ya me he cansado del luto.

La expresión de Logan empezaba a tornarse horrorizada.

—Agradezco al señor Stanbridge toda la ayuda que pueda prestarme, pero no quiero ponerlas a ninguna de las dos en peligro.

—Según el señor Stanbridge —dijo Penny—, mi hermana puede seguir corriendo peligro. ¿Está de acuerdo, inspector?

Logan titubeó antes de asentir con la cabeza.

—Es posible que, al verse privado de su presa, este monstruo pueda intentar atrapar de nuevo a la señorita Doncaster. Suponiendo que siga con vida. La verdad es que no lo sé.

—En ese caso, insisto en hacer todo lo que esté en mi mano para ayudar en esta investigación —dijo Amity.

—Yo también —añadió Penny.

Benedict miró a Logan.

—Tal parece que cuenta con un equipo de investigadores a su disposición, inspector. ¿Nos permitirá ayudarlo?

Logan los miró durante un buen rato. Luego tomó una decisión.

—Han muerto cuatro mujeres hasta la fecha —dijo—. Ahora una quinta ha escapado por los pelos de ese mismo destino. Acepto su oferta de ayuda. Pero los cuatro tendremos que mantener el asunto en secreto, ¿entendido? Me temo que mis compañeros en Scotland Yard no aprobarían que haya permitido que unos simples civiles se involucren en una investigación.

—Entendido —replicó Benedict—. Sé que mi prometida es capaz de guardar un secreto. Y estoy convencido de que la señora Marsden también lo es.

—A decir verdad —dijo Penny con frialdad—, tengo cierta experiencia en el tema.

El comentario se le antojó muy raro a Amity. Le lanzó una miradita a Penny, pero antes de que pudiera preguntarle al respecto, Benedict dijo:

—Me ocuparé de no perder de vista a la señorita Doncaster cuando salga de casa. Pero creo que lo mejor será que alguien vigile la casa por la noche.

Amity lo miró, estupefacta.

—¿No es exagerar un poco?

—No —contestó Benedict—. No lo es.

Logan soltó un largo suspiro.

—El señor Stanbridge tiene razón. Teniendo en cuenta los pocos progresos que ha hecho hasta el momento Scotland Yard y el hecho de que no hemos encontrado el cuerpo del asesino, sería una buena idea vigilar la casa por las noches. Hablaré con unos agentes para que monten guardia.

—Gracias —dijo Penny—. Me sentiré mejor sabiendo que hay un policía cerca por la noche. Ahora bien... ¿por dónde empezamos la investigación?

—Creo que debemos empezar por la lista de invitados al baile de los Channing —contestó Logan—. Pero dudo mucho de que lady Channing esté dispuesta a dármela.

Penny sonrió.

—Conseguir la lista de invitados de los Channing no será problema, inspector. Puedo decirle exactamente cómo conseguirla.

9

Benedict bajó los escalones de entrada al número 5 de Exton Street con una extraña mezcla de euforia y temor. Ambas emociones estaban directamente relacionadas con Amity. Se había pasado las últimas semanas, desde que la dejó en Nueva York, pensando en ella. La expectación que lo había abrumado durante el viaje de regreso a Londres era algo que jamás había experimentado antes. Descubrir que había estado a punto de morir y que el asesino se había obsesionado con ella por su vínculo con él lo había impactado hasta lo más hondo.

Y, en ese momento, estaba comprometido con ella. En cierto modo. La idea de contar con una excusa para pasar tiempo en su compañía, la idea de besarla de nuevo, lo emocionaba. Pero el motivo que los había obligado a compartir dicha intimidad imposibilitaba el hecho de disfrutarla. No podría dormir hasta que dieran con el asesino.

Detuvo un coche de alquiler y se fue a casa. Hacía mes y medio que se había marchado, pero le había mandado un telegrama a su mayordomo informándolo de su inminente regreso. Como siempre, Hodges y su esposa, la señora Hodges, el ama de llaves, lo tenían todo listo para su llegada. Era como si hubiera salido para visitar a un amigo a primera hora de la mañana y hubiera regresado algo más tarde de lo normal. Por lo que tenía entendido, no había fuerza en la tierra capaz de afectar el aplomo de los Hodges.

—Espero que haya tenido un viaje satisfactorio —dijo Hodges.

—Sí, en más de un sentido. —Benedict le entregó el sombrero, el abrigo y los guantes—. Pero se han producido ciertos acontecimientos inesperados. Además de localizar al inventor con el que esperaba entrevistarme, me alegra anunciar que estoy prometido en matrimonio con la señorita Amity Doncaster.

Hodges necesitaba algo impactante para parpadear. Lo hizo dos veces. Después, algo que bien podría ser asombro tiñó sus facciones alargadas y serias.

—Señor, ¿se trata de la misma señorita Amity Doncaster, la dama trotamundos que publica los artículos sobre sus viajes en *El divulgador volante*? —le preguntó Hodges—. ¿La misma señorita Doncaster que estuvo a punto de ser asesinada por ese demonio apodado «el Novio»?

—La misma que viste y calza. Veo que conoces a la señorita Doncaster.

—Supongo que como todo aquel que esté al día de las noticias de los periódicos, señor. —Hodges carraspeó—. Su nombre ha aparecido relacionado con el de la dama por un asunto de índole romántica.

Con razón Amity y Penny estaban tan preocupadas por los rumores que circulaban, pensó Benedict. Puesto que, por regla general, tendía a hacer caso omiso de los cotilleos, a veces se le olvidaba lo rápido que se esparcían los rumores y lo lejos que podían circular. Amity tenía razón al preocuparse por la posibilidad de que su editor cancelara la publicación de la *Guía del trotamundos para damas*.

—Por supuesto que nos han relacionado románticamente —replicó Benedict—. Como ya te he dicho, estamos comprometidos. Estábamos esperando mi regreso a Londres para hacer el anuncio oficial.

—Parece una dama sumamente interesante —comentó Hodges—. La señora Hodges es una admiradora de los artículos que publica sobre sus viajes. Espero que la señorita Doncaster se haya recuperado totalmente de su reciente calvario.

—La he visitado antes de venir a casa. La encontré disfrutando de un copioso desayuno y leyendo los periódicos matinales.

—Impresionante, señor. ¿Un desayuno copioso, dice usted? Después de semejante experiencia, la mayoría de las damas subsistiría con té y tostadas.

—La señorita Doncaster es única, Hodges.

El mayordomo no llegó a sonreír exactamente, pero sus ojos le dieron el visto bueno.

—Obviamente, señor... —repuso—. Tratándose de usted, lo normal es que se comprometa con una dama que también sea única.

—Me conoces mejor que yo mismo, Hodges.

—¿Quiere desayunar, señor?

—No, gracias. Ya he desayunado en la casa de mi prometida y de su hermana, la señora Marsden.

Hodges enarcó las cejas apenas un milímetro.

—¿Se refiere a la viuda del señor Nigel Marsden, el caballero que se rompió el cuello al saltar una cerca durante una cacería hace varios meses?

—Eso creo, ¿por qué?

—Por nada, señor.

—Maldita sea, Hodges, ¿qué me estás ocultando?

La señora Hodges dijo desde la puerta:

—Lo que trata de decir el señor Hodges es que la señora Marsden debe de estar muy apenada. Heredó una fortuna de su marido, pero, según se rumorea, lo primero que hizo después del funeral fue despedir a la servidumbre. Dicen que se ha apartado del mundo.

Benedict observó a la señora Hodges, que guardaba un

inquietante parecido con su marido, salvo por el vestido y el delantal.

—Está usted bien informada, señora Hodges —replicó—. ¿Alguna otra cosa que deba saber sobre mi futura cuñada?

—No creo, señor.

Benedict empezó a subir la escalera.

—En ese caso, voy a darme un baño y a cambiarme de ropa, tras lo cual debo ir a casa de mi hermano primero y después a la de mi tío. —Se detuvo en medio de la escalera—. Supongo que sería demasiado esperar que no hubieran llegado noticias recientes de Australia...

Hodges cogió la bandeja de plata que descansaba en la consola. Había un solitario sobre en ella.

—Al hilo de su comentario, señor, acaba de llegar un telegrama esta mañana.

—Que me aspen. Supongo que no debería sorprenderme. —Resignado, Benedict dio media vuelta y bajó la escalera—. Si los rumores sobre mi relación con la señorita Doncaster circulan por todo Londres, lo normal es que hayan llegado a oídos de mis padres.

—La invención del telégrafo fue algo sorprendente, señor —comentó Hodges—. Creo que el cable submarino que conecta a Australia con el resto del mundo se instaló hace algo más de diez años.

—Soy consciente de ello, Hodges. —Benedict cogió el sobre, lo abrió sin más demora y leyó el breve mensaje.

Nos han llegado rumores de tu relación con cierta señorita de nombre Amity Doncaster · STOP · Tu madre desea saber la verdad sobre el tema · STOP · Te recuerda que ya va siendo hora de que te cases · STOP

Benedict soltó el mensaje en la bandeja.

—Es de mi padre. Redactaré una respuesta antes de marcharme.

—Sí, señor —dijo Hodges.

Benedict lo vio intercambiar una mirada con la señora Hodges, que sonrió de una forma que solo podía describirse como «ufana».

Una hora más tarde, Benedict subía los escalones de una elegante casita situada en un vecindario tranquilo y bonito. Lo acompañaron de inmediato al estudio, donde encontró a Richard sentado a su escritorio.

Su hermano levantó la vista de los planos arquitectónicos que había estado examinando.

—Ya era hora de que aparecieras —dijo—. Supongo que estás al tanto de que eres el protagonista de ciertos rumores que vinculan tu nombre con el de la señorita Amity Doncaster.

Richard era dos años más joven que él y también un poco más alto. Su pelo castaño rojizo y sus ojos verdes eran herencia de su madre. También había heredado la personalidad optimista, afable y extrovertida característica de Elizabeth Stanbridge.

Muchas personas habían señalado que los hermanos Stanbridge eran tan distintos como la noche y el día. Benedict era muy consciente de que le habían asignado el papel de una noche oscura y seria: siempre dispuesto a señalar las dificultades y los riesgos de una aventura; siempre evaluando el peor resultado y preparándose para dicha eventualidad.

Richard, al contrario, era una mañana soleada y alegre. Aunque era un arquitecto brillante, su mayor contribución a la empresa Stanbridge & Company era su encanto a la hora de captar clientes potenciales. También tenía una cabeza estupenda para los negocios. Dicha combinación lo hacía imprescindible.

Si la tarea de lidiar con los clientes recayera sobre él, pensó Benedict, Stanbridge & Company se declararía en bancarrota en menos de seis meses. Él era el primero en admitir que tenía poca paciencia con aquellos clientes que no comprendían la importancia de los principios básicos de la ingeniería ni de la necesidad de evitar la tentación de recortar el presupuesto en lo concerniente a los materiales y a la mano de obra. Casi todos los clientes querían sentirse asombrados con espectaculares detalles arquitectónicos. Asumían sin más que el puente, el edificio o el invernadero de cristal no se derrumbaría.

—Esta misma mañana me han informado de los rumores que circulan sobre mi relación con la señorita Doncaster —repuso. Dejó el maletín negro sobre el escritorio y se acercó a la ventana—. Cualquiera pensaría que la gente tiene cosas más importantes de las que hablar.

—No esperarás que la gente pase por alto un rumor que aúna un pequeño escándalo y un intento de asesinato —apostilló Richard con expresión guasona.

—Bah.

Richard guardó silencio y después carraspeó.

—Soy consciente de que la parte concerniente al intento de asesinato es cierta. Las noticias de la prensa han sido bastante coherentes, si bien es posible que estén exageradas. No dudo de que la señorita Doncaster escapó por los pelos de las garras de un asesino.

—Gracias a su valentía y a su habilidad para defenderse —añadió Benedict.

—Viajar es instructivo. ¿Qué me dices del aspecto romántico de la historia? Ben, dime la verdad. ¿Has mantenido una aventura con la señorita Doncaster?

—No es una aventura. —Benedict se dio media vuelta sin apartarse de la ventana y miró a su hermano a los ojos—. Estoy comprometido con ella.

Se percató de que le gustaba anunciar que estaba comprometido con Amity. Era como si cuanto más lo afirmara, más real le pareciera.

Richard enarcó las cejas, se apoyó en el respaldo del sillón y unió las yemas de los dedos.

—Vaya, vaya, vaya. Espera que madre se entere...

—Cuando entré en mi casa esta mañana, me esperaba un telegrama procedente de Australia.

—No me sorprende. —Richard rio entre dientes—. Yo también recibí uno ayer. Madre te manda su cariño, por cierto. Es evidente que sus cuadros se han visto inspirados por la atmósfera de la colonia de artistas donde se alojan padre y ella.

—Y, sin duda, padre está disfrutando mientras estudia la fauna y la flora australiana. De todas formas, parecen tener tiempo suficiente para estar al tanto de los rumores londinenses.

—No creo que te sorprenda tanto. Sabes tan bien como yo que, después del desastre de tu último compromiso, están desesperados por verte casado.

Benedict estaba a punto de replicar cuando vio a su cuñada en la puerta. Marissa llevaba el pelo castaño claro recogido con un sencillo moño en la nuca. El estilo resaltaba sus tiernos ojos grises y sus bonitos rasgos. Benedict hacía un mes y medio que no la veía. El cambio en su aspecto lo sorprendió. El diseño amplio del vestido de estar en casa no lograba disimular su avanzado estado de gestación. Un rápido cálculo le dijo que la fecha del nacimiento de su primer hijo estaba muy próxima. Le fue imposible no mirarla. Llegó a la conclusión de que tenía un brillo especial. Los dramáticos cambios que el estado de gestación producía en las mujeres eran como poco aterradores para un mero hombre.

—Marissa —logró decir—. ¿Te encuentras... bien?

—Gozo de una salud fantástica, gracias, Ben. —Sonrió y se acarició con ternura la abultada barriga—. No te pongas tan nervioso. Te aseguro que no voy a dar a luz a este bebé aquí en el estudio de Richard.

—Cariño, deberías sentarte —dijo Richard, que se puso

de pie y atravesó la estancia con rapidez para tomarla del brazo y acompañarla hasta un enorme sillón—. Le diré a la señora Streeter que te traiga una taza de té.

—La señora Streeter lleva todo el día ofreciéndome té —protestó ella—. Estoy bien, Richard.

Su hermano le puso un almohadón bajo los pies.

—¿Estás segura de que no deberías estar en la cama?

—Pamplinas... —respondió Marissa, que miró a Benedict—. Sería incapaz de pegar ojo, no hasta que me entere de las emocionantes noticias. Cuéntanoslo todo, Ben. ¿Qué diantres está pasando? ¿Estás envuelto en una escandalosa aventura con la señorita Doncaster?

—Marissa, no hace falta que te emociones tanto con la idea. Tal como ya le he dicho a Richard, ha habido cierta confusión con la naturaleza de la relación que me une a la señorita Doncaster. —Benedict guardó silencio durante unos instantes para causar un mayor impacto—. Estoy prometido en matrimonio con ella.

—Son unas noticias maravillosas —dijo Marissa, que sonrió para expresar su aprobación—. Tu madre se alegrará mucho.

—Eso dice Richard.

—Sabes muy bien que tu pobre madre está ansiosa por verte casado. Como su primogénito que eres, ya va siendo hora de que le des el Collar de la Rosa a tu futura esposa.

Benedict se preguntó con cierto abatimiento qué diría Amity si le regalara el collar hereditario de la familia Stanbridge. Intentó alegrarse con la idea de que la mayoría de las mujeres adoraba las joyas exquisitas. Aunque Amity era impredecible.

Resultaba extraño, pensó. Como ingeniero, aborrecía todo lo que fuera impredecible. Desde el fiasco con Eleanor, había estado buscando una mujer predecible, una que poseyera todas las cualidades de un buen reloj. Sería fiable y responsable. Mantendría su hogar organizado y le recordaría sus citas. Él se encargaría de darle cuerda regularmente y ella, a cambio, no huiría con un amante. ¿Era pedir demasiado?

—He estado leyendo los periódicos —dijo Marissa—. No quiero ni imaginarme lo que ha debido de sufrir la señorita Doncaster. Tiene suerte de estar viva.

Benedict se sentó en el borde del escritorio de Richard y cruzó los brazos por delante del pecho.

—Te aseguro que no hace falta que me lo recuerdes.

—¿Os conocisteis a bordo de un barco? —le preguntó su cuñada.

—Es una historia algo más complicada —contestó Benedict.

Les ofreció a su hermano y a su cuñada un resumen de los acontecimientos.

—¡Por el amor de Dios! —Marissa estaba horrorizada—. Se suponía que no iba a haber peligro alguno en ese viaje hasta Saint Clare. De hecho, solo debías reunirte con ese inventor y asegurarte de si había diseñado o no un arma revolucionaria.

Richard apretó los dientes.

—No nos habías informado de que te habían disparado.

—¿Para qué? —repuso Benedict—. No podíais hacer nada y, puesto que sobreviví al incidente, no vi motivo alguno para divulgar las noticias hasta llegar a casa.

—Así que la señorita Doncaster te salvó la vida —señaló Marissa—. Eso explica parte de los rumores sobre los dos. Es normal que la vieran salir y entrar de tu camarote en el *Estrella del Norte*.

Benedict carraspeó.

—También pasamos mucho tiempo juntos una vez que pude levantarme.

—Entiendo. —Marissa frunció el ceño—. Me pregunto por qué no nos han llegado las noticias sobre el disparo que recibiste. Lo normal es que hubieran llegado hasta Londres.

—Buena pregunta —replicó Benedict—. Pero ya sabes cómo funcionan los rumores. La gente tiende a concentrarse en el aspecto más escandaloso, no en los hechos.

—Muy cierto —repuso Marissa—. Debo admitir que esa actitud tan arrojada es la que me esperaría de la señorita Doncaster que escribe los artículos sobre viajes que se publican en *El divulgador volante*.

Benedict sonrió.

—¿Debo asumir que eres una seguidora de sus artículos?

—Desde luego. —Marissa parecía entusiasmada—. Por descontado, entiendo por qué te has comprometido con ella. Parece perfecta para ti. De hecho, ya estoy deseando conocerla.

—Lo harás pronto —le aseguró Benedict—. Entre tanto, mi mayor preocupación es que el hombre que la atacó siga siendo un peligro para ella. Le he dicho que no quiero que salga sola de su casa. Cuando yo no pueda estar con ella, alguien debe acompañarla en todo momento. Por las noches, un policía vigilará la casa.

Richard frunció el ceño.

—¿Crees que el asesino sigue vivo?

—Debo pensar que es así hasta que encuentren su cadáver.

Marissa parecía preocupada.

—¿Y si no lo encuentran? ¿Y si está vivo pero la policía no logra capturarlo?

—Amity, su hermana y yo intentaremos colaborar con la policía en la investigación —contestó Benedict.

Eso intrigó a Marissa.

—¿Cómo vais a hacerlo?

—Amity ha ofrecido varias pistas sobre el asesino —respondió Benedict—. Entre otras cosas, está convencida de que frecuenta la alta sociedad.

En esa ocasión, tanto Marissa como Richard lo miraron con asombro.

Benedict les describió al asesino según lo que había explicado Amity.

—Dada la secuencia temporal, creemos que tal vez asistiera al baile de los Channing celebrado hace un mes —concluyó—. O, al menos, que se relaciona con alguien que estuvo presente.

Marissa lo miró con gesto sagaz.

—Vais a necesitar la lista de invitados.

Benedict sonrió.

—De hecho, la hermana de la señorita Doncaster le ha explicado al inspector Logan cómo obtenerla.

—Te has impuesto una tarea interesante —comentó Richard—. Buscar asesinos es misión de la policía. Pero entiendo tu postura. El tipo de gente que asiste a los bailes no abre sus puertas a los inspectores de Scotland Yard. Como bien sabes, Marissa y yo preferimos no relacionarnos con la alta sociedad en general, pero tenemos algunos contactos. Si podemos ayudar en algo, no dudes en pedírnoslo.

—Gracias —replicó Benedict—. Te lo agradezco. Tal vez os pida ayuda.

Richard miró el maletín negro de cuero que Benedict había dejado en su escritorio.

—¿Qué hay de los planos del motor solar y la batería?

Benedict cogió el maletín y lo abrió con cierta parsimonia. Después, sacó la carpeta de cuero que contenía las notas de Elijah Foxcroft.

—En cuanto salga de aquí, le entregaré esto a tío Cornelius. Una vez que lo haga, mi cortísima carrera como espía de la Corona habrá concluido.

—Y comenzará tu nueva profesión como ayudante de Scotland Yard —apostilló Richard, que miraba la carpeta con gran interés—. Me encantaría echarle un vistazo a las notas y a los dibujos de Foxcroft.

Benedict dejó la carpeta en el escritorio.

—Voy a enseñártelos.

Al cabo de un rato, Richard cerró la carpeta y se sentó en su sillón. Sonreía con gesto satisfecho.

—Ahora entiendo por qué hiciste el viaje a California. Los rusos tal vez tengan los planos del cañón solar, pero eres tú quien ha traído el diseño del motor capaz de proporcionarle energía al arma. Sin él, el cañón no funcionará.

—Lo interesante del motor solar y de la batería de Foxcroft es que son precisamente eso: un motor y una batería para almacenar energía —replicó Benedict—. Un sistema capaz de proporcionar energía a cualquier cosa, no solo a un arma. Se puede usar para hacer funcionar un horno, un vehículo, un barco o una fábrica. Con la energía gratuita del sol. Las posibilidades son infinitas.

Richard sonrió.

—Es mejor que los dueños de las minas de carbón no te oigan decir eso.

—Mouchot está en lo cierto, a la postre nos quedaremos sin carbón. O, cuando menos, su extracción será cada vez más cara. Los franceses y los rusos han estado financiando investigaciones sobre energía solar y su desarrollo durante los últimos años. Varios inventores estadounidenses están trabajando en artefactos solares. Debemos ponernos al mismo nivel que el resto de las potencias mundiales o correremos el riesgo de quedarnos retrasados. —Benedict le dio unos golpecitos a las notas—. El sistema de Foxcroft es nuestra oportunidad de conseguirlo.

—No te lo discuto. Es evidente que tío Cornelius no te habría pedido que viajaras a Saint Clare si la Corona no estuviera interesada en el potencial de la energía solar.

—Mi temor es que lo único que vea el gobierno sea el potencial para crear una nueva arma con el motor de Foxcroft. Los socios de tío Cornelius no verán todas las implicaciones.

—Si alguien es capaz de hacerles ver que la energía solar es un tema serio, es tío Cornelius.

—Tienes razón. —Benedict miró la carpeta—. Sin embargo, antes de entregarle las notas de Foxcroft y las instrucciones, debo pedirte un favor. Tengo un plan y necesito tu ayuda.

Richard sonrió.

—Siempre tienes un plan. ¿De qué se trata esta vez?

Benedict se lo contó.

Cuando acabó de hablar, Richard asintió con la cabeza. Parecía muy pensativo.

—Sí —dijo—. Tiene sentido.

10

—Señorita Doncaster, soy incapaz de expresar la profunda admiración que siento, no solo por usted personalmente, sino por su narración sucinta y reflexiva —dijo Arthur Kelbrook—. He leído todos sus ensayos en *El divulgador volante*. Sus descripciones de los paisajes extranjeros son increíblemente brillantes. Es como si hubiera estado a su lado, viendo esos paisajes con usted. Nunca olvidaré la estampa poética del sol poniente en aquella isla de los Mares del Sur.

—Gracias, señor Kelbrook —repuso Amity. Se ruborizó, ya que no estaba acostumbrada a unos elogios tan exuberantes—. Es muy amable de su parte haberse tomado la molestia de leer mis reseñas en *El divulgador volante*.

El salón de recepciones del Círculo de Viajeros y Exploradores estaba atestado. El invitado de honor, Humphrey Nash, había concluido su charla hacía poco y estaba siendo adorado por su corte al otro lado de la habitación. Estaba rodeado de admiradores y de rivales por igual. Había, se percató Amity, un número considerable de damas en el grupo. El Círculo de Viajeros era una de las pocas instituciones dedicadas a los viajes y a la geografía que aceptaba mujeres, pero Amity sabía que no era el único motivo de que hubiera tantas mujeres en la recepción. Nash era alto, guapo y de constitución atlética, un hombre con un perfil patricio y unos penetrantes ojos verdes. Llevaba el pelo, castaño y rizado, corto como dictaba la moda.

Además, era un grandísimo fotógrafo. Sus magníficas fotografías de templos, jardines exóticos, montañas coronadas de nieve y monumentos antiguos decoraban las paredes.

Amity intentó no desviar la mirada hacia Humphrey, pero le costaba. Había estado muy nerviosa por asistir a la recepción de esa noche, pero una parte de sí misma también sabía que necesitaba ver a Humphrey de nuevo para demostrarse que lo que, a la edad de diecinueve años, creyó que era un corazón roto ya no lo era.

Esa noche, al verlo mientras imponía el silencio a su audiencia desde el estrado, se preguntó qué había visto en él. Seguía siguiendo el guapo y valiente explorador que la cautivó con diecinueve años, pero enseguida se había dado cuenta de que ya no estaba bajo su hechizo. Debía admitir que entrar en el salón de actos del brazo de su supuesto prometido le había proporcionado mucha satisfacción.

Seguramente fuera bastante inmaduro por su parte esperar que Humphrey se hubiera dado cuenta de que estaba sentada con Benedict entre el público y, tal vez, de que se hubiera enterado de su compromiso. Sin embargo, se dijo que se merecía disfrutar de ese momento. Al fin y al cabo, Humphrey le había provocado una tremenda humillación al aprovecharse de su inocencia e intentar convencerla para mantener una aventura ilícita. Su reputación había sufrido muchísimo a los diecinueve años, tanto que destruyó sus posibilidades de contraer un matrimonio respetable.

Menos mal, pensaba a menudo, que disfrutaba al viajar por el extranjero, porque no le quedó más remedio que abandonar el país. Sonrió al pensarlo. Partir para explorar el mundo era lo mejor que le había pasado en la vida.

Penny se encontraba más o menos en medio de la estancia. Estaba especialmente guapa con un vestido azul marino que resaltaba su pelo. El vestido azul había sido un movi-

93

miento osado. Según las normas sociales, una esposa debía pasar un año y un día vestida de negro. Amity se llevó una sorpresa, aunque para bien, al ver que Penny bajaba la escalera con ese vestido. Cierto que era una tonalidad muy oscura de azul, pero era, de todas formas, azul, ni negro ni gris.

Amity debía admitir que estaba disfrutando del hecho de que ella misma iba vestida a la moda, con mucha elegancia. Recordó la conversación que habían mantenido en el establecimiento de la modista.

—El verde oscuro atraerá las miradas hacia tus ojos y resaltará el color tan dramático de tu pelo oscuro —le había asegurado Penny—. Estoy segura de que el señor Stanbridge se llevará una buena sorpresa esta noche.

—¿Por qué diantres se iba a sorprender al verme con un vestido? —preguntó Amity. Acarició los preciosos y sedosos pliegues de la tela verde—. Ya me ha visto en numerosas ocasiones y te aseguro que llevaba un vestido en todas ellas. Ni que fuera desnuda en mis viajes por el extranjero.

La modista alzó la mirada al cielo y masculló un «*Mon Dieu*» con un acento francés atroz.

Penny no le hizo caso y miró a Amity con severidad.

—Supongo que en todas esas ocasiones lucías uno de esos sacos marrones o negros que te llevas a tus viajes.

—Soportan bien las arrugas y las manchas —repuso Amity, que se puso a la defensiva—. Y se lavan muy bien.

—Me da igual lo bien que se laven, se sequen o se planchen —replicó Penny—. Los colores te sientan fatal y, desde luego, no resaltan tus curvas de la misma manera que lo hará este vestido.

El vestido era muy sencillo y elegante, con mangas ceñidas y largas, y un corpiño que terminaba en punta justo por debajo de la cintura. La falda estaba confeccionada de tal manera que creaba una estrecha línea en la parte delantera, aunque permitía cierta facilidad de movimiento. En la espalda, la tela estaba plisada sobre un discreto polisón.

La modista se declaró espantada al ver el abanico de Amity. Madame La Fontaine insistió en que no favorecía el vestido. Sugirió que, en cambio, luciera uno clásico de delicadas varillas de madera que al abrirse desplegaba unas orquídeas. Sin embargo, Amity se mantuvo en sus trece. En ese caso, Penny se puso de su parte. Ninguna de las dos consideró sensato decirle a la modista que el abanico era, en realidad, un arma. La pobre mujer se habría muerto al saber que una dama pensaba llevar un cuchillo a una recepción. Esa noche, el *tessen* colgaba de la cadena de plata que Amity llevaba a la cintura.

—No me he perdido ni un solo informe de sus viajes —continuó Kelbrook—. Le aseguro que soy su lector más fiel, señorita Doncaster.

—Gracias —repitió Amity.

Retrocedió un paso en un intento por poner algo de distancia entre ellos. Sin embargo, Kelbrook dio un paso hacia ella. De repente, Amity se dio cuenta de que el brillo de sus ojos era excitación, no admiración, y un tipo de excitación bastante desagradable.

—Me quedé de piedra al enterarme de que fue atacada por ese monstruoso asesino que la prensa ha apodado «el Novio» —siguió él—. Debo preguntarle cómo consiguió escapar. Los informes de los periódicos eran muy vagos a ese respecto.

—La suerte tuvo mucho que ver —replicó Amity con sequedad. Retrocedió otro minúsculo paso—. Eso, junto con experiencia para salir de apuros.

No pensaba enseñarle su abanico. No tenía sentido llevar un arma oculta si todo el mundo conocía el secreto. Una no se confesaba con alguien que era prácticamente un desconocido, por mucho que profesara adorar sus escritos.

Arthur Kelbrook tendría cuarenta y tantos años. Era un hombre apuesto, aunque insípido, con unas entradas galopantes, ojos de un gris claro, labios suaves, manos anchas y cuello casi inexistente. Todos los indicios apuntaban a que estaba destinado a adquirir un estómago orondo con el paso de los años. Los botones que abrochaban su carísima chaqueta la tensaban a la altura de la cintura.

Desde luego que no era el hombre más guapo ni más distinguido de la estancia, pensó Amity, pero la sinceridad y la pasión que demostró cuando empezaron a hablar le pareció encantadora e incluso tierna. Kelbrook era la única persona que había conocido esa noche que parecía interesada de verdad en sus viajes. Todas las demás estaban embelesadas por Humphrey Nash.

Aunque eso no quería decir que no hubiera llamado la atención de varios hombres más de la sala, pensó. De vez en cuando, había captado las miradas especulativas que le lanzaban. Sabía que se estaban preguntando si una mujer que se atrevía a viajar sola por el extranjero era igual de atrevida en otros aspectos. No era la primera vez que se había topado con supuestos caballeros que suponían demasiadas cosas.

—Tengo entendido que la policía todavía no ha descubierto el cuerpo del Novio —comentó Kelbrook.

—No. —No quiso añadir que tal vez no hubiera cuerpo que encontrar.

Kelbrook bajó la voz y se acercó un poco más.

—También tengo entendido que había bastante sangre en el escenario del crimen.

El encanto que Arthur Kelbrook había demostrado hasta hacía poco desapareció por completo. Amity empezaba a perder la paciencia. Y la inquietud se abría paso en su interior.

—Cierto —repuso. Habló en tono vago mientras fingía escudriñar la sala—. Me pregunto dónde está mi prometido.

No había ni rastro de Benedict. Justo cuando necesitaba a un hombre, desaparecía, pensó ella.

—Seguro que se debatió con valor —siguió Kelbrook—. Pero ¿qué podría hacer una dama delicada y gentil como usted para defenderse de un monstruo excitado?

La intensidad del hombre aumentaba por momentos. Al igual que la expresión enfebrecida de su mirada.

Amity sintió que se le ponía el vello de la nuca de punta. Intentó rodear a Kelbrook, que se las había apañado para interponerse en su camino.

—Le aseguro que todo acabó en cuestión de minutos —respondió con brusquedad—. Me limité a saltar del carruaje.

—No puedo ni imaginarme lo que fue para usted estar inmovilizada bajo ese bruto, con sus manos tocando su cuerpo virginal mientras su camisón se enrollaba, roto, alrededor de su cintura y él tenía sin duda los pantalones desabrochados.

—Por el amor de Dios, señor, creo que está usted como una cabra.

Amity se dio media vuelta con la intención de marcharse. Se dio de bruces con un objeto grande e inamovible.

—Benedict. —Sobresaltada, se detuvo en seco. El sombrerito verde que tenía colocado para que cayera sobre la ceja izquierda se le soltó—. Ah, por Dios. —Consiguió atraparlo antes de que cayera al suelo—. No lo he visto ahí plantado, señor. ¿Tiene que acercarse a hurtadillas?

—¿Quién era? —preguntó Benedict.

La pregunta, que hizo en voz baja, iba cargada con una amenaza dura, feroz y más que peligrosa.

Amity se volvió a colocar el sombrerito y miró a Benedict. No la estaba mirando. Estaba concentrado en la multitud que ella tenía a su espalda. Miró por encima del hombro y vio a Arthur Kelbrook perderse entre la gente.

—¿El señor Kelbrook? —Se estremeció, asqueada, y miró de nuevo a Benedict—. Un caballero muy desagradable con una imaginación retorcidísima.

—En ese caso, ¿qué diantres hacía hablando con él a solas en esta hornacina?

Se sorprendió al escuchar su tono. Era imposible que Benedict estuviera celoso, ¿verdad? Claro que no lo estaba. Solo se preocupaba por su seguridad. Debería estarle agradecida. Y lo estaba. Muy agradecida.

—Le aseguro que fuimos debidamente presentados y que, al principio, la conversación fue muy normal —contestó ella—. El señor Kelbrook expresó un gran interés por los artículos de mis viajes. Pero luego empezó a pedirme detalles de mi encuentro con el asesino. Cuando rechacé dárselos, comenzó a inventarse unos cuantos bastante descabellados.

Benedict apartó la vista de Kelbrook y la atravesó con una mirada penetrante.

—¿Qué demonios quiere decir con eso de inventar?

Amity carraspeó.

—Creo que albergaba fantasías alocadas en las que el Novio me asaltaba.

—La asaltó.

—Al señor Kelbrook le emocionaba la idea de que me hubieran asaltado de un modo más íntimo, no sé si me entiende.

Durante un segundo, Benedict pareció no entenderla. Luego la rabia refulgió en su mirada.

—¿Se imaginaba que la habían violado? ¿Quería que le describiese ese escenario?

—Algo parecido, sí.

—Menudo hijo de puta —dijo Benedict en voz muy baja.

La gélida furia de sus ojos la asustó.

—Le aseguro que no hubo tiempo para algo así —se apresuró a decir—. Le he asegurado que me escapé sin sufrir daño alguno. Acababa de decirle al señor Kelbrook que está más loco que una cabra y estaba a punto de marcharme cuando ha aparecido usted.

—Ya me encargo yo de él —juró Benedict con el mismo tono de voz sereno.

Pese al miedo, Amity sintió una gran calidez. Benedict estaba decidido a protegerla de verdad. Estaba tan acostumbrada a estar sola y a tener que valerse por sí misma que no sabía muy bien cómo responder a esa situación.

—Aprecio el ofrecimiento, señor —dijo—. Pero es del todo innecesario que tome medidas al respecto.

—No ha sido un ofrecimiento —replicó Benedict.

—Benedict —dijo ella con firmeza—, no debe precipitarse. ¿Me entiende?

—Loco —dijo Benedict, que cambió de tema de forma abrupta.

Frunció el ceño al escucharlo.

—Excéntrico, desde luego, y maldecido con una imaginación escabrosa, pero no estoy segura de que se pueda decir que el señor Kelbrook está loco. No es el asesino, si se refiere a eso.

—¿Está segura?

—Totalmente. Todo en él era distinto: las manos, la altura, la voz... Todo.

—Ha dicho que estaba loco como una cabra.

—Era una forma de hablar.

—Logan y la prensa están convencidos de que el Novio está loco de atar —señaló Benedict.

—En fin, es evidente que ningún hombre en su sano juicio va por ahí matando mujeres. ¿Adónde quiere llegar?

—Se me acaba de ocurrir que tal vez estemos pasando por alto la pista más evidente. Si el asesino está loco, es más que posible que alguien que lo conozca bien, quizás algún miembro de su familia, esté al tanto de su comportamiento antinatural.

Amity sopesó la idea un momento.

—Puede que tenga razón. Pero ya sabe lo que sucede si hay algún indicio de locura en la familia. La gente haría cualquier cosa con tal de ocultarlo. Los rumores de locura en un linaje podrían destruir a una familia de clase alta. Otros miembros de su círculo social se negarían a que sus hijos o hijas se casaran con alguien de un clan que podría estar tocado por la locura.

—Claro que unas cuantas excentricidades y algún que

otro comportamiento extraño pueden pasarse por alto —añadió Benedict con voz pausada.

—En fin, no cabe duda de que lo que algunos podrían llamar locura otros lo disculparían achacándolo a un comportamiento excéntrico —repuso ella—. Sin embargo, la tendencia al asesinato a sangre fría no se puede calificar de excentricidad, se mire como se mire.

—Semejante tendencia tampoco se puede calificar de locura.

—¿Y cómo la calificaría?

—De maldad.

El recuerdo de los instantes que pasó en el coche de alquiler con ese depredador humano la atravesó. Se dio cuenta de que sentía una opresión en el pecho. Se obligó a respirar. De forma instintiva, tocó el abanico. Podía cuidarse sola. Maldición, se había cuidado sola. Ya estaba a salvo.

Pero el monstruo seguía allí fuera, en las sombras.

—Sí —susurró ella—. Digan lo que digan los médicos acerca de su estado mental, no cabe la menor duda de que en el fondo el Novio es un ser malvado.

—Ese malnacido seguirá matando hasta que lo detengan. Es la naturaleza de la bestia. —Benedict hizo una pausa y frunció el ceño—. ¿Su hermana nos está haciendo señas para que nos acerquemos?

Amity miró hacia su hermana y vio que Humphrey Nash se había sumado al grupito de mujeres en el que estaba Penny. En ese momento, su hermana la miró y le indicó con un levísimo gesto de barbilla que se acercase.

Amity tomó una honda bocanada de aire para armarse de valor.

—Sí —contestó—. Creo que Penny intenta llamar nuestra atención.

—Nash está con ella.

—Así es.

Humphrey siguió la mirada de Penny y esbozó una sonrisa deslumbrante al ver a Amity. Ella le correspondió con una sonrisa amable de su cosecha.

—Creo que Nash está buscando una presentación —comentó Benedict.

—No es necesario —dijo Amity—. El señor Nash y yo ya nos conocemos.

Benedict parecía a punto de decir algo al respecto, pero se mordió la lengua. Tras aferrarle el brazo con afán posesivo, la acompañó hasta el otro lado de la estancia. Cuando llegaron al grupito, Penny se encargó de las presentaciones con su habitual aplomo.

—Por fin te veo, Amity —dijo Penny. Parpadeó—. ¿Qué diantres le ha pasado a tu sombrero?

—¿A mi sombrero? —Amity levantó una mano para tocarse la prenda—. Sigue en su sitio.

—Se te ha soltado. Da igual, ya lo arreglaremos después. —Penny extendió un brazo y le quitó el sombrero a su hermana—. Creo que ya conoces al señor Nash.

—Fuimos presentados en otro tiempo —repuso Amity. Se enorgulleció del tono educado y distante con el que las palabras salieron de su boca. Benedict le aferró el brazo con más fuerza, como si estuviera preparado para alejarla de las garras de Humphrey en caso de ser necesario.

—Amity, es un placer volver a verla —dijo Humphrey. Su mirada se tornó cálida—. ¿Cuánto tiempo ha pasado? ¿Seis años?

—El tiempo vuela, ¿no es verdad? —replicó ella. Lo miró con una sonrisa serena—. ¿Conoce a mi prometido, el señor Stanbridge?

—Me temo que no. —Parte de la calidez desapareció de los ojos de Humphrey. Le dirigió una corta mirada a Benedict, estudiándolo—. Stanbridge.

—Nash —replicó el aludido.

E inmediatamente, Humphrey volvió a concentrarse en Amity.

—He disfrutado mucho de sus esporádicos artículos en *El divulgador volante*.

—Gracias —dijo—. Debo decirle que sus fotografías son brillantes, como de costumbre.

—Es un placer saber que las aprueba, sobre todo porque ha visitado en persona algunos de los lugares y de los temas que he fotografiado —replicó Humphrey—. Está en una situación excelente para juzgar la calidad de las imágenes.

—Son espectaculares —le aseguró ella. Era la verdad, pensó—. Tiene mucho talento para capturar la esencia de cada paisaje: la belleza del desierto al atardecer, los elementos artísticos de un templo o la gloriosa panorámica desde la cima de una montaña. Desde luego, su trabajo va más allá de fotografiar imágenes. Es un artista con su cámara.

—Gracias —dijo Humphrey—. Me encantaría poder hablar de nuestras observaciones personales. Tal vez sea posible vernos en un futuro cercano...

—Siento interrumpir —dijo Benedict. Se sacó el reloj de bolsillo y abrió la tapa dorada—. Pero creo que ha llegado el momento de que nos marchemos, Amity. Tenemos otra cita esta noche.

Amity lo miró con el ceño fruncido.

—¿A qué cita se refiere?

—Tal vez se me haya olvidado comentárselo antes —contestó Benedict sin alterarse—. Es con un tío ya entrado en años. Quiero que lo conozca. La pondré al día cuando estemos en el carruaje. Señora Marsden, ¿está lista para irse?

—Sí, por supuesto —contestó Penny. La situación parecía hacerle gracia.

Benedict cogió a Amity del brazo y se detuvo el tiempo justo para lanzarle una última mirada a Humphrey.

—Unas fotografías interesantes, Nash. ¿Qué clase de cámara usa?

—El último modelo de Presswood —contestó Humphrey con sequedad—. Fue modificada especialmente por el fabricante siguiendo mis instrucciones. ¿Es usted fotógrafo?

—El tema me despierta cierto interés —contestó Benedict. Se volvió hacia Amity y Penny—. Señoras, ¿están listas?

—Desde luego —respondió Penny.

Amity se despidió de Humphrey con un gesto de cabeza.

—Buenas noches, señor.

—Buenas noches —repuso Humphrey. Sus ojos tenían otra vez esa expresión cálida.

Benedict alejó a Amity y a Penny de allí antes de que pudieran decir algo más. Amity estaba segura de que a Penny le costaba contener la risa, pero ella estaba demasiado molesta con Benedict como para preguntarle a su hermana qué le hacía tanta gracia.

Al llegar al vestíbulo, Amity y Penny recogieron sus capas. Los tres salieron a los escalones de entrada. Era una noche estival en la que soplaba una brisa fresca, pero seguía sin llover, pensó Amity.

Benedict le dio unas instrucciones al portero, que envió a un mozo en busca del carruaje.

Se produjo un breve silencio mientras esperaban la llegada del vehículo. Amity miró a Benedict. A la brillante luz de la farola de gas, su rostro estaba ensombrecido por un tenebroso claroscuro.

—Ni se le ocurra decirme que cree que el señor Nash pueda ser el asesino —dijo ella.

—Es un fotógrafo profesional —repuso Benedict.

—Créame, sabría si el señor Nash fue quien me secuestró —replicó Amity con voz brusca.

—Mi hermana tiene razón —añadió Penny en voz baja—. Habría reconocido al señor Nash como el asesino si hubiera sido él quien intentó secuestrarla.

Benedict observó a Amity con una expresión indescifrable.

—¿Eso quiere decir que conoce bien a Nash?

—Nos conocimos aquí en Londres cuando yo tenía diecinueve años —contestó Amity con sequedad—. Pero, poco después, se fue a Egipto para fotografiar los monumentos. No he vuelto a verlo en los últimos seis años. Aunque nuestras respectivas profesiones nos han llevado por todo el mundo, nunca hemos estado en el mismo lugar a la vez.

—Ya no se puede decir lo mismo, ¿verdad? —dijo Benedict—. Por alguna increíble coincidencia, los dos están en Londres en el mismo momento.

Amity lo fulminó con la mirada.

—¿Qué diantres está insinuando?

—Nash la buscó entre una multitud esta noche porque quiere algo de usted.

—Sí, lo sé. Ya ha oído lo que ha dicho. Quiere hablar de nuestras experiencias en los lugares que hemos visitado.

—No —la contradijo Benedict—. Es una excusa, estoy seguro.

Penny esbozó una sonrisa serena.

—Sería mejor continuar con tan encantadora conversación en otro momento, ¿no? Tal vez cuando no haya nadie más cerca. Aunque reconozco que me hace bastante gracia, es una discusión que es mejor mantener en privado.

Amity contuvo un suspiro.

—Por el amor de Dios, el señor Stanbridge y yo discutimos de un asunto absolutamente insignificante. Te pido disculpas, Penny.

—Yo también —dijo Benedict—. Como si no tuviéramos cosas más importantes de las que ocuparnos.

—Así es —repuso Penny—. Ah, por fin llega el carruaje.

—Ya era hora —dijo Benedict—. Vamos a llegar tarde. Hay bastante tráfico esta noche.

Amity enarcó las cejas.

—¿Quiere decir que tenemos una cita de verdad? ¿No se lo ha inventado a modo de excusa para irnos antes de tiempo?

—Hace poco recibí un mensaje de mi tío —contestó Benedict—. Quiere hablar con nosotros esta noche.

—¿Con nosotros? —Un ramalazo de emoción recorrió a Amity—. ¿Eso quiere decir que Penny y yo vamos a acompañarlo?

—No, solo es necesario que venga usted. Dejaremos a su hermana en casa de camino.

—Pero ¿por qué quiere verme su tío? —preguntó Amity.

—No lo sé todavía, pero supongo que quiere interrogarla en profundidad con respecto a nuestras experiencias en Saint Clare y a bordo del *Estrella del Norte*. Confieso que mis recuerdos de los primeros días del viaje hacia Nueva York son un poco difusos. Además, estuve encerrado en mi camarote bastante tiempo. Aunque no sea consciente, tal vez tenga información nueva sobre los sucesos de la que yo carezco.

—Entiendo —dijo Amity—. Supongo que intenta identificar a la persona que le disparó.

—Desde luego que quiere averiguar la identidad del espía ruso que asesinó a Alden Cork en Saint Clare. A mí tampoco me importaría verme las caras con ese agente.

—Dudo mucho que pueda ayudar a su tío, pero desde luego que lo intentaré —aseguró Amity.

—Excelente —dijo Benedict. Miró a Penny—. La llevaremos antes a casa, señora Marsden. Después, Amity y yo seguiremos hasta casa de mi tío.

—Muy bien —replicó Penny—. Pero espero que no empiece de nuevo la discusión acerca de las intenciones del señor Nash.

Amity sonrió mostrando una expresión despreocupada.

—No habrá más discusiones por un asunto tan nimio porque no hay nada de lo que discutir.

—Nash quiere algo —insistió Benedict—. Hágame caso.

Penny suspiró.

—Creo que el trayecto hasta Exton Street va a ser muy largo.

Contra todo pronóstico, la paz reinó en el coche de alquiler hasta que este se detuvo delante de la casa de Penny. Amity se sorprendió al ver un cabriolé esperando en la calle. Solo alcanzaba a ver un atisbo de la figura del pasajero. Un mal presentimiento se apoderó de ella.

—Hay alguien ahí —dijo Amity—. No sé quién podría venir a estas horas de la noche.

—Yo tampoco —repuso Penny.

Benedict ya había abierto la portezuela. Saltó al suelo. Amity se quedó de piedra al verlo sacar una pistola de su abrigo. Quería preguntarle cuándo había adquirido la costumbre de ir armado, pero no tuvo oportunidad.

—Ya me encargo yo de quienquiera que esté en ese cabriolé —les aseguró él—. Entren en casa, las dos, y cierren con llave.

—Benedict, le pido por favor que no se enfrente solo a quienquiera que esté en ese carruaje. Se supone que hay un agente de policía montando guardia. Que se encargue él del asunto.

—A la casa —repitió Benedict—. Y me lo tomaría como un favor personal si lo hiciesen deprisa, Amity.

—Tiene razón —dijo Penny.

Penny fue la primera en descender del coche de alquiler y subir los escalones de entrada a la casa. Amity la siguió, pero metió la mano debajo de la capa y soltó el abanico de su cadena de plata.

Los tres vieron, asombrados, cómo un hombre se apeaba del cabriolé de alquiler y saltaba a la calle.

—Inspector Logan —dijo Penny, que sonrió con evidente alivio—. Es un placer volver a verlo.

—Buenas noches, señora Marsden. —Logan saludó a Amity con un movimiento de la cabeza—. Señorita Doncaster. —Miró el arma que Benedict tenía en la mano—. Esta noche no va a necesitar eso. El agente Wiggins está haciendo guardia en el parque que hay al otro lado de la calle.

—¿Qué diantres hace aquí a esta hora? —Benedict hizo desaparecer el arma en su abrigo—. ¿Tiene alguna noticia?

Logan se metió la mano en el abrigo y sacó un sobre.

—Tengo la lista de invitados del baile de los Channing. —Sonrió a Penny—. Tenía razón, señora Marsden. Pude conseguirla a través del periodista de *El divulgador volante* que cubre los actos sociales. Ha sido una fuente de información increíble. Lo tendré en cuenta para investigaciones futuras.

A la luz de la farola de gas, Amity no estaba segura, pero habría jurado que Penny se ruborizó.

—Me alegro de haber sido de ayuda, inspector —replicó Penny—. ¿Le apetece entrar? Podemos repasarla ahora mismo. El señor Stanbridge y mi hermana tienen otra cita esta noche. ¿No es verdad, Amity?

Amity recuperó la compostura a toda prisa.

—Sí, así es. —Miró al inspector Logan con una sonrisa—. Me van a presentar a uno de los parientes de mayor edad del señor Stanbridge.

—Tío Cornelius tiene unos horarios extraños —añadió Benedict.

—Nos vemos después, Amity —dijo Penny, que subió los escalones y sacó la llave de la casa. Logan la siguió al interior del pasillo principal tenuemente iluminado. La puerta se cerró.

Amity miró a Benedict.

—¿Desde cuándo los inspectores de Scotland Yard van a ver a testigos a las diez de la noche?

Benedict tenía la vista clavada en la puerta principal.

—No tengo la menor idea.

11

—¿Cree que Penny y el inspector Logan encontrarán algún sospechoso en la lista? —preguntó Amity.

Benedict la ayudó a subir al carruaje. Se percató de que le gustaba sentir en la mano el tacto delicado de esos dedos protegidos por los guantes.

—Es imposible saberlo todavía —contestó—. Tal como Logan ha señalado, esa lista no es más que un punto de partida. Cuanto antes llevemos a cabo la visita a mi tío, antes podremos regresar y ver lo que han descubierto Logan y su hermana.

Amity entró con rapidez en el oscuro interior del vehículo. Al retirarse la capa y las faldas del vestido verde a fin de no pisarse las prendas, Benedict captó la imagen fugaz de unas elegantes botas de tacón alto. La idea de estar a solas con ella en el carruaje lo excitó.

Contuvo con gran esfuerzo el deseo y le dijo al conductor:

—A Ashwick Square, por favor.

—Sí, señor.

Benedict entró en el coche de alquiler, se sentó frente a Amity y cerró la portezuela. La luz de las lámparas era muy tenue. El suave resplandor hacía que a Amity le brillara el pelo y creaba unas sombras incitantes. Se preguntó si ella sería consciente de lo tentadora que parecía allí sentada en la penumbra. Llegó a la conclusión de que era muy desafortunado que estuvieran de camino a Ashwick Square, donde los esperaba lo que sin duda sería una larga conversación. Habría preferido otro destino esa noche, cualquier otro, siempre y cuando le otorgara un poco de intimidad con Amity. Y una cama, añadió para sus adentros. Una cama sería un detalle estupendo.

Había pasado demasiado tiempo desde aquel beso en el *Estrella del Norte*. El recuerdo del abrazo lo había sustentado durante las últimas semanas. Pero una vez de vuelta a su lado, los recuerdos no bastaban para sofocar el ardiente y temerario anhelo que despertaba en él.

—Amity, ¿me has echado de menos durante estas semanas? —le preguntó, tuteándola.

Porque tenía que saberlo, pensó. Tenía que saber si el tiempo que habían pasado juntos había sido importante para ella y no un mero coqueteo. Se percató de que todo su cuerpo se había paralizado a la espera de la respuesta.

Amity lo miró, azorada. Supo que la había pillado con la guardia baja.

—Me preocupaba su bienestar, por supuesto —contestó.

—Yo te he echado de menos.

Amity lo miró. En la penumbra, le resultó imposible vislumbrar su expresión.

—Ah, ¿sí? —replicó ella.

Su voz era tan inescrutable como sus ojos.

—Mientras he estado lejos de ti, he pensado con frecuencia en el tiempo que compartimos en el barco —confesó—. Lo disfruté mucho. —Hizo una pausa—. Bueno, tal vez no los primeros días mientras me recuperaba de la herida de bala. Pero aparte de eso...

—Yo también disfruté del tiempo que pasamos juntos —se apresuró a añadir Amity—. Después de asegurarme de que su herida no se infectaría, por supuesto.

—Me recuperé de la herida gracias a ti. Jamás lo olvidaré.

Ella unió sus manos enguantadas con fuerza y lo miró con lo que parecía un gesto contrariado.

—Me gustaría que dejara de decir eso —replicó—. Bastante mal están las cosas como están, señor Stanbridge. Si no le importa, preferiría que no añadiera su sentido de la gratitud a la lista de cosas de las que debo preocuparme. Como si no tuviera suficiente en lo que pensar...

El furioso arranque lo sorprendió.

—¿Me culpas por sentirme agradecido? —quiso saber.

—Sí. No. Oh, da igual. —Separó las manos y le restó importancia al asunto con un gesto breve—. No tiene sentido tratar de explicar las cosas. En este momento, nos encontramos inmersos en un embrollo y debemos intentar esclarecerlo. —Suspiró—. Al parecer, acostumbramos a pasar de una situación complicada a otra, ¿no es así?

—Sí.

Amity carraspeó.

—Me disculpo por haberlo obligado a cargar con este compromiso temporal nuestro. Fue muy generoso por su parte el sugerirlo, por no mencionar su determinación a protegerme del Novio. Si de verdad siente que está en deuda conmigo por la ayuda que le presté en Saint Clare, algo que no debería sentir, puede estar seguro de que ha saldado su deuda. Suponiendo que hubiera alguna. Que no la había.

La ira abrumó a Benedict. Una gélida sensación se apoderó de sus entrañas. Se inclinó hacia delante y colocó ambas manos en el respaldo del asiento de enfrente, a ambos lados de la cabeza de Amity, atrapándola entre ellas.

—Déjame aclararte una cosa —dijo—. No quiero tu gratitud, de la misma manera que tú no quieres la mía.

Se produjo un breve y sorprendido silencio. Sin embargo, Amity no trató de escapar de él. Al contrario, lo miró con seriedad un instante y después le regaló una sonrisa desvaída.

—Supongo que será mejor que dejemos de agradecernos mutuamente lo sucedido en el pasado y los favores del presente o correremos el riesgo de sentirnos cada vez más irritados e incómodos —repuso ella—. Eso no ayudaría en absoluto a la investigación. Las emociones fuertes siempre nublan la mente.

Benedict se sintió acalorado de nuevo.

—En ese punto, estamos de acuerdo —dijo—. No habrá más expresiones de gratitud. Pero no estoy seguro de poder prometerte que no experimentaré emociones fuertes en lo referente a ti. Cada vez que recuerdo el beso de la última noche que pasamos a bordo, por ejemplo, soy incapaz de concentrarme en otra cosa.

—Benedict... —susurró ella, con un hilo de voz.

—Por favor, dime que tú también lo recuerdas.

Amity separó los labios un instante. Por un momento, pareció quedarse sin palabras. Pero a Benedict no le sorprendió su pronta recuperación. Al fin y al cabo, era Amity. Era imposible que hubiera un tema sobre el que no pudiera expresarse.

—Lo recuerdo con frecuencia —le aseguró—. Pero no sabía si usted también lo recordaría alguna vez.

—He rememorado ese beso noche y día durante el pasado mes y medio. Y cada vez que lo hacía, lo único que deseaba era repetir la experiencia.

Los ojos de Amity eran tan ardientes y seductores como las noches del Caribe. No se movió.

—No tengo la menor objeción a un segundo beso —repuso ella.

—No sabes cuánto he deseado escucharte decir eso.

Sin apartar las manos del respaldo del asiento, se inclinó hacia delante y le rozó los labios con los suyos. Amity los separó un poco.

—Benedict... —susurró.

Él apartó las manos de ambos lados de su cabeza y se sentó a su lado. La rodeó con sus brazos con deliberada lentitud.

Amity se dejó hacer con un suspiro casi inaudible que no alcanzó a contener y un entusiasmo que le resultó más que gratificante... y que le infundió más seguridad que cualquier palabra. La apasionada respuesta de Amity dejó bien claro que no había olvidado la pasión que había estallado entre ellos durante la última noche de la travesía.

—Estas pasadas semanas he estado muy preocupada por ti —confesó ella contra su boca.

Benedict gimió.

—Da la casualidad de que soy yo quien tenía motivos para estar preocupado. Durante todo ese tiempo que he estado lejos de ti, me repetía que te encontrabas a salvo en Londres. Qué equivocado estaba.

La besó en los labios y saboreó la dulzura que encontró en ellos. La sintió estremecerse con delicadeza. Sabía que no se debía al frío. En respuesta, su cuerpo se estremeció también. El mundo y la noche se redujeron hasta que lo único importante fue lo que sucedía en los confines de la realidad existente en el interior del carruaje. Pero también era consciente de que el tiempo que podría pasar esa noche con Amity era limitado. Pronto llegarían a su destino.

—Ojalá estuviéramos en el *Estrella del Norte* otra vez —dijo con los labios pegados a su cuello—. Daría cualquier cosa por pasar toda la noche contigo.

—Echo mucho de menos la libertad de la que disfruto cuando estoy en el extranjero —confesó Amity al tiempo que le enterraba las manos en el pelo—. Te aseguro que Londres es peor que un corsé. Te aprieta, te oprime y te aprisiona hasta que apenas puedes respirar.

—Has nacido para salir al mundo, no para vivir atrapada en la prisión que es la sociedad londinense.

—Sí —replicó ella, que parecía satisfecha por su comprensión—. Soy una mujer de mundo, sin lugar a dudas. No puedo vivir mi vida según las reglas de la sociedad.

Benedict inhaló su embriagador y único aroma, y después

le dio un suave mordisco en el lóbulo de la oreja. Amity se aferró a sus hombros y lo besó en el cuello. Las ascuas que llevaban semanas ardiendo en el interior de Benedict se transformaron en una hoguera.

La besó de nuevo en la boca, dispuesto a degustar su sabor, e introdujo una mano bajo su capa. Tras colocársela en el torso, sobre las costillas, decidió explorar hacia arriba, en busca de la suave curva de su pecho. Sin embargo, lo único que sintió fue la rígida armadura del corsé que le daba forma al corpiño del vestido.

—Maldita sea —murmuró—. No llevabas este tipo de ropa cuando estábamos en el barco.

—Por supuesto que no. —Amity se rio y enterró la cara en su hombro—. Cuando viajo, llevo vestidos prácticos. Sin embargo, la modista de mi hermana insistió en que debía llevar corsé con este vestido.

—Bien podría haberse designado a sí misma como tu carabina invisible.

—Las modistas pueden ser muy déspotas, sobre todo aquellas que son famosas por diseñar a la última moda. Deben mantener sus reputaciones y, según Penny, desafiarlas es muy arriesgado.

—Admito que el sastre de un hombre puede ser igual de tirano. —Le tomó la cara entre las manos—. Creo que ninguno de los dos nacimos para vivir según las normas de esta sociedad.

Los ojos de Amity perdieron el brillo alegre.

—De todas maneras, parece que estamos atrapados por ellas —le recordó—. Dichas reglas son las culpables de que te hayas visto obligado a comprometerte conmigo.

Benedict esbozó una lenta sonrisa.

—Lo bueno de las reglas es que se crearon para incumplirlas. Y en más de una ocasión ofrecen la excusa adecuada para hacerlo.

—Empiezas a parecer de nuevo un ingeniero.

—Acabo de caer en la cuenta de que la regla que ha hecho necesario que anunciemos nuestro compromiso es la misma que nos permite ciertas libertades que de otro modo no podríamos disfrutar... sin pagar un precio.

Amity empezó a sonreír de nuevo.

—¿Por ejemplo?

—Por ejemplo, si no estuviéramos prometidos, no podrías estar conmigo en este carruaje a solas sin que tu reputación sufriera un daño severo.

—Ah, sí, ahora lo entiendo.

Al tenue resplandor, su imagen era la de una mujer capaz de hechizar a un hombre. Benedict le acarició la comisura del labio con el pulgar.

—Creo que eso es lo que me has lanzado —dijo con voz ronca.

—¿Qué te he lanzado?

Benedict trazó el contorno de sus labios con la yema del pulgar.

—Un hechizo, un embrujo.

Ella lo miró con un brillo guasón en los ojos.

—Eres un hombre moderno, Benedict Stanbridge, un ingeniero. Estoy segura de que eres muy consciente de que la magia no existe. Todo puede explicarse con la ayuda de la ciencia y las matemáticas.

—Antes de conocerte, habría estado de acuerdo con esa afirmación. Pero ya no.

La besó de nuevo antes de que ella pudiera decir algo más. El vaivén del carruaje hizo que Amity se apoyara más en él. El deseo acicateó sus sentidos. Dejó que las llamas lo consumieran hasta que no pudo pensar en otra cosa que no fuera reclamarla del modo más elemental.

Acababa de encontrar el primer corchete oculto en la parte frontal de su vestido cuando el carruaje se detuvo de repente. La realidad se impuso con una fuerza electrizante. Descorrió la cortina más cercana y contuvo un gemido.

—Parece que hemos llegado... —anunció—. Demasiado pronto.

—¡Por el amor de Dios! —Amity se apartó de él como si se hubiera quemado al tocarlo—. ¿En qué estábamos pensando? Esta noche tenemos un asunto importante entre manos. No deberíamos permitirnos semejantes distracciones.

Benedict observó con sorna cómo Amity intentaba recuperar la compostura. La escena le resultó muy tierna. Tenía la ropa desordenada y varios mechones se le habían soltado de las horquillas. Sus labios tenían el aspecto de haber sido besados recientemente. Llegó a la conclusión de que le gustaba verla así. Y más le gustaba saber que el culpable de que tuviera esa expresión en la cara había sido él.

—¿Cómo tengo el pelo? —le preguntó ella, que levantó una mano y se tocó los mechones sueltos. Procedió a colocárselos con presteza—. ¡Ay, Dios mío! ¿Qué va a pensar tu tío?

—Conociendo a tío Cornelius, seguramente ni se fijará en tu pelo. Está más preocupado por la necesidad de encontrar al espía ruso. —Abrió la portezuela y descubrió que la niebla se extendía rápidamente por la calle.

Las farolas situadas frente a la puerta principal de la casita de su tío Cornelius tenían un halo resplandeciente alrededor, pero iluminaban bien poco. Salió del coche de alquiler y se dio media vuelta para ayudar a Amity. Ella aceptó su mano, se levantó las faldas y le permitió que la ayudara a apearse. Una vez en la acera, se levantó la capucha de la capa y miró las oscuras ventanas.

—No parece que esté en casa.

—Cornelius vive solo, salvo por su viejo mayordomo, Palmer —le explicó Benedict—. Mi tío no se ha casado. Como te he dicho, está entregado por completo a su trabajo para la Corona.

—Me has dicho que es mayor. A lo mejor se ha quedado dormido.

—Lo dudo. Duerme muy poco desde que comenzó todo este asunto del arma solar. En todo caso, nos está esperando. Si se ha quedado dormido, no le importará que lo despertemos. De hecho, se molestará si nos marchamos sin hablar con él.

El vecindario, donde hacía mucho rato que reinaba la tranquilidad, parecía más silencioso debido a la niebla. Benedict sintió algo extraño en la nuca, una sensación inquietante. Echó un vistazo a su alrededor, escrutando la niebla para asegurarse de que no había nadie cerca. No se escuchaban pisadas entre las sombras. En la calle reinaba un silencio perturbador. De modo que introdujo la mano bajo el abrigo y sacó el revolver.

Miró al cochero.

—Espérenos, por favor.

—Sí, señor. —El cochero se acomodó en el pescante y sacó una petaca del bolsillo de su gabán.

Amity miró la pistola que Benedict sostenía.

—En Saint Clare no ibas armado.

—Digamos que aprendí una lección en aquella dichosa isla. La compré en California.

Indicó a Amity que subiera los escalones de la entrada y levantó la aldaba. Golpeó la puerta dos veces.

Sin embargo, no se escucharon pasos en el vestíbulo. No se vio luz alguna en el montante de la puerta.

Golpeó con la aldaba de nuevo, en esa ocasión con más fuerza.

Amity lo miró. En la penumbra, su cara oculta por la capucha lucía una expresión preocupada.

—Algo va mal, ¿verdad?

Sin decir una palabra más, introdujo las manos bajo la capa. Cuando las sacó de nuevo, Benedict vio que había aferrado el *tessen*.

Intentó girar el pomo de la puerta. No se movió.

—Palmer siempre se asegura de cerrar la casa a cal y canto

por la noche —comentó Benedict—. Pero Cornelius me dio una llave hace años.

Se sacó el llavero del bolsillo del abrigo.

—Tal vez debieras llamar a un policía antes de entrar —sugirió Amity.

—Te aseguro que a mi tío no le haría ni pizca de gracia que atrajésemos semejante atención hasta su casa —replicó Benedict.

Metió la llave en la cerradura y abrió la puerta. El vestíbulo principal estaba a oscuras. Nada ni nadie se movía en la oscuridad.

Con la pistola amartillada, Benedict entró en el vestíbulo y encendió las lámparas. No se escucharon pasos que se alejaran a toda prisa. Nadie se abalanzó sobre ellos desde las sombras. Nadie los retó desde la parte superior de la escalera.

Enfiló el pasillo y fue encendiendo lámparas a medida que se acercaba a la estancia situada en el otro extremo.

Cornelius estaba en su despacho, inmóvil sobre la alfombra. La gruesa puerta de la enorme caja fuerte emplazada en un rincón estaba abierta.

—Cornelius —dijo Benedict, que se agachó junto a su tío y lo tocó para ver si tenía pulso. El alivio lo inundó en cuanto lo localizó.

12

—Quienquiera que sea, el malnacido tiene el cuaderno. —Cornelius se tocó con tiento el vendaje que Amity acababa de colocarle en la cabeza. Hizo una mueca—. Le pido disculpas por mi lenguaje, señorita Doncaster. Me temo que no me encuentro en mi mejor momento.

—Le aseguro que me he topado con un lenguaje mucho más soez en mis viajes —replicó Amity—. Y en cuanto a su estado, hay que dar gracias de que el intruso no lo haya matado. Por suerte, la herida parece bastante superficial, aunque supongo que usted es de otra opinión. En cuanto a la sangre, me temo que las heridas en la cabeza suelen sangrar mucho, pero se pondrá bien. Eso sí, puede que la alfombra no se recupere jamás.

Repasó su trabajo, satisfecha por haber limpiado y desinfectado la herida lo mejor posible pese a los escasos recursos de los que disponía en esa casa. Había una palangana con agua ensangrentada sobre la mesita auxiliar junto al sillón de Cornelius. Había limpiado la herida a conciencia y después la había desinfectado con lo que sospechaba que era un brandi carísimo que Benedict había descubierto en una licorera cercana.

Cornelius y ella estaban solos en el despacho. Benedict había salido al jardín para echar un vistazo por la zona. La

118

atestada habitación olía a humo rancio de tabaco y a libros encuadernados en piel.

—Gracias por sus cuidados, querida —dijo Cornelius.

—De nada, por favor. —Sonrió—. El vendaje aguantará de momento, pero tal vez debería llamar a un médico de verdad para que le eche un vistazo a la herida por la mañana. Espero que conozca a un médico experimentado, uno que se adhiera a las nociones modernas de higiene. Mientras tanto, debe reposar unos días. Me preocupa más la conmoción que el corte de su cabeza.

—Dudo mucho de que tenga ganas de salir en una temporada —repuso Cornelius. Miró a Amity de arriba abajo—. Así que usted es la joven trotamundos que salvó la vida de mi sobrino en una isla caribeña.

—Dio la casualidad de que estaba cerca, así que hice lo que estuvo en mi mano.

—Estoy en deuda con usted, querida.

—No diga tonterías, señor. No me debe nada.

—Sí, se lo debo. Fue culpa mía que Benedict estuviera en esa dichosa isla. Sabía que no tenía experiencia en ese tipo de trabajo. Es ingeniero, no espía.

Amity sonrió.

—No deja de recordármelo.

—El asunto es que era la única persona en la que podía confiar plenamente y también la única capaz de valorar el invento de Alden Cork. Y menos mal que mandé a Ben, porque dudo mucho de que alguno de mis supuestos agentes profesionales hubiera entendido que el verdadero secreto del arma es el motor solar y el sistema de baterías de Foxcroft.

—Pero ahora el cuaderno de Foxcroft ha desaparecido. Benedict arriesgó la vida por nada.

—Mmm. Sí, interesante, ¿verdad?

Amity lo fulminó con la mirada.

—¿Cómo puede hablar del robo tan a la ligera, señor?

La puerta de la cocina se abrió y se cerró. Benedict entró

de nuevo en el despacho. Se metió la pistola en el bolsillo del abrigo.

—Es evidente que el intruso tiene mucho talento para forzar cerraduras —dijo—. Apenas si hay marcas en la puerta. Parece que salió por el mismo sitio por el que entró: la cocina.

—Ha debido de vigilar la casa —comentó Cornelius—. Sabía que estaba solo. Es el día libre de Palmer. Siempre va a ver a su hija y a su familia los miércoles. Coge el tren y no vuelve hasta el jueves por la mañana.

—Si el espía está al tanto de esta casa, debemos suponer que sabe muchas cosas, no solo acerca del cañón solar y del motor y de la batería de Foxcroft, sino también de tus contactos en el gobierno —dijo Benedict.

—El intruso tiene que ser la misma persona que robó los dibujos de Cork del arma e intentó matarte en Saint Clare —añadió Amity—. Y ahora tiene el cuaderno de Foxcroft. Es terrible.

Se produjo un breve y tenso silencio. Cornelius y Benedict se miraron entre sí. Ninguno parecía especialmente alarmado. De hecho, parecían muy satisfechos.

Amity puso los brazos en jarras y entrecerró los ojos.

—¿Qué pasa aquí? Tengo la impresión de que a ninguno de los dos le preocupa lo suficiente el rumbo de los acontecimientos.

Benedict enarcó las cejas.

—¿Y bien, tío? Reclamaste la ayuda de mi prometida en este asunto. Me parece que no puede ayudar mucho a menos que le cuentes más de lo sucedido.

Cornelius titubeó antes de gruñir:

—Tienes razón. Señorita Doncaster, el motivo de que no nos preocupe demasiado la pérdida del cuaderno es que Benedict se ocupó, con mucho acierto, de eliminar las páginas más importantes, aquellas en las que estaban las especificaciones y los materiales necesarios para fabricar el motor y la batería.

Amity asimiló la información.

—Muy inteligente. Pero ¿no se dará cuenta el espía de que faltan las páginas importantes?

—Con suerte, no —contestó Benedict—. Mi hermano es un arquitecto muy bueno. Tiene un gran talento en lo referente al dibujo. Los planos que realiza para Stanbridge & Company son obras de arte.

—Ah, entiendo. ¿Quiere decir que han falsificado algunas de las páginas del cuaderno?

Benedict sonrió con aprobación.

—Foxcroft tenía sus notas en una carpeta archivadora. Nos limitamos a sacar las páginas importantes y a añadir unas nuevas. —Miró a Cornelius—. Te dije que era muy avispada.

Cornelius se echó a reír, pero hizo una mueca por el dolor y se tocó la cabeza con cuidado.

—Te creo.

Benedict miró a Amity de nuevo.

—Richard y yo conseguimos falsificar dos páginas de las especificaciones y las notas del motor de Foxcroft. Usamos algunas de las páginas en blanco de la carpeta.

Amity siseó.

—Un plan magnífico.

Cornelius resopló.

—Ben siempre tiene un plan.

—Me pareció sensato tomar otras precauciones porque tío Cornelius cree que hay un traidor en una posición muy favorable en todo este asunto —explicó Benedict.

—Es evidente que tiene razón —dijo Amity.

Llevada por la curiosidad, se acercó más a la caja fuerte y se inclinó para echar un vistazo al oscuro interior. Lo único que quedaba dentro era un sobre.

—Mi plan no implicaba que te hiriesen en el proceso —le dijo Benedict a Cornelius—. Supuse que si alguien intentaba robar el cuaderno, sería cuando Palmer y tú no estuvieseis en casa.

—No te culpes, Ben —replicó Cornelius—. Lo importante es que predijiste que alguien podría intentar robar el cuaderno, y acertaste. Sea quien sea el espía, ahora sabemos con seguridad que tiene mucho talento para esta profesión. La cerradura de la caja fuerte es la más moderna.

Amity miró a Cornelius por encima del hombro.

—¿Cuál es el plan para atrapar al ladrón?

—No lo ha entendido, señorita Doncaster. No tengo intención de arrestar al espía. Solo quiero identificarlo. En cuanto sepa quién es, podré usarlo para mis fines.

—Dándole información falsa que pasarles a los rusos —indicó Benedict.

—En fin, supongo que tiene sentido —dijo Amity—. Pero ¿cómo lo identificará?

—Tengo una lista de sospechosos muy corta, señorita Doncaster —contestó Cornelius, cuya voz se tornó muy seria—. Todos están siendo vigilados estrechamente ahora mismo. Cuando uno intente entregarles el cuaderno a los rusos, me enteraré.

Benedict miró a su tío.

—¿Y si estás vigilando a las personas que no son? Me dijiste que ninguno de tus sospechosos estaba fuera de Londres cuando me dispararon en Saint Clare.

Cornelius se colocó bien los anteojos y miró a Amity con los ojos entrecerrados.

—Esperaba que la señorita Doncaster pudiera ayudarme a ese respecto. Pero no estoy al cien por cien ahora mismo. Ni siquiera recuerdo todas las preguntas que quería hacerle, querida. La entrevista tendrá que esperar hasta que pueda pensar con claridad.

—Será un placer contarle lo poco que sé cuando le sea conveniente, señor —aseguró Amity—. Pero ¿qué me dice de la carta que hay dentro de la caja fuerte?

Cornelius frunció el ceño.

—No he metido carta alguna ahí dentro.

Amity sacó el sobre de la caja fuerte, se enderezó y leyó el nombre que había escrito.

—Está dirigida a usted, señor.

—Déjeme verla —dijo Cornelius con sequedad.

Amity le dio la carta.

—Sospecho que el ladrón le ha dejado un mensaje.

Cornelius sacó la carta del sobre y la miró un rato.

—¡Maldita sea mi estampa, no distingo las letras! Veo borroso y me duele la cabeza. —Le dio la carta a Benedict de malos modos—. Léela, Ben.

Benedict desdobló la hoja de papel y la leyó en silencio. Después, alzó la vista.

—Parece que nuestro ladrón no le tiene especial lealtad a ningún gobierno —dijo él—. En el fondo, solo se preocupa de sus intereses particulares. Busca sacar provecho de su trabajo nocturno.

—¿Cómo? —preguntó Amity.

Benedict le dio unos golpecitos a la carta.

—Declara estar dispuesto a devolvernos el cuaderno. Por un precio.

—¡Maldición! —masculló Cornelius—. ¿Y qué diantres pide?

Benedict le echó un vistazo a la carta que tenía en la mano.

—No lo dice. Solo aclara que se pondrá en contacto contigo en un futuro cercano, momento en el que te dará todos los detalles.

Pese a todo lo que había pasado esa noche, Cornelius pareció muy risueño de repente.

—En fin, vaya... —replicó, con un deje bastante complacido—. Esto simplifica muchísimo las cosas, ¿no?

—¿Las simplifica? —preguntó Amity.

—Es imposible que el espía lleve a cabo el intercambio sin salir, aunque sea un poco, de las sombras —contestó Cornelius—. Y cuando lo haga, estaremos preparados.

13

—¿Qué pasará ahora? —quiso saber Amity.

—Ya has oído a mi tío. A partir de ahora, serán sus agentes habituales los que continuarán con la investigación, aunque estoy seguro de que Cornelius querrá interrogarte en algún momento —contestó Benedict—. Pero, ahora mismo, creo que está ocupado con los planes para tenderle una trampa al misterioso ladrón. De momento, poco podemos hacer nosotros para ayudarlo. Eso, a cambio, nos deja libres para concentrarnos en la labor de ayudar a Logan a capturar al Novio.

El carruaje se detuvo en frente de la casita situada en Exton Street. Amity miró por la ventanilla y vio que las luces aún estaban encendidas en el interior.

—Penny me está esperando —dijo—. Sin duda, siente curiosidad por la entrevista que he mantenido con tu tío.

—No es necesario guardar secretos con ella —replicó Benedict—. Ya sabe tanto como nosotros sobre este asunto del espionaje. —Miró por la ventanilla opuesta del carruaje y pareció satisfecho—. Allí está el agente de policía que prometió Logan. Bien. Te acompañaré al interior y después me iré a dormir, ambos lo necesitamos.

Abrió la portezuela del carruaje y se apeó. Amity se levantó las faldas y la capa para bajar. La puerta principal de la casa se abrió justo cuando Benedict y ella subían los escalones. Apareció la señora Houston. Amity se sorprendió al ver que no llevaba el camisón ni la bata. El ama de llaves sonreía de oreja a oreja, encantada.

—He escuchado que se detenía un carruaje y he pensado que podría ser usted, señorita Amity —dijo.

—Ha sido muy amable al esperarme levantada, señora Houston —replicó Amity—. Pero de verdad que no hacía falta.

—Tonterías. Como si pudiera haberme ido a la cama con un hombre en la casa y tal.

—¿Cómo? —Sorprendida, Amity se asomó por la puerta para mirar hacia el vestíbulo—. ¿Quién diantres ha venido de visita a estas horas de la noche?

—Yo no diría que es una visita social. —La señora Houston rio entre dientes, se apartó y abrió la puerta de par en par—. Es ese inspector Logan, un hombre muy agradable. Está en el despacho con la señora Marsden.

—¿Logan sigue aquí? —preguntó Benedict, que entró en el vestíbulo—. Muy conveniente. Voy a hablar con él.

—Qué raro —comentó Amity, hablando consigo misma.

Le dio los guantes y la capa a la señora Houston. Benedict no se molestó en quitarse el abrigo.

—No me quedaré mucho rato —adujo, dirigiéndose al ama de llaves.

Amity se apresuró a enfilar el pasillo que llevaba al despacho, consciente de que Benedict iba tras ella. Cuando entró en la estancia, vio a Penny sentada al escritorio. Logan ocupaba un sillón y parecía la mar de relajado y cómodo. Se había aflojado la corbata y tenía una copa de brandi en la mano. Al verla, dejó la copa y se levantó, tal como dictaban las buenas maneras.

—Me alegro de verla, señorita Doncaster —dijo y después saludó a Benedict con un movimiento de la cabeza—. Señor Stanbridge. Nos estábamos preguntando por qué tardaban tanto.

125

—Amity —dijo Penny—. Empezaba a preocuparme. Habéis tardado mucho.

—Las cosas no han salido como pensábamos —replicó Benedict, que miró la hoja de papel que Penny tenía delante—. ¿Ha habido suerte con la lista de invitados del baile de los Channing?

—El inspector Logan y yo hemos redactado una lista con los nombres de algunos caballeros a los que se podría investigar más a fondo porque, *grosso modo*, coinciden con la descripción de Amity —respondió Penny—. Pero debo admitir que a simple vista no hay ningún loco entre los invitados.

Logan parecía muy serio.

—Tal como le he dicho a la señora Marsden, el tipo de hombre que estamos buscando no destaca entre la multitud. Posee la habilidad de fundirse con el entorno.

—Un lobo con piel de cordero —apostilló Benedict.

Logan asintió con la cabeza.

—Eso es precisamente lo que lo hace tan peligroso.

—Mucho me temía que capturarlo no iba a ser tan fácil como repasar una lista de invitados —comentó Benedict, que miró a Logan—. He visto a su hombre apostado en el parque.

—El agente Wiggins —dijo Logan—. Es de fiar. Estará en su puesto hasta el amanecer. La señora Houston tuvo la amabilidad de enviarle café y un *muffin* hace un rato.

Amity se percató de que la chimenea estaba encendida, si bien el fuego era bajo. Además del brandi a medio terminar del inspector Logan, había otra copa medio vacía en el escritorio de Penny. La escena parecía muy acogedora, muy íntima, muy interesante.

Penny frunció el ceño como si algo la preocupara de repente.

—¿Ha habido algún problema?

—Penny, es una historia muy larga —contestó Amity—. Te prometo que te lo contaré todo.

Logan miró el reloj.

—Ya va siendo hora de que me despida. Les comunicaré de inmediato cualquier noticia que se produzca. —Le sonrió a Penny—. Buenas noches, señora Marsden. Gracias por el brandi.

—De nada, señor —replicó la aludida—. Gracias por la compañía.

Benedict, que estaba en el vano de la puerta, se movió.

—Logan, tengo un coche de alquiler esperando. Con gusto lo llevaré hasta su casa.

En el rostro del inspector apareció una expresión sorprendida, que no tardó en desaparecer.

—Es usted muy amable, señor Stanbridge, pero no es necesario. Estoy seguro de que encontraré algún otro coche de alquiler por aquí cerca.

—No es ninguna molestia —insistió Benedict—. Además, así podremos hablar sobre los nombres de la lista de invitados.

Logan pareció satisfecho con la idea de que el trayecto en el coche de alquiler le reportara una discusión sobre el caso. Se relajó.

—Muy bien, pues. Acepto. Gracias.

Benedict se volvió hacia Penny y Amity.

—Buenas noches, señoras. Vendré mañana.

Los dos hombres se alejaron por el pasillo. Al cabo de un momento, Amity escuchó cómo se cerraba la puerta principal.

Penny la miró de forma penetrante.

—¿Qué diantres ha pasado esta noche?

—Alguien ha robado esta noche el cuaderno que trajo Benedict, el señor Stanbridge, de California, que estaba guardado en la caja fuerte de su tío —contestó Amity—. El intruso golpeó al pobre Cornelius Stanbridge en la cabeza. —Se acercó a la mesita donde descansaba la licorera con el brandi y se sirvió una generosa copa. Después, se dejó caer en el sillón que acababa de abandonar Logan, colocó los pies en el escabel y bebió un buen trago de licor. Acto seguido, le hizo un resumen de los acontecimientos a Penny—. Resumiendo, el intruso pretende venderle de nuevo el cuaderno a Cornelius Stanbridge —concluyó—. Stanbridge espera tenderle una trampa al ladrón.

—Entiendo. —Penny la miró desde el otro lado del escritorio—. Este asunto del cañón solar y del motor está causando un buen número de problemas.

—Por suerte, es problema de Cornelius Stanbridge. Cuando se sienta mejor, le daré los pocos detalles relevantes que recuerdo sobre los pasajeros del *Estrella del Norte,* pero no creo que pueda ayudarlo más. Ya tiene la lista de pasajeros. De él depende si quiere investigarlos, suponiendo, claro está, que el espía ruso fuera a bordo del barco, algo problemático, como poco. Un buen número de barcos hace escala en Saint Clare.

—Qué curioso que en ambos casos estemos analizando un listado de nombres —comentó Penny.

—Pues sí. —Amity bebió otro sorbo de brandi y saboreó su calidez—. Pero supongo que cualquier investigación criminal acaba reduciéndose a una lista de nombres de posibles sospechosos. —Extendió la mano con la copa para que esta quedara frente al fuego y contempló cómo la luz de las llamas convertía el licor en oro líquido—. ¿Eso es lo que estabais discutiendo el inspector Logan y tú hace un rato, cuando Benedict y yo llegamos? ¿Los sospechosos de la lista del baile de los Channing?

Penny guardó un repentino silencio.

—Sí, en parte —dijo a la postre—. Pero el inspector Logan estaba más interesado en los escándalos en los que se vieron involucradas las otras víctimas del Novio. Le ofrecí la poca información de la que dispongo.

—¿Habéis encontrado algo útil?

—Solo confirmé lo que él ya sabía: que las cuatro mujeres asesinadas procedían de familias acomodadas que se movían en círculos elegantes y que todas las jóvenes habían estado involucradas en escándalos de índole romántica. —Penny titubeó—. Sin embargo, la discusión me hizo caer en la cuenta de algo importante.

Al escucharla, Amity dejó la copa de brandi suspendida en el aire, a medio camino de sus labios.

—Ah, ¿sí? ¿El qué?

—Que no te habrías visto obligada a formar parte de ese mundo tan enrarecido de no ser por mi matrimonio con Nigel Marsden.

Amity depositó la copa de brandi con fuerza.

—Penny, por el amor de Dios, no digas esas cosas.

—¿Por qué no? —Su hermana se puso de pie y se acercó a la chimenea—. Es la verdad. Tu relación con el señor Stanbridge habría pasado desapercibida para la alta sociedad si no tuvieras nada que ver conmigo ni con el apellido Marsden.

—¡Por Dios! Tú no tienes la culpa de que el Novio se fijara en mí. El motivo fue una mezcla de mis artículos para *El divulgador volante* y los cotilleos de la gente.

—Es posible, pero si no tuvieras nada que ver con la familia Marsden por mi culpa, ese monstruo ni siquiera se habría percatado de tu existencia.

—No sabemos si eso es cierto o no. —Amity se apresuró a levantarse y se acercó a la chimenea para detenerse junto a Penny—. No voy a permitir que te culpes por lo sucedido. Estamos hablando de un loco. Esas criaturas actúan siguiendo una lógica retorcida. Debió de ver mi nombre en el periódico en multitud de ocasiones. Cuando empezaron a circular los rumores después del baile de los Channing, esa información lo llevó a prestarme atención. Ni más ni menos. Seguramente es eso lo que ocurrió.

—Ojalá pudiera creerte.

Amity aferró a Penny por los hombros, la instó a que se volviera y la abrazó.

—Debes creerlo porque es la verdad. No voy a permitir que caigas de nuevo en ese oscuro abismo depresivo en el que estabas sumida cuando llegué hace unas semanas. Ha sido muy agradable ver cómo dejabas atrás la pena. Sé lo mucho que querías a tu guapísimo Nigel. Pero eres mi hermana y yo también te quiero. Quiero que seas feliz otra vez y sé que Nigel también lo habría querido.

—¿Eso crees? —le preguntó Penny con un extraño deje en la voz.

Sorprendida, Amity se apartó un poco de su hermana a fin de mirarla a la cara.

—Nigel te quería mucho —repuso en voz baja—. No habría deseado que pasaras el resto de tu vida llorando por él. Penny, por el amor de Dios. Todavía eres joven y guapa y... Sé que esto va a sonar muy feo, pero es importante. Económicamente, gozas de una posición segura. La viudez te otorga una enorme libertad. Deberías disfrutar de la vida.

—¿Cómo voy a disfrutar de la vida cuando hay un asesino detrás de ti? —protestó.

Amity se sintió conmovida.

—Ah, bueno, sí, te agradezco la preocupación, pero estoy segura de que el señor Stanbridge y ese hombre tan agradable de Scotland Yard...

—El inspector Logan —corrigió Penny con un deje deliberado—. Es el inspector Logan.

—Eso. El inspector Logan. Parece muy competente.

—Cierto.

El tono de voz de su hermana le dijo a Amity que necesitaba agregar algo más a la descripción.

—E inteligente —añadió.

—Mucho. Es un gran admirador del teatro, ¿sabes?

Amity decidió lanzarse al vacío.

—Y también es muy atractivo —dijo mientras contenía el aliento.

Penny parpadeó varias veces y clavó la vista en el fuego.

—¿De verdad lo crees?

—Sí —respondió ella—. No como el señor Stanbridge,

por supuesto, pero a su modo, el inspector es un hombre apuesto.

Penny esbozó una sonrisa tristona.

—¿El señor Stanbridge te parece guapo?

Amity titubeó en busca de las palabras que explicaran la atracción que sentía por Benedict.

—Tal vez sería mejor describir al señor Stanbridge como una fuerza de la naturaleza. Aunque me desvío del tema. Lo que intento decir es que si el señor Stanbridge y el inspector Logan colaboran en la investigación, no tardarán en atrapar al asesino.

—Espero que estés en lo cierto.

Penny se zafó de las manos de Amity, que la miró un instante.

—Penny, ¿estás preocupada porque el inspector Logan te resulta atractivo? —quiso saber Amity.

Su hermana no contestó. En cambio, se llevó una mano a los ojos para limpiarse las lágrimas.

—¡Por Dios! —Amity le acarició un hombro—. ¿Por qué lloras? No me puedo creer que se deba al hecho de que el inspector Logan ocupa una posición social inferior a la tuya. Soy consciente de que muchos miembros de la llamada «alta sociedad» serían de esa opinión, pero te conozco. Tú no juzgas a las personas basándote en un accidente de nacimiento.

—No es eso —le aseguró Penny, que se sorbió la nariz y parpadeó rápidamente para evitar las lágrimas—. Estoy segura de que el señor Logan es más que consciente de las diferencias económicas y sociales que nos separan, así que dudo mucho de que piense siquiera en acercarse a mí de otra forma que no sea respetuosa y profesional.

Amity recordó la acogedora escena que Benedict y ella habían interrumpido un rato antes.

—Algo me dice que, con el incentivo adecuado, se podría persuadir al señor Logan a fin de que considerara otro tipo de relación contigo.

Penny negó con la cabeza, convencida de lo contrario.

—No, estoy segura de que jamás se atrevería a pensar de esa manera. Tanto sus modales como su comportamiento son respetuosos.

—Mmm... —Amity hizo un repaso mental de la imagen de Logan, pero no recordó que llevara alianza en la mano izquierda—. Por favor, no me digas que está casado.

—No —dijo Penny—. Me ha dicho que estuvo comprometido, pero que su prometida y su familia llegaron a la conclusión de que podría aspirar a algo mejor que a casarse con un policía.

—Bueno, en ese caso, no veo motivo alguno por el que no estés libre de explorar cualquier sentimiento romántico que pueda nacer entre el inspector y tú.

La esperanza iluminó los ojos de Penny, pero el tenue brillo se desvaneció casi al instante.

—Solo llevo seis meses de luto. La alta sociedad y mi familia política, por supuesto, se espantarían si abandonara el luto tan pronto.

—¿De verdad te importa la opinión de la alta sociedad?

—En otro tiempo sí me importaba. —Penny apretó un puño—. Pero ya no.

—En cuanto a tu familia política, perdóname, pero tengo la impresión de que no la aprecias demasiado... Ni ella a ti.

—Nunca aprobaron nuestro matrimonio. Querían que Nigel se casara con alguien que pudiera aportar más dinero a la familia. Entre nosotros no hay mucho cariño que digamos. Creo que, en cierto modo, me culpan por la muerte de Nigel.

—Eso es ridículo —protestó Amity—. Nigel se partió el cuello saltando una cerca. ¿Cómo es posible que alguien te culpe por eso?

Penny esbozó una sonrisa renuente.

—No conoces a mi familia política.

—Sospecho que lo que de verdad les molesta es que te corresponda tanto dinero procedente de la propiedad de Nigel.

—Tienes razón, por supuesto.

—Si no recuerdo mal, hay otros dos hijos, una hija y una enorme fortuna. No deberían guardarte rencor por el dinero y la casa que has heredado de tu marido.

—No sabes cuánto te agradezco el apoyo —dijo Penny—. Me he sentido muy sola aquí mientras tú estabas fuera del país durante semanas y meses.

—Ni siquiera alcanzo a imaginar lo mucho que echas de menos a tu querido Nigel.

Penny respiró hondo y después soltó el aire despacio.

—La verdad es que no. No lo echo de menos en absoluto. Espero que ese malnacido se pudra en el infierno.

Amity la miró atónita.

—Lo siento, pero creo que te he entendido mal. ¿Qué has dicho?

Penny la miró.

—Creía que era el amor de mi vida. Pero Nigel Marsden resultó ser un monstruo.

—¿Cómo?

—Estaba planeando abandonarlo cuando tuvo la conveniente ocurrencia de partirse el cuello.

—Penny, por el amor de Dios. Yo... no sé qué decir. Me dejas estupefacta.

Penny cerró los ojos un momento. Cuando los abrió de nuevo, Amity vio en ellos dolor, miedo y rabia.

—Al principio, creí que era demasiado protector —dijo su hermana en voz baja y un tanto desapasionada—. Durante los primeros meses me parecía un rasgo encantador. Me repetía a mí misma que Nigel me quería mucho y que por eso se preocupaba tanto por mí. Pero, poco a poco, empezó a arrebatarme todo aquello que conformaba mi vida: mis amigos y mis pequeños placeres, como el teatro y los paseos por el campo.

Amity estaba horrorizada.

—Jamás me mencionaste nada al respecto en las cartas.

—Por supuesto que no. Nigel insistía en leer todas las cartas que te escribía antes de enviarlas. Te odiaba. Decía que eras una mala influencia para mí. Decía lo mismo de todas mis amistades. Siempre había algo que no le gustaba en cualquier persona con la que yo me relacionaba. Al cabo de tres meses, las únicas visitas que me permitía recibir eran las de la estúpida de su madre y las de su hermana. Me pegaba si otro hombre me hablaba siquiera. Me acusaba de tratar de seducir a sus amigos.

—No sé qué decir —susurró Amity—. Estoy horrorizada. Padre se habría puesto muy furioso.

—Poco después, me pasaba los días y casi todas las noches sola en la casa con la servidumbre. No podía confiar en ninguno de ellos. Sabía que Nigel los interrogaba para averiguar qué hacía yo, si había salido de la casa o si había recibido alguna visita.

—Si no estuviera muerto, lo mataría ahora mismo.

—Llegué a considerar la idea de envenenarlo, pero me daba miedo fallar. Sabía que si eso llegara a suceder, él me mataría. Mi idea era la de escapar. No me daba dinero, por supuesto, pero la casa estaba llena de objetos valiosos. Pensaba llevarme algunos, empeñarlos y comprar un pasaje a Nueva York. Desde allí, pensaba enviarte un telegrama nada más llegar, suplicándote que fueras a buscarme.

—¿Por qué no me pediste ayuda? Habría ido al instante.

—Me daba miedo lo que pudiera hacerte Nigel si te instalabas con nosotros. Ya te he dicho que te odiaba. En el fondo, creo que te veía como a una amenaza. Saber que tú estabas libre, moviéndote por el mundo, era lo que me mantenía a flote y evitaba que cayera al abismo. Me repetía constantemente que si podía escapar y desaparecer, podría encontrarte.

Amity apenas podía ver por culpa de las lágrimas.

—Penny, mi preciosa hermanita. Lo que debes de haber sufrido. Tan sola. Con razón vendiste esa casa tan grande y despediste a toda la servidumbre. ¡Ja! Me imagino que todos se quedarían de piedra. Espero que los despidieras sin darles la menor referencia.

—Eso fue lo que hice. —Penny la miró con una sonrisa lacrimógena—. Admito que me resultó placentero decirles que ya no necesitaba de sus servicios.

—Desde luego que ahora comprendo por qué no has acabado en buenos términos con tu familia política.

—Para ser justa, no creo que supieran exactamente lo que estaba sucediendo. Nigel siempre exageraba su papel de marido atento cuando su madre nos visitaba. Hasta tal punto que creo que mi suegra me tenía celos. Trató varias veces de convencerme de que fuera su abogado el que se encargara de mis finanzas después de la muerte de Nigel.

—Pero desconfiabas de que ella buscara lo mejor para ti.

—Por supuesto —convino Penny—. Una de las primeras cosas que hice después de la lectura del testamento fue despedir al abogado de Nigel y contratar al señor Burton para que se encargara de mis asuntos.

—Burton se encargaba de los de papá y ahora también de los míos. Puedes confiar en él. Ya está entrado en años y prácticamente está jubilado, pero su hijo ha tomado las riendas del negocio y lo lleva muy bien.

—Admito que, de un tiempo a esta parte, me cuesta trabajo confiar en alguien.

—Has recuperado tu vida —le recordó Amity—. Tu fuerza y tu valentía me asombran. Penny, eres una inspiración, el ejemplo perfecto de lo que es una mujer moderna e independiente.

—Bah, menudo ejemplo. Fui una tonta por creer que existía un amor de cuento de hadas. Tú eres la que decidiste conocer mundo y ahora vas a publicar una guía de viajes para otras damas aventureras. Tú eres el ejemplo perfecto de lo que es una mujer moderna, no yo.

—No estoy de acuerdo —protestó Amity con delicadeza—. Lo que yo he hecho no requiere poseer fortaleza en absoluto, solo mucha curiosidad. Pero no vamos a discutir entre nosotras por decidir quién es más moderna. Siento muchísimo no haber sabido lo que estabas sufriendo durante tu vida de casada.

—No lo sabías porque no quería arriesgarme a contártelo. Me daba miedo que Nigel me matara y te matara a ti también cuando descubriera que había confiado en ti y habías ido a rescatarme. —Penny sonrió—. Algo que estaba segura de que harías, por supuesto.

Amity se estremeció y abrazó a Penny.

—Me enerva saber que si te hubiera matado, Nigel se habría ido de rositas. Supongo que habría aducido que te caíste por la escalera o alguna tontería del estilo.

—Y su adinerada familia lo habría protegido de cualquier interrogatorio policial que hubieras querido que se realizara.

Amity reflexionó un instante sobre el tema.

—De la misma forma que algún miembro de la alta sociedad seguramente está ocultando la identidad del Novio —repuso.

14

—Es ese famoso fotógrafo de viajes que quiere verla, señorita Amity. —La señora Houston se encontraba en el vano de la puerta del despacho. Estaba muy colorada—. El señor Nash, el caballero que va por el mundo fotografiando monumentos raros y elegantes y cosas así.

—¿El señor Nash ha venido a verme? —Amity dejó de lado la lista de nombres que estaba estudiando. Había escuchado hacía un segundo el murmullo de voces del vestíbulo, pero había supuesto que se trataba del inspector Logan. No estaba segura de cómo tomarse la noticia de que se trataba de Humphrey. Miró a Penny—. Dijo que quería hablar conmigo en privado, cierto, pero ni se me pasó por la cabeza que vendría a casa.

Penny dejó la pluma en el tintero. Tenía una expresión preocupada.

—Me pregunto qué querrá.

—Ya sabes lo que dijo anoche durante la recepción. —Amity se puso de pie a toda prisa—. Quiere hablar de nuestras impresiones de los diferentes lugares que los dos hemos visitado.

La señora Houston bajó la voz y habló con un susurro conspirador.

—Déjeme decirle que es un caballero muy apuesto.

—Yo también lo creí en otra época, señora Houston —repuso Amity—. Por favor, hágalo pasar al salón. Iré inmediatamente.

—Sí, señorita Amity.

La señora Houston regresó al vestíbulo. Amity se acercó a toda prisa al espejo de marco dorado que colgaba de la pared y se colocó bien unos mechones de pelo que se le habían soltado.

—Me alegro muchísimo de haberme puesto uno de mis vestidos mañaneros nuevos —dijo.

Penny examinó el vestido de rayas con expresión pensativa.

—Es muy favorecedor, por supuesto. Pero creía que lo habías escogido esta mañana porque esperamos la visita del señor Stanbridge.

—Es verdad —admitió Amity—. Aunque el señor Stanbridge no tiene por costumbre fijarse en el atuendo de una dama.

—No estés tan segura.

Amity se volvió con una sonrisa tristona.

—El señor Stanbridge posee muchas cualidades, pero por experiencia sé que la moda no le interesa en lo más mínimo. ¿Vendrás al salón con el señor Nash?

Penny la miró con expresión ladina.

—¿Quieres que vaya?

Amity sopesó la respuesta un momento.

—Seguramente se muestre más sincero sobre el verdadero motivo de su visita si solo estamos nosotros dos.

—Estoy de acuerdo. Pero no dejo de darle vueltas a lo que el señor Stanbridge dijo anoche. Está convencido de que Humphrey Nash quiere algo de ti.

—El asunto es que no se me ocurre qué puedo tener que quiera Humphrey.

—Tal vez va a decirte que cometió un error hace muchos años al dejarte atrás para viajar por el mundo.

—Admito que sería muy gratificante —confesó Amity. Sonrió—. Aunque no soy vengativa, claro.

Penny se echó a reír.

—Claro que no lo eres. —Se quedó callada y su sonrisa desapareció—. A lo mejor debería acompañarte.

—Agradezco tu preocupación, pero no es necesario que te preocupes por mí. Tengo una cosa muy clara: el señor Nash no volverá a romperme el corazón. Suponiendo que me lo rompiera cuando tenía diecinueve años. Me he recuperado de maravilla, creo.

—Soy muy consciente —dijo Penny—. Pero eres la única familia que me queda en este mundo. Es normal que desee protegerte.

Amity cruzó la estancia y tocó la mano de su hermana.

—Y tú eres toda mi familia. Nos protegeremos la una a la otra. Nunca volveré a dejarte sola, Penny. Te lo juro.

—Es muy amable de tu parte, pero naciste para viajar y para vivir aventuras. Ni se me pasaría por la cabeza atarte a Londres.

Amity negó con la cabeza.

—Lo digo en serio. No te dejaré sola. Pero ya hablaremos de nuestro futuro en otro momento. Ahora tengo que comprobar si el señor Nash quiere, como parece, algo más de mí que una apasionada discusión sobre monumentos antiguos y paisajes extranjeros.

Se recogió las faldas y recorrió el pasillo hasta la puerta del salón. Humphrey estaba de pie junto a la ventana que daba al parquecito emplazado al otro lado de la calle. Se volvió al oír que ella se acercaba. La miró con una sonrisa cálida y amistosa. La misma expresión que tenían sus ojos. Era, se dijo Amity, tan guapo y tan encantador como le pareció la noche anterior.

Humphrey atravesó la estancia y le tomó la mano para hacerle una profunda reverencia.

—Amity, le agradezco que me haya recibido hoy.

—Debo decir que me sorprende su visita. —Se soltó de su mano y le indicó una silla—. Por favor, tome asiento.

—Gracias.

Humphrey se sentó en una de las sillas. La señora Houston apareció con la bandeja del té, que dejó sobre la mesita.

—¿Quiere que sirva, señorita Amity? —preguntó.

—Ya me encargo yo del té —contestó ella con voz distante. Decidió que no era el momento de decirle a la señora Houston que no había pedido que preparase té. El ama de llaves solo hacía lo que se esperaba de ella.

La señora Houston salió de la estancia, pero dejó la puerta abierta. Amity cogió la tetera, llenó una taza y se la dio a Humphrey con su correspondiente platillo. Él la aceptó con una elegancia innata.

—Antes de empezar, debo preguntar si la policía ha avanzado en la tarea de localizar al monstruo que la atacó —dijo Humphrey.

—Tengo entendido que lo están buscando noche y día —repuso Amity.

—El hecho de que su cuerpo no haya aparecido es un indicio muy ominoso, ¿no cree? —Humphrey dio un sorbo de té y bajó la taza—. Indica que puede haber sobrevivido.

Amity se preguntó si la conversación tomaría un derrotero tan desagradable como la que mantuvo con Arthur Kelbrook. No pensaba regalarle el oído a Humphrey con los detalles de cómo había escapado del carruaje del asesino.

—Es algo más que probable —respondió ella—. Pero estoy segura de que solo es cuestión de tiempo que la policía encuentre al asesino o su cuerpo.

—Lo deseo de todo corazón. Es muy triste que una dama respetable que ha viajado tranquilamente hasta el extremo más recóndito del globo no pueda caminar por las calles de Londres en pleno día sin ser asaltada.

—Desde luego.

Humphrey la miró con una sonrisa en señal de aprobación.

—Claro que el Novio escogió a la víctima equivocada cuando la atacó. La felicito por su increíble huida, querida.

El «querida» hizo que apretara los dientes. No tenía derecho a dirigirse a ella con tanta familiaridad. Sin embargo, no pensaba echarlo de su casa hasta averiguar el motivo de su visita.

—Gracias —dijo en cambio—. Yo también me llevé una grata sorpresa al conseguir escapar, sobre todo teniendo en cuenta la alternativa. Ahora bien, si no le importa, preferiría hablar de otro tema... de cualquier otro tema.

Humphrey adoptó una expresión contrita.

—Pero qué poco tacto tengo. Le juro que no era mi intención centrarme en un tema tan inquietante. Solo quería hacerla partícipe de la gran admiración que siento por su osadía y su valor. Sin embargo, la verdad es que he venido por un motivo totalmente distinto.

—Anoche indicó que quería comparar nuestras impresiones acerca de varios lugares en el extranjero.

—La verdad es que quería hacer algo más que comparar impresiones. —Humphrey cogió una de las diminutas pastas de té y le dio un bocado—. Creo que ya le he dicho lo mucho que admiro su talento como escritora. Los relatos que escribe para *El divulgador volante* son impresionantes. Tengo entendido que los lectores esperan el siguiente con la misma ansiedad que la próxima entrega del folletín que estén publicando ahora mismo.

Amity se ruborizó.

—Me complace mucho saber que mis ensayos atraen a tanta gente.

—A muchísima gente, según tengo entendido. Mi talento, sea el que sea, se centra en la fotografía.

Esa demostración de modestia tan poco característica le hizo gracia a Amity.

—Es brillante con su cámara —replicó con sequedad—. Como no me cabe la menor duda de que ya sabe. También

141

diría que es un orador muy convincente. Muchos de los que realizan conferencias acerca de viajes y exploraciones tienen un don para dormir a su audiencia. Pero anoche la multitud estaba pendiente de todas sus palabras.

—Gracias. —Un brillo decidido apareció en los ojos de Humphrey—. Parece ser que nuestros talentos se complementan bastante bien, ¿no cree?

Por fin estaban llegando al quid de la cuestión, pensó Amity.

—En fin, nunca lo había visto de esa manera —contestó ella—, pero supongo que se podría decir que es verdad. Sus fotografías hablan por sí mismas.

—Pero sus palabras llegan a una audiencia mayor porque sus observaciones están escritas negro sobre blanco con la finalidad de que todos puedan leerlas. No me andaré por las ramas. Hace poco fui a ver al caballero que va a publicar su libro.

La alarma se apoderó de ella. Se había permitido dejarse convencer por Benedict y por Penny, pensó. Pero su intuición por fin estaba funcionando como debía.

—¿Ha ido a ver al señor Galbraith? —Tenía la sensación de andar sobre arenas movedizas.

—Sí. —Los ojos de Humphrey relucían por el entusiasmo y la determinación—. Me ha contado mucho acerca de su guía de viajes para damas. Parece creer que se venderá bien.

—El señor Galbraith se ha mostrado muy positivo. —Amity cogió la tetera—. Ahora mismo estoy dándole los últimos retoques al manuscrito.

—Se me ha ocurrido que el libro se vendería a un público todavía mayor si usted y yo nos comprometiéramos a una colaboración.

Un coche de alquiler se detuvo en la calle. Amity miró por la ventana de forma automática. Vio que Benedict se apeaba del cabriolé.

Distraída, soltó la tetera con tanta fuerza que la porcelana hizo tintinear la bandeja de plata. No estaba segura de haber escuchado bien a Humphrey.

—Disculpe, ¿cómo ha dicho? —preguntó con voz cautelosa.

Él la miró con una sonrisa arrebatadora.

—Solo estoy sugiriendo que usted y yo colaboremos en su guía de viajes.

Se quedó blanca como un fantasma.

—No lo entiendo. Casi he terminado el manuscrito. No hay nada en lo que considere que pueda colaborar, por decirlo de otra manera.

—Eso es maravilloso. Quiere decir que solo es necesario añadir mi nombre a la página de los créditos.

—¿Su nombre? —Lo miró fijamente—. Señor, es una guía para damas que viajen al extranjero. No para caballeros.

—Me doy cuenta. Pero piense en el prestigio que conseguirá su guía si mi nombre también aparece en la portada.

La rabia se apoderó de ella.

—Soy muy consciente de que su nombre tiene cierto peso en ciertos círculos, pero usted no ha escrito el libro, señor Nash. He sido yo.

Benedict ya estaba en el escalón superior. Llamó a la puerta con la aldaba. Amity vio cómo la señora Houston pasaba a toda prisa por delante de la puerta abierta del salón hacia la entrada.

—Ya vio cuántas mujeres había en la audiencia anoche —siguió Humphrey. Tenía cierto deje acuciante en la voz—. No quiero sonar pedante, pero tengo buena mano con las mujeres. Imagine que me dedicara a dar una serie de charlas sobre viajes como la de anoche, pero con la intención de publicitar su *Guía del trotamundos para damas*. Podríamos disponer del libro junto a la puerta, para su venta, junto con mis autógrafos. Estoy seguro de que esas charlas aumentarían muchísimo las ventas. Juntos podríamos conseguir una cantidad ingente de dinero, Amity.

La señora Houston abrió la puerta principal.

—Señor Stanbridge —dijo la mujer con voz cantarina—. Es un placer volver a verlo, señor.

Amity se puso en pie de un salto.

—No me interesa su proposición, señor Nash. De hecho, no tengo nada más que decirle. Le sugiero que se vaya de inmediato.

Benedict entró en el salón. Sus ojos eran tan desalmados como los del mismísimo Cerbero.

—¿Exactamente qué proposición le está haciendo a mi prometida, Nash? —preguntó.

Alarmado, Humphrey se levantó de un salto.

—No de la clase que se imagina, señor. Era una proposición de negocios, nada más.

—¿La llama proposición de negocios? —quiso saber Amity—. ¿Cómo se atreve?

Benedict no apartó los ojos de Humphrey.

Este se movió hacia la puerta, haciendo gala de una tremenda rapidez. Benedict se interpuso en su camino. Penny apareció en la puerta, y se llevó la mano a la garganta. Casi se podía ver el pánico en su mirada.

Amity por fin se dio cuenta de que la situación se estaba descontrolando.

—No pasa nada, Benedict —dijo con firmeza—. Por favor, deje que el señor Nash se vaya. Le aseguro que me he encargado del asunto. No hay necesidad de recurrir a la violencia. De hecho, no pienso permitir una pelea en esta casa. ¿Me he expresado con claridad?

Benedict se quedó donde estaba. Amity contuvo el aliento.

A regañadientes, Benedict se apartó y dejó el paso libre a Humphrey, que salió corriendo al pasillo, donde la señora Houston le ofreció el abrigo y los guantes. A los pocos segundos, la puerta principal ya se había cerrado.

Penny miró a Amity con expresión espantada.

—¿Qué ha pasado?

—Es evidente que Nash acaba de hacerle a su hermana una proposición de negocios —contestó Benedict con voz seca.

—No se atrevería... —susurró Penny—. Sabe que están comprometidos.

—Hablaré con él en privado —dijo Benedict.

—No, no lo hará —corrigió Amity—. Ya le he dicho que me he encargado del asunto.

—La ha insultado con su proposición —replicó Benedict, y en sus ojos seguía ardiendo una rabia gélida.

Amity frunció la nariz.

—Supongo que, visto de cierta forma, incluso me estaba halagando.

—¿Cómo puedes decir algo así? —preguntó Penny en un susurro—. El señor Stanbridge tiene razón. Hace cincuenta años, semejante insulto habría acabado con pistolas al amanecer.

—En los tiempos que corren, estos asuntos se pueden resolver de otra manera —dijo Benedict.

Amity extendió los brazos a los costados.

—Por el amor de Dios, no hay que ponerse así. La proposición del señor Nash era de negocios, nada más. Quería convencerme para que pusieran su nombre en mi libro como coautor. De hecho, y aunque no me lo dijo con esas palabras directamente, sospecho que quería que su nombre fuera delante del mío.

Penny parpadeó. La comprensión y algo que podría pasar por sorna asomó a su mirada.

—Ay, Dios. El pobre no tenía ni idea de dónde se estaba metiendo, ¿verdad?

Amity entrelazó las manos a la espalda y comenzó a trazar círculos por la estancia.

—Parecía creer que mi libro se vendería mejor si el público creía que él había participado en su escritura.

Benedict frunció el ceño.

—¿Esa era la proposición? ¿Quería que lo nombrara como coautor?

—Así es. —Amity se detuvo—. Ahora ya sabéis por qué me he enfadado tanto.

—Desde luego —dijo Penny—. Ciertamente, quería aprovecharse de ti. Económicamente hablando.

—Puede que sea un fotógrafo excelente y un orador nato, pero tengo la impresión de que es incapaz de juntar dos palabras —dijo Amity. Soltó un corto suspiro—. Tengo que admitir que llevaba razón, Benedict, el señor Nash tenía un motivo oculto para querer venir a verme.

15

—Señora Marsden, confieso que su talento para la investigación me deja asombrado. —El inspector Logan soltó las hojas de papel que había estado ojeando y miró a Penny—. Ojalá contara con más personas como usted entre mi personal.

Amity sonrió con orgullo.

—Penny, eres brillante. Has logrado reunir información sobre cada uno de los caballeros presentes en el baile de los Channing que pueden tener cierta similitud con mi descripción del asesino. Incluso has averiguado quiénes son los fumadores.

Estaban reunidos en el salón. Logan había llegado poco después de Benedict y ambos se habían apresurado a leer las notas de Penny sobre la lista de invitados.

—Un trabajo excelente, señora Marsden —dijo Benedict, que se levantó y se acercó a la ventana—. Esta lista debería reducir nuestra búsqueda. Les pediré a mi hermano Richard y a mi tío Cornelius que hagan algunas averiguaciones más en sus respectivos clubes. Nos ha ahorrado usted un tiempo precioso.

Penny se sonrojó e hizo un gesto elegante con una mano.

—He contado con la inestimable ayuda de la señora Houston y con los miembros de su familia que trabajan en otras casas. Entre todos hemos reunido distintas fuentes para abarcar todos los nombres de la lista.

Logan miró al ama de llaves con una sonrisa.

—Le doy también las gracias, señora Houston. Es obvio que también deberíamos contratar a mujeres en Scotland Yard.

La señora Houston se ruborizó.

—Encantada de haberlo ayudado, señor. Ha sido un trabajo muy interesante. No me importaría repetirlo. El cambio se agradece.

Logan la miró de forma elocuente.

—Perseguir a alguien tiene su aquel.

Amity vio que Penny miraba al inspector con curiosidad. Aunque no pronunció palabra alguna, Amity tuvo la impresión de que su hermana acababa de obtener una nueva imagen del señor Logan y que lo que había descubierto le resultaba admirable. Logan era bueno para su hermana, pensó. Aunque lo último que necesitaba Penny era que le partieran el corazón.

Benedict cogió la lista y la leyó de nuevo.

—Uno de los nombres es especialmente interesante. Arthur Kelbrook. Es el hombre que demostró una malsana curiosidad sobre la experiencia de Amity con el Novio. Kelbrook estaba presente tanto en la recepción del Círculo de Viajeros y Exploradores como en el baile de los Channing.

Amity frunció el ceño.

—Pero ya he dicho que no creo que sea el hombre que me atacó.

—Lo entiendo —replicó Benedict—. De todas formas, la curiosidad que demostró me preocupa.

—Según mi experiencia, existen ciertos individuos capaces de desarrollar una curiosidad macabra sobre los crímenes de esta índole —afirmó Logan—. Es evidente que Kelbrook pertenece a ese tipo de personas. Sin embargo, si la señorita Doncaster está convencida de que no es el asesino, debemos mirar en otra dirección. No podemos malgastar tiempo con un sospechoso que no se ajusta a su descripción.

Benedict asintió con la cabeza de forma renuente.

—Tiene razón, inspector, por supuesto. No debemos perder de vista nuestro objetivo.

—Me sentiría mucho más segura sobre el resultado de nuestras pesquisas si supiéramos con seguridad que el asesino asistió al baile de los Channing —terció Penny—. Nos estamos moviendo basándonos en conjeturas.

—No del todo —replicó Logan—. Creo que la idea original tiene su mérito. Por lo que sabemos, su hermana concitó la atención de la alta sociedad la mañana posterior al baile.

—Muchas de las personas que asistieron al baile de los Channing también asistirán al baile de los Gilmore mañana —anunció Penny—. Tal como hemos establecido, la alta sociedad es un círculo reducido. La lista de invitados para ambos eventos será prácticamente idéntica.

—¿Y qué pasa? —preguntó Amity.

Penny carraspeó.

—Se me ha ocurrido que tal vez sea interesante que asistas, Amity... acompañada del señor Stanbridge, por supuesto.

Amity la miró sin dar crédito.

—¿¡Yo!?

—Y el señor Stanbridge —repitió Penny, que miró a Benedict—. Estoy segura de que podrá hacerse con una invitación, señor. De hecho, me sorprendería que no la hubiera recibido ya. Sin duda, se encuentra usted en la lista de invitados de todas las anfitrionas de la ciudad.

—Es posible —admitió Benedict—. No paran de llegar invitaciones a mi casa. Normalmente las tiro.

—Recibe tantas porque se le considera un buen partido —comentó Penny con sequedad.

Benedict frunció el ceño.

—¿No cree que se deba a mi encantadora personalidad y a mi conversación inteligente?

Todos lo miraron en silencio un instante. Y después Amity soltó una risilla.

—Sin duda —contestó.

Benedict sonrió. Sus ojos adquirieron un cálido brillo.

—Sus palabras me tranquilizan. —Se volvió hacia Penny—. ¿De verdad cree que puede ser útil que Amity y yo asistamos al baile de los Gilmore?

—La señora Marsden ha dado en el clavo en una cosa —terció Logan—. Si es cierto que al menos algunos de nuestros sospechosos estarán presentes...

—Tal vez yo pueda identificar al asesino —terminó Amity por él, entusiasmada de repente—. Qué brillante, Penny.

Logan la miró con una sonrisa.

—Sí, mucho.

Penny se sonrojó.

—Admito que la probabilidad de identificar al asesino en el baile no es muy alta.

—Pero, al menos, nos permitirá quitar a algunos sospechosos de la lista —repuso Amity—. Aunque el plan solo funcionará si el señor Stanbridge recibe una invitación.

—Si no consigo una, sé de alguien que puede darnos una —aseguró Benedict—. Como ya he dicho antes, mi tío tiene muy buenas relaciones en ciertos círculos.

Veinte minutos más tarde, Benedict y Logan se marcharon de la casa. Benedict a fin de conseguir una invitación para el baile de los Gilmore; Logan para continuar con sus pesquisas.

En cuanto la puerta se cerró tras ellos, Penny miró a Amity.

—Ahora que Benedict y el inspector Logan se han ido, quiero hablar de una cosa contigo —dijo en voz baja.

Amity torció el gesto.

—Supongo que quieres hablar de un vestido para el baile, ¿verdad? Estoy segura de que podemos confiar en que tu modista se encargue de que vaya adecuadamente arreglada para la ocasión.

—No me preocupa el vestido. Madame La Fontaine se ocupará de esa parte. Lo que quiero decirte es que, además de los sospechosos de la lista, hay otra persona que seguro que asistirá al baile. Lady Penhurst.

—¿Quién es?

—Su nombre estuvo vinculado en el pasado al de Benedict por razones románticas.

Amity suspiró.

—Entiendo. Pero no es la misma mujer que lo dejó plantado en el altar, ¿verdad?

—No, esta se llama Leona, lady Penhurst. Durante el tiempo que estuvo involucrada con Benedict era la señora Featherton. Viuda de un caballero ya anciano pero muy importante, que no le dejó tanto dinero como ella esperaba recibir. Así que puso sus miras en Benedict. Al ver que su plan no funcionaba según lo esperado, se casó con lord Penhurst.

—Entiendo.

—Penhurst ha enviudado dos veces —siguió Penny—. Leona es cuarenta y tantos años más joven que él. Todo el mundo da por supuesto que se casó con Penhurst porque creía que estiraría la pata en cuestión de pocos meses. Pero, de momento, sus esperanzas se han visto truncadas. Penhurst está chocheando y la mente no le funciona bien, pero no demuestra el menor indicio de encontrarse al borde de la muerte.

Amity unió las manos tras la espalda y se acercó a la ventana.

—Estás tratando de advertirme de que tal vez monte una escena.

Penny se colocó detrás de ella.

—No sabría decirte qué debes esperar de ella. Pero no quiero que todo esto te pille desprevenida mañana por la noche. Se rumorea que lady Penhurst montó en cólera al ver que Benedict no tenía intención de regalarle el collar de los Stanbridge.

—No te entiendo. ¿Quería el collar de la familia?

—Se conoce como el Collar de la Rosa —contestó Penny—. Vale una fortuna. Según la tradición familiar, el primogénito de los Stanbridge, Benedict en este caso, se lo regala a su novia cuando le pide matrimonio. Estoy segura de que Benedict no pretendió en ningún momento casarse con Leona, pero todo mundo se enteró de que se enfureció cuando él puso fin a la relación. Se dice que es una mujer vengativa. Si Leona cree que existe la menor posibilidad de vengarse de Benedict, tal vez se sienta inclinada a hacerlo.

—¿Crees que puede utilizarme para vengarse? No veo cómo.

—Yo tampoco —reconoció Penny—. Pero su reputación es tal que debes prometerme que tendrás muchísimo cuidado si te la encuentras.

Amity sonrió de forma renuente.

—Me aseguraré de llevar el *tessen* al baile.

16

—Debo admitir que la noticia de tu compromiso fue toda una sorpresa, Ben. —Leona, lady Penhurst, le sonrió a Benedict mientras le daba de lado a Amity, que estaba de pie junto a él—. ¿Es de suponer que la boda se celebrará en un futuro próximo? ¿O tienes pensado un compromiso largo?

Leona era una mujer muy guapa, alta, delgada y de porte regio. Su perfil era de líneas clásicas. Su pelo oscuro brillaba a la luz de las arañas que colgaban del techo del salón de baile. Los diamantes y las esmeraldas adornaban sus orejas y se sumergían en el generoso escote de su vestido de satén y encaje de color granate. Sin embargo, todo ese brillo y ese encanto no podían ocultar la frustración y la amargura de sus ojos castaños.

Leona había sido bendecida con muchas cualidades atractivas, pensó Amity, pero había sido maldecida con el matrimonio. Lord Penhurst, tal como Penny había descrito, chocheaba cada vez más, pero parecía disfrutar de una salud de hierro para alguien de su edad. Amity sospechaba que gran parte del veneno de Leona podía atribuirse al hecho de que su marido seguía en este mundo.

—Mi prometida y yo queremos casarnos lo antes posible —contestó Benedict. Echó un vistazo por la estancia, ya que la conversación lo aburría.

Amity contuvo una mueca. No podía culpar a Benedict, pensó. Seguramente no tenía ni idea de que acababa de añadirle más leña al fuego que ardía en el interior de Leona.

Leona aprovechó la oportunidad que le había brindado. Clavó la mirada en el vientre de Amity con gesto elocuente.

—Entiendo la necesidad de un matrimonio apresurado —dijo con voz edulcorada—. Ya me parecía haber detectado un brillo especial en su cara, señorita Doncaster. Pero no se preocupe, su vestido parece especialmente diseñado para ocultar cualquier... error. Les felicito a ambos. Ahora, si me disculpan, creo que mi marido me está indicando que quiere marcharse.

Leona se alejó flotando sobre el mar de sus faldas. Benedict apartó la vista de la multitud el tiempo justo para mirar cómo se alejaba Leona con el ceño fruncido.

—¿Qué diantres ha querido decir con eso de tu vestido? —preguntó—. Creo que te sienta muy bien.

—Estaba insinuando que el motivo de que vayamos a celebrar una boda tan deprisa es que estoy embarazada —explicó Amity.

Benedict apretó los dientes.

—Leona es una mujer de lo más irritante.

Amity jugueteó con el *tessen* mientras observaba a la multitud.

—Me han contado que llegaste a conocerla muy bien en otro tiempo.

Benedict clavó la mirada en el letal abanico. Una sonrisilla apareció en las comisuras de sus labios y a sus ojos asomó un brillo guasón.

—Creo que me hago una idea de quién te ha comentado ese detalle tan sumamente nimio —replicó él.

—Mi hermana creyó conveniente avisarme.

—Admito que hubo una época en mi vida en la que Leona y yo estuvimos juntos. Durante un tiempo, tuve la impresión de que le resultaba... interesante. —Se encogió de hombros—.

Pero cuando descubrí que, en realidad, me consideraba un aburrido, nos separamos.

—¿Puedo saber cómo llegaste a ese descubrimiento?

Benedict la sorprendió con una de sus esquivas sonrisas.

—Cometió el error de contárselo a una amiga, quien a su vez se lo contó a su marido. Este lo mencionó en su club. Llegó a mis oídos.

—Entiendo. —Amity lo miró a la cara—. No parece que el incidente te rompiera el corazón.

—A decir verdad, fue un alivio que se acabara —admitió Benedict—. Me había dado cuenta de que le costaba la misma vida no bostezar en mi presencia. —Hizo una pausa antes de preguntarle con voz distante—: ¿Qué me dices de Nash? ¿Te rompió el corazón?

—Desde luego que me lo pareció en su momento. Claro que solo tenía diecinueve años. Ahora que lo pienso fríamente, creo que me libré por los pelos. El matrimonio con Humphrey Nash habría sido una pesadilla. Dudo mucho de que sea capaz de querer a alguien salvo a sí mismo. Tiene en mucha estima sus propios logros.

—Supongo que no cabe la posibilidad de que sea el Novio, ¿verdad?

La nota esperanzada en la voz de Benedict le habría hecho gracia en otras circunstancias, pensó Amity. Era evidente que buscaba con desesperación una excusa para hacerle algo drástico a Humphrey.

—No —contestó con firmeza—. No es el Novio. Además, lamento decirte que ninguno de los otros hombres que he conocido esta noche encaja con mis recuerdos del asesino.

—Maldita sea. Tenemos que dejar a un lado los nombres de la lista de invitados.

—¿Qué propones?

Benedict examinó la multitud un buen rato. Amity sabía que estaba repasando en silencio posibilidades y probabilidades.

—¿Y bien? —lo instó al cabo de unos minutos.

—Nexos —dijo él en voz baja.

—¿Cómo?

—Tiene que haber vínculos y nexos con el asesino. Tenemos que encontrar el adecuado.

—No entiendo —dijo Amity.

—No podemos hablar aquí. Salgamos al jardín.

—Desde luego.

Benedict la tomó del brazo y la guio entre la multitud hasta salir a la amplia terraza. El extenso jardín situado detrás de la mansión se encontraba bañado por las sombras. Había algunos farolillos diseminados por la zona, que se agitaban por la brisa nocturna. En uno de los laterales, un invernadero de cristal relucía como la obsidiana a la luz de la luna. En el extremo más alejado, Amity podía ver la silueta de una estructura amplísima que recordaba a una villa italiana. Le habían dicho que se trataba de los magníficos establos que Gilmore había construido para su impresionante colección de caballos.

Por primera vez desde que llegaron al baile de los Gilmore, Amity se permitió respirar con tranquilidad. No se había dado cuenta de lo tensa que había estado toda la noche hasta ese momento. Era como si Benedict y ella hubieran estado sobre un escenario desde que llegaron. Todos los ojos se habían clavado en ellos nada más entrar en el salón de baile... y con la misma rapidez se habían apartado. Pero, en ese momento, comenzaron los cuchicheos. Se habían mezclado con la multitud. En más de una ocasión, Amity había captado retazos de conversaciones.

«Me he dado cuenta de que no luce el collar de la familia», recordó que decía alguien, y que otra persona comentaba: «Yo no le daría demasiada importancia al compromiso. Es evidente que no le ha dado el Collar de la Rosa.»

Fue un auténtico alivio escapar del salón de baile, pensó Amity.

—No estoy hecha para este tipo de cosas —dijo ella.

—Ni yo —repuso Benedict.

De repente, Amity se dio cuenta de que no tenían que explicarse el significado de esa clase de comentarios. Los dos lo entendían a la perfección.

La brisa nocturna era fresca y agradable en comparación con el ambiente cargado que se respiraba en el salón de baile. Amity se dio cuenta de que no estaban solos en la terraza. Unas cuantas parejas se encontraban entre las sombras a su alrededor. Conversaciones en voz baja y risas contenidas flotaban en el aire.

Benedict se detuvo brevemente. Después, al no estar satisfecho con el grado de intimidad que ofrecía la terraza, instó a Amity a bajar los escalones que conducían a la oscuridad que se extendía más allá.

La luna estival brillaba en el cielo, derramando su luz plateada, que producía acusados claroscuros en los jardines. Amity recordó las noches a bordo del *Estrella del Norte*. De repente, la asaltó la melancolía. El destino en forma de asesino había hecho que Benedict volviera a ella, pero tal vez lo tuviera durante un breve periodo de tiempo. Esa idea le provocó una punzada de urgencia. Tenía que saborear cada segundo con él, se dijo.

Caminaron por el sendero de gravilla hasta llegar a la entrada de los elegantes establos. Se detuvieron allí. Amity se abrazó para protegerse del frío que se apoderó de ella. Examinó los establos.

—Los caballos de Gilmore viven en un alojamiento mucho más grandioso que los que habita la mayoría de los londinenses —comentó.

—Todo el mundo sabe que Gilmore está obsesionado con sus cuadras. —Benedict la miró—. ¿Tienes frío?

—La noche es bastante fresca, ¿no crees?

Sin mediar palabra, Benedict se quitó la chaqueta y se la colocó alrededor de los hombros. Tal como hiciera la última noche a bordo del barco, pensó ella. Justo antes de que la besara.

—¿Mejor? —quiso saber él.

—Mucho mejor. —La chaqueta parecía pesar más de la cuenta. Se dio cuenta de que había algo en uno de los bolsillos. El calor corporal de Benedict y su aroma tan masculino y vigorizador impregnaba la lana. Aspiró su esencia viril sin que él se diera cuenta—. ¿A qué te referías con eso de que siempre hay nexos?

Benedict se apoyó en la pared del establo y clavó la vista en la mansión bien iluminada.

—Ya hemos considerado la posibilidad de que el asesino no asistiera en persona al baile de los Channing, sino que lo hiciera alguien a quien conozca bien.

—Crees que debemos descubrir el nexo de unión entre el asesino y el invitado que sí asistió al baile. Esa tarea será mucho más complicada.

—Si ya no buscamos al asesino, sino a alguien que lo conozca muy bien, tenemos que repasar de nuevo la lista de invitados.

—Benedict, mucho me temo que la lista de invitados sea un callejón sin salida. Es posible que estemos perdiendo el tiempo.

—Lo sé. Pero tal como Logan insiste en repetir, es un punto de partida. Esta noche hemos conseguido eliminar a muchos hombres de nuestra lista.

—Si Penny tiene razón, la persona relacionada con el asesino puede estar en este mismo baile. Pero ¿cómo vamos a identificar a dicha persona?

Benedict le echó un brazo sobre los hombros y la pegó a él.

—No podemos olvidarnos de un detalle muy importante.

—¿Cuál?

—El lapso de tiempo entre el primer asesinato y los otros tres. Si pudiéramos averiguar a qué se debió, podremos reducir la lista de sospechosos.

158

—Pero puede haber muchos motivos por los que transcurrió tanto tiempo entre el primer asesinato y los otros tres —protestó Amity—. A lo mejor el asesino no se encontraba en Londres. Tal vez estuviera en su casa solariega. O viajando por el Lejano Oriente o por América.

—Sí. —Benedict la abrazó con más fuerza—. Sí, tal vez hay un buen motivo por el que no cometió más asesinatos durante varios meses. Es una pieza clave del rompecabezas, una que no debería costarnos mucho investigar. Estamos buscando a amigos o familiares de los invitados de la lista del baile de los Channing que se ausentaron de la ciudad durante unos ocho meses el año pasado.

—¿De verdad crees que podemos averiguar esa información?

—Necesitaremos ayuda de mi tío y de mi hermano, pero se puede hacer. —Benedict la hizo girar entre sus brazos—. Encontraremos al asesino, Amity. No descansaré hasta saber que estás a salvo.

Sonrió al escucharlo.

—Lo sé. —Le echó los brazos al cuello y se puso de puntillas para rozarle los labios con los suyos—. Lo sé.

Benedict le tomó la cara entre las manos y la besó con tanta urgencia que Amity creyó que la estaba dejando sin aliento de verdad.

Con movimientos precisos, Benedict la soltó e intentó abrir la puerta del establo. Amity se sorprendió al ver que se abría con facilidad. El aire caliente salió de la ranura, llevando consigo el olor a heno y a caballo. La luz de la luna se filtraba por las ventanas de las paredes.

—Desde luego que el alojamiento es muchísimo mejor que el que he disfrutado en algunos de mis viajes —comentó Amity.

Benedict se echó a reír.

Escucharon ruidos procedentes de las cuadras. Varios caballos asomaron la cabeza por encima de sus portezuelas y resoplaron. Amity sonrió. Se quitó los guantes y se acercó a uno de ellos para acariciarle el hocico.

—Son unos caballos preciosos —dijo—. Deben de haberle costado una fortuna a Gilmore.

—Puede permitírselo. —Benedict contempló la escena a la luz de la luna con evidente interés—. Se enorgullece no solo de los caballos, sino también de la arquitectura de sus establos. De diseño muy moderno. Tengo entendido que este sitio se caldea con tuberías de agua caliente instaladas en el suelo.

Amity contuvo una sonrisa. Ella había estado pensando que los establos eran un lugar muy íntimo, incluso romántico. Solo un ingeniero podía ver las cosas de otro modo.

—Hace una temperatura muy agradable aquí dentro —dijo ella—. Me recuerda un poco a Saint Clare. Sin olas que rompan contra la orilla, claro.

—Ni los dichosos insectos.

Se echó a reír al escucharlo y recorrió el pasillo para acariciar al siguiente caballo.

—Supongo que tus recuerdos de Saint Clare están teñidos por el hecho de que recibiste un balazo en la isla.

Benedict se colocó tras ella y le puso las manos en los hombros. La pegó contra su pecho y dejó la boca muy cerca de su oreja izquierda.

—Puede que tengas razón —replicó él en voz baja, con un deje ronco muy excitante—. Solo sé que estaría encantado de no volver a pisar una isla tropical. Sin embargo, ¿la idea de no volver a besarte? Eso sí que me destrozaría el alma para siempre.

Amity se estremeció, pero no de frío. Un delicioso calorcillo comenzaba a correr por sus venas.

—No querría ser la culpable de destrozar nada relacionado con usted, señor Stanbridge. Mucho menos su alma —dijo ella con tono guasón.

Benedict la instó a darse la vuelta muy despacio. Sus ojos

relucían como dos piedras preciosas oscuras en la penumbra.

—Me alegro muchísimo de oírlo, señorita Doncaster —replicó él, siguiendo la broma—. Me alegro más de lo que se pueda imaginar.

La abrazó con fuerza y volvió a besarla. Lo hizo muy despacio en esa ocasión, con tiento, como si temiera ofender su delicada sensibilidad. Sin embargo, ya conocía sus besos y llevaba soñando con ellos mucho tiempo. La curiosidad y la osadía la impulsaban esa noche. Desde el primer momento que lo vio en el callejón de Saint Clare, estaba convencida de que jamás conocería a un hombre como Benedict Stanbridge. Si no bebía del burbujeante manantial de la pasión con él, tal vez nunca probaría esas aguas prohibidas.

Lo abrazó por la cintura y se entregó al beso, presa de la emoción y de la excitación que siempre experimentaba cuando él la tocaba.

Benedict debió de darse cuenta de la incendiaria pasión que la consumía, porque de repente su boca comenzó a devorarla con ansia.

La levantó en brazos y la llevó al extremo más alejado del pasillo. Allí la dejó de pie. Le quitó la chaqueta de los hombros. Amity vio que sacaba un níveo pañuelo blanco de uno de los bolsillos. Después, sacó otro objeto y lo dejó a un lado. Amity escuchó un tintineo metálico y vio cómo la luz de la luna se reflejaba en el cañón de una pistola. Con razón la chaqueta pesaba tanto. Benedict extendió la prenda sobre un montón de paja.

Estaba a punto de preguntarle si iba a necesitar el pañuelo porque temía ponerse a estornudar con el heno, pero en ese momento volvió a estrecharla entre sus brazos y a besarla, silenciando su pregunta.

Estaba fascinada e hipnotizada por las corrientes eléctricas que crepitaban más allá de la superficie de ese hombre. La excitaban de una manera que nunca había creído posible.

Las manos de Benedict se deslizaban sobre ella, recorriendo su cuerpo, desde el pecho hasta la cintura. Sintió cómo buscaba con los dedos los corchetes que cerraban la parte delantera de su vestido. Un segundo después, el rígido corpiño quedó abierto, dejando al descubierto la fina camisola que llevaba debajo. Cuando le tocó los pechos a través del liviano tejido, Amity sintió que se le tensaba el cuerpo entero.

—Benedict —susurró.

Él le bajó el vestido hasta que quedó en el suelo alrededor de sus tobillos, como un mar de satén y seda. Le soltó las cintas de las enaguas, con el pequeño polisón, y dejó caer ambas prendas. Amity solo llevaba encima la ligera camisola, las medias y los calzones.

—Eres preciosa —dijo Benedict. Le pasó las manos por los brazos hasta llegar a su garganta. Después, le tomó la cara entre las manos y la besó con urgencia reverente.

Temblorosa, se aferró a sus hombros para no perder el equilibrio. La pajarita negra resaltaba en contraste con la camisa blanca. Amity luchó con el nudo hasta que consiguió deshacerlo. Los extremos quedaron colgados a cada lado de su cuello.

Seguidamente empezó a desabrocharle la camisa. Cuando finalmente lo consiguió, deslizó las manos por debajo. Sus dedos le acariciaron el pecho. Se emocionó al sentir la calidad de esos músculos y de esa piel cálida. No lo había tocado desde los días y las noches en el barco, cuando cuidó de él durante el episodio febril y le cambió los vendajes ensangrentados. Era maravilloso verlo fuerte y sano de nuevo, pensó.

Sin embargo, cuando sus dedos inquisitivos encontraron la piel cicatrizada que marcaba la herida ya sanada, Benedict siseó.

Amity dio un respingo y apartó la mano de la herida a toda prisa.

—Te he hecho daño. Lo siento mucho.

—No. —Benedict le cogió una de las manos y volvió a

162

ponérsela sobre el pecho—. No, tranquila. La herida sigue estando sensible, pero no me has hecho daño. Cuando me has tocado, me he acordado de la noche que me desperté de la fiebre y te encontré acurrucada en un sillón, cuidándome. Supe entonces que me habías salvado la vida.

Sonrió al escucharlo.

—Lo primero que me preguntaste después de llegar a la conclusión de que no estabas muerto era si la carta estaba en un lugar seguro.

—Y tú me aseguraste que seguía escondida en tu maletín.

Benedict tiró de ella para que se tumbase en el lecho de paja. Yacieron juntos sobre su chaqueta. A la luz de la luna, Amity podía ver el brillo de excitación sexual en sus ojos.

—Hoy no soy presa de la fiebre. —Benedict se tumbó de espaldas y tiró de ella, de modo que quedó sobre su pecho—. Y el único dolor que siento ahora mismo es el que provoca el deseo. Esta noche, sé muy bien lo que estoy haciendo. Te deseo, Amity. Más de lo que he deseado a ninguna otra mujer en toda la vida.

Un ramalazo de excitación se apoderó de ella. Se aferró a sus hombros y lo miró a los ojos, haciéndole saber que estaba preparada para la aventura que la esperaba.

—Yo también te deseo —dijo ella—. Más que a nadie, más que cualquier otra cosa.

Benedict la obligó a bajar la cabeza y la besó de nuevo, un beso hechizante y embriagador que incendió los sentidos de Amity. Sintió cómo le pasaba las manos por los muslos, por debajo del dobladillo de la camisola. Cuando la tocó entre las piernas, fue su turno de emitir un siseo asombrado, pero no aflojó la presión con la que se aferraba a los hombros de Benedict. Tenía la sensación de que se estaba derritiendo por dentro.

Benedict la tocó en lugares que ningún otro hombre la había tocado jamás, provocándole sensaciones que suponía que existían, pero que nunca había experimentado. Era una viajera experimentada, pero jamás había emprendido semejante viaje, tal vez porque nunca había encontrado al compañero adecuado, pensó. Pero esa noche le parecía lo correcto. Era el hombre adecuado, el lugar y el momento adecuados. Esos factores tal vez no volverían a repetirse. Debía aprovechar la oportunidad, porque de lo contrario siempre se arrepentiría de su cobardía.

Una tensión desconocida cobró vida en su interior. Sabía que Benedict tenía la mano mojada por la cálida humedad que había provocado con sus caricias. Una parte de ella se sentía avergonzada, pero desde luego que a él no parecía importarle, y ella estaba demasiado excitada como para apartarse.

Benedict la instó a tumbarse de espaldas y se inclinó sobre ella, tocándola con cuidado. Capturó un pezón con los labios, y Amity arqueó la espalda, suplicándole sin palabras que siguiera.

Benedict la soltó para desabrocharse los pantalones. Amity sintió una punzada de duda al ver su duro miembro a la luz plateada de la luna.

—No sé si... —comenzó ella.

Benedict se colocó sobre ella una vez más, oscureciendo la luz, y la acalló con un beso.

—Tócame —le suplicó él contra los labios—. No sabes cuánto tiempo llevo soñando con tus caricias.

Con gesto titubeante, Amity lo rodeó con los dedos. Benedict gimió. Ella empezó a mover la mano despacio, experimentando. Benedict comenzó a jadear de forma entrecortada, como si le costara la misma vida mantener el control. Tenía la frente perlada de sudor, como si tuviera fiebre.

Lo vio alzar la cabeza. En la penumbra, sus facciones se veían duras e intensas. En sus ojos brillaba un deseo abrumador. Saber que la deseaba con tanta intensidad erradicó los vestigios de su incertidumbre.

Benedict la acarició hasta dejarla sin aliento. Hasta que la tensión de su interior fue tan fuerte que creyó no poder soportarla más. Le clavó las uñas en los hombros.

El clímax la cegó. Sin previo aviso, esa sensación abrumadora de su interior estalló en una serie de oleadas. Una eufórica sorpresa se apoderó de ella de repente y se vio catapultada a lo más alto.

Benedict se tumbó sobre ella y se guio con una mano. La penetró con una embestida fuerte y certera.

La invasión la devolvió a la tierra de golpe. Soltó un grito ahogado e intentó apartarse de forma instintiva. Comenzó a arañar la camisa de Benedict.

Él la sujetó de las caderas con fuerza, inmovilizándola.

—Relájate —le ordenó él. Apoyó la frente sudorosa sobre la de ella—. Relájate.

Durante unos segundos, no se atrevió a moverse. Y tampoco lo hizo él. Podía sentir la tensión de los músculos de su espalda bajo las manos. Benedict estaba luchando para controlar su pasión, a la espera de que ella se sobrepusiera a la primera impresión. Saber que se estaba esforzando por controlarse la tranquilizó.

Poco a poco, su cuerpo se fue adaptando a él. Tomó una bocanada de aire y probó a moverse un poco en busca de una postura más cómoda. Benedict gimió y empezó a moverse; con tiento al principio, pero fue ganando en confianza. Amity descubrió que la sensación era muy rara, pero que ya no le resultaba intolerable.

—¿Estás bien? —le preguntó Benedict al oído.

—Creo que sí —contestó ella—. Desde luego que no es peor que montar en camello.

Benedict masculló algo, una mezcla de gruñido y carcajada. Y después empezó a moverse más deprisa, con embestidas más potentes que la dejaron de nuevo sin aliento y aferrándose a él como si le fuera la vida en ello.

La penetró una última vez. Se quedó rígido, con la espalda arqueada. Y, luego, la sorprendió al salir de su cuerpo. Se co-

rrió en el pañuelo mientras el clímax lo sacudía con podero-
sas oleadas que no parecían acabar nunca.

Cuando terminó, Benedict se dejó caer sobre ella. Tenía
los ojos cerrados. Pese a la incomodidad y a la incertidumbre
que ofrecía el futuro, el momento tan emotivo la tenía mara-
villada.

Acababa de realizar uno de los viajes más misteriosos de
la vida y había descubierto lo que se escondía al final de la
aventura. Por fin sabía lo que era tener un amante.

17

—¿Seguro que estás bien? —le preguntó Benedict nuevamente.

Era la tercera o la cuarta vez que le preguntaba por su bienestar, y cada vez que lo hacía parecía más brusco, incluso impaciente. Se encontraban en el carruaje, de camino a Exton Street. Benedict la había sacado del baile inmediatamente después del encuentro en los establos. Y era lo mejor, pensó Amity. Las horquillas se le habían soltado y todavía estaba quitándose trozos de paja del vestido.

—No hace falta que te preocupes, estoy bien —contestó. Sospechaba que cada vez que contestaba la pregunta, su voz sonaba más irritada.

¡Por el amor de Dios, si casi estaban discutiendo!

El final de la que debería ser una de las noches más importantes, emocionantes y románticas de su vida estaba demostrando ser una colosal desilusión. No entendía qué había de especial en tener un amante. Si a eso se reducía todo, le resultaba difícil imaginar por qué tantas personas hacían malabarismos para disfrutar de una relación ilícita.

Aunque comprendía la necesidad de marcharse a toda prisa (ninguno de los dos necesitaba otro escándalo), la actitud fría y eficiente con la que Benedict había enfrentado la situación le resultaba bastante molesta. Había organizado la marcha de la mansión de los Gilmore con la habilidad y la precisión de un general de un ejército en plena batalla. No, de un general no. De un ingeniero. Cada vez estaba más convencida de que se arrepentía de haber participado en el apasionado interludio.

Y, para colmo de males, no paraba de preguntarle si estaba bien. Aunque era un detalle que un caballero se preocupara por el estado de su amante después de un apasionado encuentro sexual, su afán inquisitivo tenía poco de romántico. Parecía preocupado. Tal vez esperaba que se desmayara por la impresión que la experiencia le había provocado.

Un incómodo silencio se había instaurado en el interior del carruaje. Amity tenía la vista clavada en la calle. Las farolas de gas y las luces de los carruajes aparecían y desaparecían entre la niebla reinante.

Benedict se movió en el asiento opuesto.

—Amity...

—Como me preguntes otra vez más si estoy bien —lo interrumpió, hablando entre dientes—, no sé lo que te hago.

A la tenue luz de la lámpara, lo vio entrecerrar los ojos y se percató de que su anguloso rostro se tensaba, adoptando una expresión seria.

—¿Qué quieres decir con eso? Es natural que me preocupe por ti. No me había percatado de que no tenías experiencia en las lides de la pasión.

—¡Por el amor de Dios! No soy una jovenzuela inocente de dieciocho años sin la menor idea de lo que estaba haciendo esta noche. ¿Cuántas veces te he dicho ya que soy una mujer de mundo?

—Demasiadas, porque me lo he creído.

—Te aseguro que no me va a dar un patatús solo por lo que ha pasado en el establo.

—¿Solo por lo que ha pasado? —repitió él, cuyo tono de voz se tornó siniestro.

—Bueno, lo que ha pasado entre nosotros no es nada extraordinario ni revolucionario, ¿verdad? Las parejas lo hacen con bastante frecuencia, ¿no?

—Creo que comentaste que no era peor que montar en camello.

—Ah, sí. —De repente, Amity cayó en la cuenta de que podría haber herido los sentimientos de Benedict. Lo miró con una sonrisa alentadora—. No hay nada de lo que preocuparse. Es muy fácil acostumbrarse al paso de un camello. Con tiempo y práctica, uno acaba adaptándose a los vaivenes y sacudidas.

Benedict parecía estar a punto de replicar al comentario, pero por suerte el carruaje se detuvo. Titubeó un instante, pero después, claramente frustrado y la mar de serio, abrió la portezuela. Tras apearse, se volvió para ayudar a Amity a hacer lo propio.

Ella se recogió las faldas y aceptó la mano que le tendía. Benedict le rodeó los dedos con los suyos. Subieron los escalones de la entrada sin mediar palabra. Ella sacó la llave del bolsito de noche que llevaba prendido a la cadena de plata de la cintura, de la que también pendía el *tessen*. Benedict le quitó la llave y abrió la puerta principal. Las lámparas del vestíbulo aún estaban encendidas, si bien el resto de la casa se encontraba a oscuras. Penny y la señora Houston se habían acostado.

Amity sintió un repentino alivio mientras entraba. No le apetecía mantener una conversación con Penny en ese momento. Su hermana le preguntaría por el estado de su pelo y por la paja que llevaba en el vestido.

Benedict se detuvo en el vano de la puerta.

—Te visitaré mañana.

—Sí, por supuesto —replicó ella con brusquedad—. Debemos considerar qué dirección toma nuestra investigación.

Benedict adoptó una actitud decidida.

—Amity, soy consciente de que esta noche no ha sido en absoluto lo que esperabas que fuese.

Ella se sonrojó.

—Prefiero no hablar del tema.

—El lugar no era en absoluto romántico y el momento no era el adecuado.

Amity tomó aire con dificultad.

—Como me digas que te arrepientes de lo sucedido...

—No del todo —la interrumpió—. Si digo que me arrepiento de lo sucedido, mentiría.

«No del todo», repitió para sus adentros. Por algún motivo, Amity se descubrió al borde de las lágrimas. Luchó contra ellas a fin de reforzar sus defensas.

—Yo tampoco me arrepiento —replicó. Era consciente de que su voz sonaba un tanto tensa—. No del todo. Y no debes culparte. Yo soy la culpable de haber imaginado una experiencia en cierto modo distinta, pero a la postre ha sido muy educativa.

—Educativa.

Amity logró esbozar una alegre sonrisa.

—Ese es el atractivo de embarcarse en una nueva aventura, ¿no te parece? Experimentar nuevas sensaciones y explorar lo desconocido. Ahora, si no te importa, me gustaría irme a la cama. Resulta que estoy agotada.

Benedict no se movió, de modo que se vio obligada a cerrarle la puerta en las narices, si bien lo hizo muy despacio. Por un instante, se quedó donde estaba mientras aguzaba el oído. Al final, lo oyó descender los escalones. La portezuela del carruaje se abrió y se cerró, y el vehículo se alejó por la calle.

Esperó un instante más. Las lágrimas que había logrado contener acabaron derramándose. Usó el dorso de los guantes para limpiárselas.

Tras apagar las lámparas del vestíbulo, subió la escalera. La puerta del dormitorio de Penny se abrió. Amity la miró un momento, incapaz de hablar por el nudo que tenía en la garganta.

—Hermana querida —susurró Penny—, ¿qué te ha hecho?

—No es lo que me ha hecho —contestó ella—. Es que creo que le gustaría no haberlo hecho. Y que, en parte, yo soy la culpable porque quería que lo hiciera.

Penny la estrechó entre sus brazos. Y Amity dejó que las lágrimas cayeran.

18

No podría haber fastidiado más el asunto de habérselo propuesto, pensó Benedict.

No era su intención hacer el amor con Amity esa noche, pero llevaba pensando en acostarse con ella desde que la conoció. El problema era que no había trazado un plan. No, había actuado por impulso. Cuando se le presentó la oportunidad, fue incapaz de resistirse. El deseo era una droga poderosa. Y estaba pagando el precio.

No había sido peor que montar en camello.

«¿Qué esperabas? —se preguntó—. Lo has hecho en unos establos.»

Lo único que podía decir al respecto era que, en aquel momento, le pareció una idea brillante.

El carruaje se detuvo delante de su casa. Las ventanas estaban a oscuras. Los Hodges habían corrido las cortinas para la noche y se habían acostado ya.

Benedict abrió la portezuela, se apeó y despidió al cochero. El coche de caballos se perdió en la niebla.

Se sacó la llave del bolsillo, subió los escalones de entrada y abrió la puerta. La casa parecía más en silencio que de costumbre. También más oscura, pensó. Todas las luces estaban apagadas, incluidas las del vestíbulo.

Se quitó la chaqueta, aunque hizo una pausa para aspirar

una honda bocanada de aire al captar el olor de Amity. La erección fue instantánea. El doloroso deseo ardió en su interior, con más fuerza que nunca, aunque acababa de saciarlo. Tal vez porque por fin sabía lo satisfactorio que era hundirse en el cálido y húmedo cuerpo de Amity.

Desde luego, la chaqueta jamás volvería a ser la misma, y él tampoco.

Lo que necesitaba era una buena dosis medicinal de coñac. Se colgó la chaqueta de un hombro y recorrió el pasillo hacia su despacho. Se llevó una mano al cuello de forma automática para desabrocharse la pajarita, pero tuvo que sonreír al descubrir que las tiras de seda seguían colgando a cada lado de su cuello. Se había olvidado de volver a hacerse el nudo porque su objetivo prioritario era sacar a Amity de la casa de los Gilmore antes de que alguien se diera cuenta de que estaba maravillosamente desaliñada.

Estaba tan absorto con los dulces y apasionados recuerdos que no se dio cuenta de que pasaba algo raro hasta que escuchó unos ruidos ahogados procedentes de un rincón a oscuras de la habitación.

Se volvió deprisa mientras buscaba la pistola que llevaba en la chaqueta. La señora Hodges estaba sentada muy tiesa en una silla de madera de la cocina. Hodges estaba en la misma posición, sentado en otra silla idéntica. Ni los Hodges ni las sillas deberían estar en el despacho a esa hora de la noche.

—¿Qué diantres están haciendo en ese rincón?

Hodges emitió otro gemido ahogado. La luz de la lamparita del escritorio, si bien estaba encendida a medio gas, bastaba para ver la mordaza que llevaba puesta. Tenía las manos y los tobillos atados con una cuerda. La señora Hodges estaba atada de la misma manera. Hodges miró con los ojos desorbitados a Benedict sin dejar de emitir sonidos desesperados.

Habían arrasado la habitación. Habían sacado libros de los estantes y los habían tirado al suelo. Los cajones del escritorio estaban abiertos. Habían descolgado los cuadros de las paredes, a todas luces en busca de cajas fuertes escondidas.

—Por el amor de Dios, hombre. —Benedict sacó la pistola del bolsillo de la chaqueta, arrojó la prenda al suelo y aumentó la luz de la lamparita—. ¿Qué demonios ha pasado?

Las cortinas se movieron en una esquina cerca de las puertas francesas. Benedict se dio la vuelta a toda prisa, apuntando con la pistola.

Un hombre salió de detrás de las gruesas cortinas de terciopelo. La luz brilló sobre el revólver que llevaba en la mano. Tenía media cara cubierta por un pañuelo negro atado en la nuca.

—Lo estábamos esperando, Stanbridge —dijo.

El acento era estadounidense, imposible de confundir. Y le provocó un recuerdo de su estancia a bordo del barco. Benedict apenas tardó un segundo en encajarlo con el aspecto físico del intruso: un hombre delgado, de pelo rubio trigueño y joven.

—Declan Garraway —replicó Benedict. Meneó la cabeza, disgustado—. El experto en psicología. Así que tú eres el espía. Debería haberlo sabido. Supongo que las dos profesiones son complementarias.

—Temía que me reconociera. —Declan se quitó el pañuelo de un tirón, dejando al descubierto unas facciones engañosas por su aspecto inocente—. Es el acento, ¿verdad? Para que lo sepa, no soy un dichoso espía. Soy un investigador privado. Más o menos.

—Una diferencia abismal, seguro. ¿Para quién trabajas?

—Eso no es de su incumbencia, maldita sea. ¿Dónde está el cuaderno de Foxcroft?

Benedict echó un vistazo por el despacho, fingiendo una sonrisa sorprendida.

—¿Quieres decir que no lo has encontrado?

—Vaya a por él, porque de lo contrario...

—¿Qué? ¿Vas a dispararme a mí y a mi mayordomo, tal vez a mi ama de llaves, antes de que yo te dispare a ti? Lo dudo mucho. No soy un tirador experto, pero sí he practicado un poco y a esta distancia sería difícil fallar. Aunque tuvieras suerte con los primeros disparos, ¿hasta dónde crees que llegarías después de cometer varios asesinatos en un vecindario tranquilo y respetable como este? Créeme, alguien se habrá fijado en tu llegada.

—Nadie me vio llegar —se apresuró a decir Declan.

—¿Qué me dices del coche de alquiler que te dejó cerca de aquí? ¿De verdad crees que el cochero no se acordará del yanqui que ha llevado esta noche? ¿Uno que se apeó cerca de la escena del crimen?

—¿Cómo sabe que he venido en coche de alquiler? —Declan parecía horrorizado.

—¿Cómo si no ibas a encontrar esta calle? Dudo mucho que conozcas bien Londres.

—Olvidémonos del coche de alquiler. No he venido para matar a nadie. Su mayordomo me interrumpió cuando empecé a registrar el despacho. Tuve que atarlo. Iba a llamar a la policía. Y luego apareció el ama de llaves. Tenía que hacer algo. Deme el cuaderno y me iré.

—Eres imbécil, Garraway. ¿De verdad creías que iba a dejarlo aquí, en mi despacho?

Benedict sacó el pequeño cuaderno con tapas de cuero del bolsillo de la chaqueta. Lo abrió y lo cerró muy deprisa, lo justo para revelar las páginas llenas de notas crípticas y bocetos.

—¿Es ese? ¿Es ese cuadernillo? —Declan frunció el ceño por las dudas. Dio un paso hacia delante—. Creía que sería mucho más grande.

—Foxcroft guardaba sus notas en un cuaderno pequeño y práctico que podía llevar en el bolsillo.

Benedict tiró el cuaderno a las ascuas que quedaban vivas en la chimenea.

—¡No! —Declan cruzó la habitación hacia la chimenea.

Benedict cogió el atizador y trazó un arco que barrió las piernas de Declan, haciendo que cayera al suelo. Su revólver rebotó sobre la alfombra. Benedict lo recogió.

—Maldito sea, maldito sea, maldito sea. —Angustiado, Declan se incorporó despacio y apoyó la cabeza en las manos—. Lo ha estropeado todo.

—Exactamente ¿qué he estropeado? —Benedict usó el atizador para sacar el cuaderno de las ascuas. El librito estaba algo chamuscado en los bordes, pero salvo por eso, seguía intacto.

—Mi padre me ha enviado para conseguir el dichoso cuaderno. —Declan vio cómo Benedict dejaba el cuaderno sobre el escritorio—. Era mi última oportunidad para demostrarle que tengo lo necesario para unirme al negocio familiar.

—Debe de ser un negocio inusual. —Benedict se acercó a la señora Hodges y le quitó la mordaza—. ¿Está herida, señora Hodges?

—No, señor —contestó ella.

Benedict le quitó la mordaza a su marido.

—¿Y tú, Hodges?

—Solo ha herido mi orgullo, señor.

Benedict empezó a soltar las cuerdas de la señora Hodges. Declan estaba sentado en el suelo, mirando el cuaderno con expresión enfurruñada.

—No pongas esa cara de pena, Garraway. —Benedict terminó de soltar las cuerdas que sujetaban los tobillos de la señora Hodges—. No es el cuaderno de Foxcroft. Es uno de mis cuadernos personales. No hay nada de importancia reveladora en él.

Declan gimió.

—Debería haberlo sabido. Me ha engañado.

—Eso me temo. Exactamente, ¿a qué se dedica tu familia?

—Al petróleo —masculló Declan—. Mi padre y su hermano son los dueños de la Empresa de Petróleos Garraway.

Están listos para cavar pozos en California, cerca de Los Ángeles. Están convencidos de que hay mucho petróleo en el subsuelo, a la espera de que alguien lo saque a la superficie. En algunos puntos de la costa, se ve cómo rezuma el suelo oceánico.

La señora Hodges se puso en pie masajeándose las muñecas.

—Yo me ocupo del señor Hodges, señor —dijo.

—Gracias —dijo Benedict. Se concentró en Declan—. ¿Para qué quiere la Empresa de Petróleos Garraway un aparato diseñado para explotar la energía solar? —Sin embargo, la respuesta se le ocurrió nada más hacer la pregunta—. Ah, cómo no. No quieren robar los planos del sistema de Foxcroft para fabricarlo y venderlo. Tu padre y tu tío quieren evitar que el motor y la batería salgan al mercado. ¿He acertado?

—Dicen que si todos pueden ir a la tienda y comprar un sistema solar que capture la energía gratuita del sol, el mercado del petróleo se derrumbará antes de que haya oportunidad de demostrar lo útil que es. Mi padre y mi tío dicen que el futuro pertenece al petróleo. Quieren asegurarse de que sea así.

—Porque han invertido mucho en dicho futuro.

Declan se encogió de hombros.

Benedict miró a Hodges.

—¿Seguro que no han sufrido daños?

—Estamos bastante bien, gracias, señor —contestó Hodges—. Pero vamos a tardar un buen rato en organizar su despacho.

—Ese mequetrefe ha montado una buena —dijo la señora Hodges, que fulminó a Declan con la mirada—. Debería darle vergüenza, señor.

Declan tuvo la decencia de agachar la cabeza.

Benedict se sentó en el pico de su escritorio y observó a Declan.

—Es evidente que no estás al tanto de los últimos acontecimientos.

—¿A qué se refiere? —preguntó Declan.

—Alguien ha robado el cuaderno de Foxcroft. Las buenas noticias en tu caso son que, dado que has venido a buscarlo a mi casa, tengo que asumir que no eres el ladrón.

—Hijo de puta. —Declan no daba crédito—. ¿Ha desaparecido? Pero ¿quién lo tiene?

—Buena pregunta. Pero desconozco la respuesta. Y dado que tú también pareces desconocerla, no creo que haya motivos para continuar con la conversación. Hodges, hazme el favor de avisar al primer policía que veas.

—Será un placer, señor —dijo Hodges, que echó a andar hacia la puerta.

Declan se tensó, alarmado.

—No va a llamar a la policía.

Hodges se detuvo.

—¿Por qué no? —preguntó Benedict con voz agradable.

—Porque los dos queremos lo mismo —replicó Declan, exasperado—. Mire, si me está diciendo la verdad y han robado el cuaderno...

—Es la verdad.

—En ese caso, tal vez podamos ayudarnos el uno al otro. Mi padre y mi tío lo recompensarán generosamente, se lo aseguro. Son muy ricos.

—No me cabe la menor duda —repuso Benedict—. Pero, verás, el asunto es que... yo también lo soy. No necesito su dinero.

—¿De verdad? —Declan adoptó una expresión ladina—. En ese caso, ¿por qué fue hasta Saint Clare y luego se reunió con Foxcroft en Los Ángeles? Sé que estuvo allí, por cierto. Cuando descubrí que había comprado un billete para un tren con destino a California, supuse adónde se dirigía. Pero cuando llegué, ya se había marchado con el cuaderno de Foxcroft. —Hizo una pausa—. Que sepa que ha muerto. El cáncer se lo llevó menos de cuarenta y ocho horas después de que le entregara su cuaderno.

—Me entristece oírlo —repuso Benedict—. Era un ingeniero brillante.

—Supongo que no querrá contarme lo que pasó en Saint Clare, ¿verdad? Todos los pasajeros a bordo del *Estrella del Norte* decían que lo había asaltado un ladrón, pero nunca me tragué el cuento. Creo que estaba allí por la misma razón por la que yo fui a la isla: para echarle un vistazo al cañón solar de Cork. Pero había desaparecido y Cork estaba muerto cuando lo encontré.

—¿Cuándo llegaste al laboratorio de Cork?

La cara de Declan se ensombreció.

—Muy poco después que usted, está claro. El cuerpo de Cork seguía en el suelo. Pero la policía local ya había aparecido y empezaban a hacer preguntas. Era evidente que estaban convencidos de que a Cork lo había matado un extranjero, alguien que había desembarcado de uno de los barcos que estaban atracados en el puerto ese día. Supuse que era mejor que no me vieran, así que regresé enseguida al *Estrella del Norte*.

—¿Y me disparaste de camino, por casualidad? —preguntó Benedict.

—No, lo juro. No fui yo quien le disparó. He ido un paso por detrás de usted todo el tiempo. Hasta que no lo seguí al laboratorio de Foxcroft en Los Ángeles no me di cuenta de la importancia del sistema del motor solar. El cañón no funcionará sin él, ¿verdad?

—No. ¿Cómo es que te has enterado de la existencia de los inventos de Cork y de Foxcroft?

—Un agente de Estados Unidos fue a ver a mi padre y a mi tío. El agente quería saber si un cañón propulsado por energía solar y lo bastante poderoso como para servir de arma a bordo de un barco de guerra sería factible. Dijo que había rumores de que se estaba construyendo un artefacto de esas características, que el inventor era un británico llamado Alden Cork, que había establecido su laboratorio en algún lugar del

Caribe. Mi padre y mi tío conocían el trabajo de Cork, por supuesto, pero no les preocupaba demasiado.

—El círculo de inventores centrados en dispositivos de energía solar es muy pequeño —dijo Benedict.

—Como ya le he dicho, mi padre y mi tío no creían que el invento de Cork funcionara como arma naval, pero les preocupaba lo suficiente como para enviarme a Saint Clare para echarle un vistazo. Cuando descubrí que le habían disparado, al principio supuse que usted había matado a Cork y que había resultado herido durante el asalto. Después, cuando se subió al tren hacia Los Ángeles después de atracar en Nueva York, me di cuenta de que iba a ver a Elijah Foxcroft casi con toda seguridad. Así que lo seguí. Otra vez llegué demasiado tarde.

—¿Por qué estabas tan seguro de que iba a ver a Foxcroft?

La sonrisa de Declan era cualquier cosa menos alegre.

—Como ha dicho, el círculo de inventores que trabajan con dispositivos solares es pequeño. En otro tiempo, Elijah Foxcroft trabajó para la Empresa de Petróleos Garraway. Lo despidieron porque quería centrar su investigación en la energía solar y no en el petróleo. Sabíamos que había montado su laboratorio en Los Ángeles para perseguir su sueño de construir un motor solar. —Hizo una pausa—. ¿Tiene alguna idea de quién ha asesinado a Cork o de quién ha robado el cuaderno de Foxcroft?

—Suponemos que el asesino y el ladrón son la misma persona y que trabaja para los rusos.

Declan asintió con la cabeza.

—Soy consciente de que los rusos y los británicos están enzarzados en un peligroso juego de estrategia desde hace algún tiempo. Ambas partes quieren controlar el futuro del centro de Asia y de Oriente.

—Personalmente, creo que ninguno de los dos imperios podrá controlar esa parte del mundo, pero mientras los rusos sigan intentándolo, la Corona está convencida de que tiene que ponerles freno.

Declan meneó la cabeza.

—Y el juego sigue su curso.

Benedict se cruzó de brazos.

—Basta con echarle un vistazo al mapa de Norteamérica y de Suramérica para tener claro que el gobierno de Estados Unidos también anda liado con unos cuantos jueguecitos de estrategia.

Declan se pasó los dedos por el pelo.

—No puedo discutirlo. Pero puedo decir sin temor a equivocarme que ninguno de nuestros respectivos gobiernos querría que los rusos contaran con un arma naval superior. Maldita sea, tenemos que trabajar juntos en este asunto.

—Teniendo en cuenta la forma tan desagradable con la que has tratado a mi ama de llaves y a mi mayordomo, no veo motivos para ayudarte en nada. Voy a decirle a Hodges que llame a la policía ahora mismo. Supongo que el agente más cercano tardará en llegar unos dos minutos.

—Se va a arrepentir, Stanbridge.

—Estoy seguro de que aprenderé a vivir con el arrepentimiento. —Benedict miró a Hodges—. Puedes llamar a la policía ya.

Hodges inclinó la cabeza.

—Enseguida, señor.

—Maldita sea —masculló Declan.

Se dio la vuelta, abrió una de las puertas francesas de golpe y salió en tromba al jardín.

Hodges miró a Benedict.

—¿Todavía quiere que llame a la policía, señor?

—No te preocupes. Estoy seguro de que Garraway estará a varias calles de aquí para cuando llegue el agente. De cualquier modo, nos será más útil dejarlo libre de momento. Le hablaré a mi tío de él por la mañana. Cornelius puede lidiar con los estadounidenses. Yo ya tengo problemas de sobra.

—Sí, señor.

Benedict examinó la caótica escena del despacho.

—¿Está por ahí la licorera? Como Garraway haya desperdiciado el coñac bueno, voy a arrepentirme mucho de haberlo dejado marchar de una sola pieza.

—Creo que el coñac sigue intacto, señor —anunció la señora Hodges. Pasó por encima de un montón de libros tirados en el suelo y apartó unos cuantos periódicos para dejar al descubierto la licorera.

—Sirva tres copas, señora Hodges. Y que vayan bien cargadas. Nos las hemos ganado. Ha sido una noche muy movida.

—Sí, señor —dijo la señora Hodges.

La mujer sirvió coñac en tres copas y las repartió.

Hodges miró a Benedict con expresión pensativa.

—¿Hemos de suponer que su noche no ha sido más satisfactoria que la nuestra, señor?

—No sabes hasta qué punto —contestó Benedict.

19

—Su madre ha venido a verlo —dijo el asistente, que miró por los barrotes de la puerta mientras introducía una llave en la cerradura—. Querrá ver cómo se encuentra.

La alegría inundó al paciente. Madre había ido a verlo. Es posible que hubiera cambiado de opinión y hubiera decidido creer su versión de la historia. Con suerte, quizá podría convencerla de que lo liberaran de esa prisión a la que llamaban «hospital».

Hasta hacía poco tiempo, siempre había logrado convencerla de que no era culpable de todos los pequeños incidentes de los que lo habían acusado a lo largo de los años. Siempre había habido explicaciones lógicas. Era un hecho que las mascotas más pequeñas sufrían accidentes mortales y que los sirvientes podían ser tan descuidados como para provocar un incendio. Y madre ansiaba creerlo con todas sus fuerzas.

Pero, a la luz del descubrimiento de los cadáveres de las tres novias, persuadir a su madre de que no había tenido nada que ver con los asesinatos había demostrado ser cada vez más difícil. El episodio sucedido con Amity Doncaster había sido desastroso. Madre había llegado a la conclusión de que era, de hecho, el asesino.

Debía encontrar el modo de convencerla de que no tenía nada que ver con el ataque a Doncaster. Era obvio que las heridas que había sufrido no eran si no la venganza de una puta furiosa que lo había atacado con un cuchillo cuando se negó a pagar por sus servicios.

Madre había ido a verlo. Se trataba de una clara indicación de que quería que la convenciera de que se había recuperado de su última crisis nerviosa.

Por suerte, también se había recuperado de las heridas que le había infligido esa zorra.

—Qué detalle por parte de madre el haber viajado tan lejos para visitarme —comentó.

Soltó las fotografías del jardín del hospital que había estado organizando y se puso de pie para alejarse de la mesa. Se movía con dificultad. Las heridas habían sanado, pero todavía sufría dolores. Cada punzada era un recordatorio de ese asunto que había quedado sin zanjar. Miró al asistente con una sonrisa.

—Supongo que le habrá dicho que estoy en casa y me alegra recibir visitas, ¿verdad, señor Douglas?

El asistente rio entre dientes.

—Sí, señor, por supuesto —respondió el hombre, que abrió la pesada puerta de par en par.

El arrollador alivio que inundó al paciente amenazó con abrumarlo, pero sabía que no podía permitirse el lujo de parecer eufórico. Tanto el doctor Renwick como el personal del hospital desaprobaban los despliegues emocionales de cualquier tipo. El objetivo de la terapia era alcanzar un estado mental sereno y ordenado.

El paciente hizo una mueca de dolor al tratar de ponerse el abrigo. Cada vez que sentía una punzada de dolor, hervía de rabia. Pero logró mantener la compostura delante del asistente.

Durante el transcurso de su anterior estancia en Cresswell Manor, había descubierto que el truco para conseguir privilegios, como el permiso para fotografiar las flores de los jardines de la propiedad, pasaba por fingir un comportamiento tranquilo, educado y atento. En muchas ocasiones, le abrumaba el deseo de ventilar su furia, pero casi siempre era capaz de luchar contra dichos impulsos.

Sí, poco después de su llegada se produjo el incidente con una de las sirvientas, pero la promesa de un soborno había garantizado su silencio. En cualquier caso, no le había hecho daño, al menos no tanto como se merecía. Se había limitado a golpearla lo bastante fuerte como para tumbarla al suelo. La verdad, ¿qué esperaba que hiciese después de su forma de tratarlo? No era más que una criada con ínfulas. Se había atrevido a darle órdenes. La muy tonta había tenido las agallas de decirle que no la tocara. Incluso lo había amenazado con denunciarlo a Jones, el despiadado encargado de los trabajadores del hospital.

Debería haber hecho algo más aparte de golpear a esa imbécil, se dijo el paciente. Debería haber usado una navaja. Estaba seguro de que no era virgen. Pero sabía que no podía empezar a herir a las trabajadoras del hospital, de modo que mantuvo sus necesidades bajo control. En todo caso, la sirvienta no era digna de su atención. Solo era una dichosa criada.

Una criada que merecía una pequeña sangría... Algo que él también necesitaba para recuperar el control.

Pero ya no debía preocuparse más por la criada porque madre había ido a visitarlo.

—Lo espera en los jardines —le dijo el asistente—. Yo lo acompañaré. El doctor Renwick dice que no necesita los grilletes porque está respondiendo muy bien a la terapia.

—Gracias —replicó el paciente, que se cuidó mucho de mantener un tono de voz sumiso—. Me siento mucho mejor desde que empecé de nuevo con los tratamientos.

La terapia del bueno del doctor era muy moderna. Consistía en dosis diarias de su tónico especial para los nervios, compuesto por quinina, y en inyecciones de diversos compuestos de opiáceos todas las noches. Todos los pacientes seguían una dieta vegetariana a la que no se añadía ningún condimento que pudiera exacerbar el sistema nervioso. Se ponía especial énfasis en mantener una rutina estricta consistente en baños terapéuticos, ejercicio físico y música de piano por la noche, interpretada por el doctor Renwick, que estaba convencido de que la música era capaz de calmar los nervios.

En su mayor parte, el régimen prescrito, salvo por el piano, era tolerable, si bien resultaba tremendamente aburrido. Por suerte, Renwick creía que las artes, como la fotografía, también eran buenas para los nervios. Al paciente se le permitía fotografiar los jardines del hospital y revelar dichas fotografías en un cuarto oscuro proporcionado por Renwick.

Sin embargo, la presión de actuar como un hombre cuerdo que había sido injustamente encerrado en una institución mental le estaba pasando factura. No podía dejar de pensar en la novia que había escapado. El recuerdo de Amity Doncaster lo obsesionaba día y noche. Debía convencer a madre de su inocencia, de que era seguro regresar a Londres con ella.

El asistente abrió la puerta situada al final del pasillo y acompañó al paciente por la escalera, en dirección al gran salón de la antigua mansión. Juntos pasaron por las oficinas del hospital, por el laboratorio personal del doctor, donde elaboraba sus medicamentos, y por la cocina.

Salieron al soleado jardín. Los altos muros y la verja de hierro que rodeaban el hospital estaban ocultos por altos setos y por cascadas de hiedra. Una mujer estaba sentada en el banco de piedra del cenador emplazado en el centro del jardín. Se encontraba de espaldas a él, pero vio que llevaba un sombrero de ala ancha y un vestido muy elegante. Madre se enorgullecía de ir siempre a la última moda.

El paciente pensó que sería capaz de convencerla de que lo llevara de vuelta a Londres. La confianza creció en su interior. Madre ya no estaba tan dispuesta a creerlo como cuando era más joven, pero sabía que aún sentía la desesperada necesidad de confiar en él.

El paciente sonrió y avanzó, entusiasmado.

—Madre —dijo—. Qué alegría que hayas venido a verme. Te he echado mucho de menos.

20

A Benedict le bastó una mirada a la cara de Penny para saber que estaba metido en un lío muy gordo.

—Mi hermana se está arreglando —anunció Penny—. Bajará enseguida. Quiero hablar con usted antes de que lo haga.

Estaban en el salón. El carruaje esperaba en la calle. Un poco antes, Benedict había enviado un mensaje para decirle a Amity que se habían producido una serie de acontecimientos de los que quería comentar con ella. En su nota, también le mencionaba que esperaba que pudiera dar un paseo, ya que quería presentársela a su hermano y a su cuñada. Había recibido una nota muy escueta como respuesta: «Te espero a las diez.»

Llegó a las diez en punto. Pero fue Penny quien apareció en primer lugar.

—Si quiere hablar de mi relación con su hermana —comenzó él—, le aseguró que...

—Anoche tuvo un encuentro con mi hermana.

Benedict se preparó para lo que vendría a continuación.

—Si le preocupan mis intenciones...

—Ya ha dejado muy claras sus intenciones, señor Stanbridge. Desea mantener una aventura con Amity y ella parece estar dispuesta a semejante arreglo.

El comentario lo desconcertó.

—¿Lo está?

—No pienso interponerme en su decisión. Es una mujer adulta. Más todavía, es una mujer de miras modernas. Tiene todo el derecho a tomar sus propias decisiones. Pero por más que haya viajado y por más experimentada que se crea, Amity sigue siendo muy inocente en ciertos aspectos. Espero que la proteja.

—Se refiere al asesino que se ha obsesionado con ella. Le juro que estoy haciendo todo lo que está en mi mano para detenerlo.

—No me refiero a esa situación —replicó Penny con desdén—. Doy por hecho que el inspector Logan y usted darán con el asesino y lo detendrán. No me refiero a ese tipo de protección.

Se quedó en blanco.

—No la entiendo.

—Va a asegurarse usted de que Amity no se quede embarazada. ¿Me he explicado con claridad, señor Stanbridge?

La vergüenza se apoderó de él. Sabía que seguramente se estaba poniendo colorado. No recordaba la última vez que se había ruborizado.

—Con suma claridad, señora Marsden —consiguió decir.

Escucharon pasos en la escalera.

Penny bajó la voz.

—Supongo que un caballero de su experiencia conoce la existencia de los condones y de su modo de empleo.

Amity se encontraba ya en el pasillo.

Benedict hizo un esfuerzo por recuperar la compostura y controlar los nervios.

—Sí, señora Marsden —dijo entre dientes—. Quédese tranquila, conozco semejantes artilugios.

—Es un alivio saberlo. Espero que los use.

Amity apareció por la puerta, con un bonete colgado de una de las manos enguantadas. Lucía un decoroso vestido de paseo con cuello alto, adornado con lo que Benedict sabía

189

que las damas llamaban «volantes escoba» en el dobladillo. Los volantes estaban pensados para proteger la cara tela de los vestidos del polvo y de la suciedad en general.

Amity miró a su hermana con curiosidad y luego lo miró a él.

—¿Qué va a usar? —preguntó ella.

—Da igual —contestó Benedict—. Ya se lo explicaré. ¿Está lista para salir?

La respuesta no pareció satisfacer a Amity, pero no discutió.

—Sí. —Se puso el bonete y se ató las cintas—. Hace un día muy agradable. No me hará falta la capa.

Benedict saludó a Penny con una inclinación de cabeza.

—Buenos días, señora Marsden.

—Una cosa más antes de irse, señor Stanbridge —dijo Penny con la misma voz cortante que había usado para echarle el sermón sobre la protección—. ¿Su hermano y su cuñada son conscientes de que el compromiso con mi hermana es una farsa?

—No —contestó Benedict—. Y quiero que siga siendo así.

Amity se llevó una sorpresa.

—Pero no hay necesidad de ocultarle la verdad a su familia, ¿no? —protestó ella—. Su hermano y su cuñada comprenderán el motivo de nuestra farsa.

—Es posible —concedió él—. Pero las familias suelen hablar de estos temas. Y siempre hay alguien escuchando. —Sonrió a la señora Houston, que esperaba en el vestíbulo—. Confío en la señora Houston. Forma parte de nuestro grupo de investigadores.

La señora Houston parecía complacida.

—Se lo agradezco, señor.

—Pero siempre hay mucha gente entrando y saliendo de casa de mi hermano: criados, clientes, amigos... Y no quiero arriesgarme a que alguien ajeno a la familia escuche un cotilleo tan interesante como lo sería un falso compromiso.

—Me ha convencido —dijo Penny. Era evidente que la idea le resultaba muy preocupante—. Por ahora creo que tiene razón. El compromiso debe parecer real.

Benedict la miró a los ojos.

—Totalmente real.

21

—¿Declan Garraway quiere hacerse con el cuaderno...?
—preguntó Amity—. Debo decir que me sorprende en cierto modo, aunque no me extraña. Sabía que había algo raro en él.

—Ah, ¿sí? Lo primero que oigo. Siempre que os he visto juntos, parecías estar encantada con Garraway.

—Me gusta muchísimo. Es un hombre la mar de interesante. Pero de vez en cuando me daba la impresión de que demostraba demasiada curiosidad por ti. —Amity se sonrojó—. Su curiosidad hizo que me preguntara si tal vez estaba un poco celoso de ti.

—Entiendo.

—Jamás he pensado que pudiera ir detrás del cuaderno. Y pensar que allanó tu casa como si fuera un vulgar ladrón... —Frunció el ceño—. ¿Has dicho que su familia posee una empresa petrolera?

Amity se sentía extrañamente agradecida por las noticias sobre Declan Garraway. El hecho de descubrir que iba detrás del cuaderno fue un alivio; no porque explicara algunas cosas sobre la atención que le había demostrado a bordo del *Estrella del Norte*, sino porque les ofrecía un tema de conversación.

La noche anterior no había dormido bien y sentía cierta

parte de su anatomía un tanto dolorida. La idea de ver de nuevo a Benedict la había dejado sumida en un estado de ansiedad durante toda la mañana. No sabía cómo debía comportarse una mujer el día posterior al primer encuentro apasionado con un nuevo amante.

Había reflexionado sobre dos posibles actitudes: fingir que no había pasado nada extraordinario o lanzarse directa a los brazos de Benedict. Una simple mirada a su serio rostro cuando entró en el salón había bastado para que se decidiera. Se comportaría como si estuviera acostumbrada a esos acontecimientos tan poco habituales.

—Sería más adecuado afirmar que el joven Garraway está trabajando para la empresa familiar —respondió Benedict—. Empresa de Petróleos Garraway.

—Interesante. La Empresa de Petróleos Garraway debe de estar muy preocupada por la posible competición que representa un sistema basado en la energía solar.

—El punto de vista de la empresa es comprensible —replicó Benedict—. Los Garraway no están solos en la creencia de que, en el futuro, el petróleo será la fuente de energía más importante. Es cierto que ahora mismo solo se usa para las lámparas de queroseno, pero un gran número de inventores e ingenieros está desarrollando máquinas y aparatos diseñados para funcionar con carburantes derivados del petróleo. Las petroleras tienen motivos para temer el desarrollo de una tecnología rival que utilice una fuente de energía gratuita.

—Supongo que eso responde algunos de los interrogantes que me planteaba Declan Garraway —dijo Amity—. Pero debo admitir que disfruté mucho de nuestras conversaciones sobre psicología. Tiene unas teorías muy interesantes sobre por qué algunas personas que parecen normales se comportan aparentemente de forma irracional.

—La naturaleza humana es complicada. Ningún médico puede explicarla, al menos no con los conocimientos con los que contamos hoy en día.

—Estoy de acuerdo. —Amity tamborileó con los dedos sobre el asiento—. En todo caso, acabo de caer en la cuenta de que sería útil hablar del comportamiento del Novio con el señor Garraway. Tal vez pueda esclarecer en parte el razonamiento de ese asesino.

—Maldita sea, Amity, Garraway va detrás del cuaderno. ¿Es que no me has escuchado? Anoche allanó mi casa. Eso lo convierte en un delincuente.

—Estoy segura de que su intento de robo ha sido un acontecimiento excepcional.

—Con uno es suficiente para dudar sobre su integridad moral en lo que a mí respecta.

—Seguramente estaría bastante desesperado —adujo Amity—. Por lo que me has contado, tanto su padre como su tío le están presionando excesivamente. Estoy segura de que comprendes que hallarse en esa situación puede ser muy estresante.

—No me lo puedo creer. ¿Te compadeces de Declan Garraway?

—No alcanzo a verlo como una mala persona. No lo es en el fondo.

—¿Y lo sabes con seguridad por las largas conversaciones que mantuviste con él a bordo del *Estrella del Norte*? —le preguntó con brusquedad Benedict.

—Bueno, pues sí.

El carruaje se detuvo delante de una bonita casa.

Benedict miró por la ventanilla, claramente irritado por la interrupción.

—Hemos llegado.

—Estoy deseando conocer a tu familia —afirmó Amity con educación.

—No lo dices en serio.

—Tienes razón. La verdad es que no me apetece mentirles a tu hermano y a tu cuñada, quienes estoy segura de que son personas muy agradables.

—Sí —convino Benedict, que abrió la portezuela del carruaje—. Son personas agradables. No nos demoraremos mucho.

Marissa Stanbridge era una dama simpática y encantadora, descubrió Amity. Y también era una dama en avanzado estado de gestación. Se sentaron juntas en el jardín situado en la parte posterior de la casa. Benedict y Richard se habían encerrado en el despacho. Desde la posición que ocupaba Amity, podía verlos de vez en cuando a través de la cristalera, que estaba abierta.

—Nos marcharemos de Londres tan pronto como nazca el bebé —le dijo Marissa, que se tocó el vientre con gesto protector—. Queremos que nuestro hijo crezca en el campo, donde el aire es puro y fresco. La niebla de la ciudad no puede ser buena para los pulmones.

—Estoy de acuerdo —asintió Amity.

—El único motivo por el que no voy a dar a luz en el campo es porque el doctor Thackwell tiene aquí su consulta.

Amity dejó la taza en el platillo.

—Supongo que se ha asegurado de que el doctor Thackwell sea un médico moderno, ¿verdad?

—Sí, desde luego. Richard y yo lo investigamos a fondo. Sigue a rajatabla las teorías modernas sobre la importancia de la higiene y la limpieza. Además, utiliza cloroformo cuando los dolores son insoportables.

Amity sonrió.

—Mi padre era médico. Por lo que comenta, creo que habría aprobado la actitud del doctor Thackwell.

—He leído sus artículos en *El divulgador volante* —comentó Marissa—. Hace que viajar por el mundo resulte muy emocionante.

—Tiene sus momentos.

Marissa enarcó las cejas.

—¿Como cuando le salvó la vida a Benedict en Saint Clare?

—¿Se lo ha contado?

—Por supuesto. —Marissa bebió un sorbo de té. Cuando dejó la taza, miró a Amity con disimulada curiosidad—. Todos le estamos muy agradecidos. Es horrible que regresara a casa de sus aventuras en el extranjero para toparse con ese espantoso asesino apodado el Novio. Benedict está preocupadísimo por su seguridad, y me quedo corta con esa descripción.

Las palabras sorprendieron a Amity.

—Soy consciente de su preocupación.

—Es natural dadas las circunstancias.

—Sí. —Amity presentía que se encontraba en terreno peligroso—. Pero estoy segura de que la policía pronto dará con el asesino.

—Benedict nos ha dicho que creen que el Novio es un miembro de la clase alta, que tal vez se mueva entre la alta sociedad.

—Benedict y la policía están trabajando según las impresiones que me causó el asesino. Estoy convencida de que se trata de un hombre bien educado y rico, y hay motivos para pensar que oyó hablar de mí cuando empezaron a circular los rumores sobre mi... relación con Benedict después del baile de los Channing.

—Todos esos hechos ayudarán a proteger a ese monstruo de una investigación policial. —Marissa guardó silencio—. Motivo, por supuesto, por el cual Benedict está ayudando en las pesquisas.

—Lo sé. Tal como he dicho, estoy segura de que la policía dará con él pronto.

—¿Y cuando eso suceda, señorita Doncaster? —le preguntó Marissa con delicadeza.

Amity estuvo a punto de ahogarse con el té que acababa de beber. Tardó unos instantes en volver a recuperar la compostura.

—Lo siento —dijo—. No estoy segura de haber entendido la pregunta. ¿Qué supone usted que va a pasar?

—Lo que yo creo —contestó Marissa con cierta antipatía— es que una vez que atrapen al asesino, no será necesario que Benedict y usted sigan adelante con el compromiso. Cuando pase el peligro, será libre para publicar su libro y embarcar rumbo a algún puerto exótico que le llame la atención.

Amity se quedó petrificada.

—¿Está sugiriendo que cree que mi compromiso con Benedict es falso?

—Sí, señorita Doncaster, ese es mi mayor temor.

—Entiendo. No sé muy bien qué contestar, señora Stanbridge.

—Deberíamos tutearnos. Llámame Marissa.

Amity echó un vistazo hacia la puerta abierta del despacho, con la esperanza de que Benedict apareciera milagrosamente y tomara las riendas de la situación. Pero su hermano y él estaban mirando unos documentos extendidos en el escritorio de Richard.

Amity suspiró. Estaba sola.

—Marissa —dijo.

—En cuanto a lo que puedes decirme, por favor, asegúrame que no le pondrás fin al compromiso una vez que estés a salvo —siguió Marissa con cierta brusquedad.

—Lo siento —replicó Amity, un tanto recelosa—. Me temo que no te entiendo.

—Puedes decirme que lo que sientes por Benedict es real, que el compromiso es real. Puedes asegurarme que no le partirás el corazón a Benedict comprando un pasaje en el primer barco que zarpe hacia el Lejano Oriente tan pronto como publiquen tu libro y la policía haya arrestado al Novio.

Amity contuvo el aliento, estupefacta.

—¿Crees que estoy en posición de partirle el corazón a Benedict?

Semejante malentendido la dejó horrorizada, pero no sabía cómo podía corregir dicha impresión.

—Benedict ha esperado mucho tiempo a que apareciera la mujer adecuada en su vida. Claro que no es que haya llevado una vida monacal ni mucho menos.

Amity carraspeó.

—Sí, soy consciente de que en el pasado se le relacionó con lady Penhurst.

—Eso no significó nada para Benedict. —Marissa agitó la mano para restarle importancia al asunto—. Lo que no quiere decir que lady Penhurst no tuviera sus propias motivaciones. En aquel tiempo, estaba dispuesta a cazar un marido rico y todo el mundo, Benedict incluido, lo sabía. Pensó que podría seducirlo y así casarse con él, pero es difícil engañar a Ben de esa manera. Después del desastre de su primer compromiso, aprendió bien la lección. Jamás hubo posibilidad alguna de que le diera el Collar de la Rosa a Leona.

Amity recordó algunos de los rumores que había escuchado en el baile de los Gilmore.

«Me he dado cuenta de que no luce el collar de la familia.»

—Señora Stanbridge... Marissa... Nada más lejos de mi intención que discutir contigo, pero creo que no entiendes la naturaleza de mi relación con Benedict. Nuestro compromiso es un acuerdo moderno. Se basa en la amistad, en los intereses mutuos y... y en muchas otras cosas.

Marissa no pareció impresionada.

—¿Ben te ha hablado de Eleanor, la mujer con la que estuvo comprometido cuando era muy joven?

—No. Me han dicho que existió un compromiso anterior, pero él jamás ha mencionado su nombre. Sin duda es un tema demasiado doloroso. —Amity respiró hondo—. Si no te importa, me gustaría hablar de otra cosa.

Marissa hizo caso omiso de su petición.

—Fue una relación desastrosa desde el principio. No hay duda de que Eleanor se vio obligada a aceptar el compromiso porque su familia se encontraba en una situación económica desesperada. Apenas tenía dieciocho años. Intentó cumplir con su deber. Pero me temo que el pobre Benedict creyó que estaba enamorada de él. Porque Benedict la quería, ¿sabes? El típico amor de juventud.

Amity recordó brevemente el amor apasionado que sintió en su juventud por Humphrey Nash. Se estremeció.

—Entiendo.

Marissa le dio unas palmaditas en la mano.

—Todos fuimos así de jóvenes alguna vez. Por suerte, algunos tomamos las decisiones correctas en aquel momento de nuestra vida. Pero soy proclive a pensar que el éxito en ese ámbito es más bien cuestión de suerte. ¿Cómo es posible que a esa edad se sepa qué buscar en una relación que está destinada a durar toda la vida?

—Buena pregunta —replicó Amity.

Miró de nuevo hacia el despacho, pero Benedict y Richard seguían inmersos en los papeles del escritorio. Sabía que la conversación con Marissa se adentraba en terreno peligroso. En parte, sentía curiosidad por saber más sobre el pasado de Benedict, pero por otra parte no quería escuchar lo mucho que había querido a su antigua prometida... a su prometida real.

—Al final, como estoy segura de que sabes, Eleanor lo dejó plantado en el altar —siguió Marissa—. Se fugó con su amante, que no tenía ni un penique, la víspera de la boda.

—Un gesto muy melodramático por su parte.

—Pues sí. Pero tal como he dicho, solo tenía dieciocho años y a esa edad todo es un melodrama, ¿no te parece?

—Muy cierto.

—En aquel momento, todo fue muy incómodo, pero Richard me ha asegurado que cuando se calmaron las cosas, Ben no tardó en comprender que se había librado por los pelos. Por su parte, Eleanor fue lo bastante decente como para no llevarse el Collar de la Rosa cuando se fugó. Otras en su situación se habrían llevado el collar y lo habrían usado para empezar una nueva vida con su amante.

Amity sonrió.

—De modo que Eleanor no era tan mala después de todo.

—No. Solo era muy joven. Ten por seguro que lady Penhurst se habría quedado con el collar.

Amity recordó la expresión vengativa que vislumbró en los ojos de Leona.

—Creo que tienes razón. ¿Alguien sabe qué ha sido de Eleanor y de su amante?

—Sí, por supuesto. Se casaron. Seguramente vivieran en un ático durante un tiempo. ¿No es eso lo que suelen hacer las parejas jóvenes cuando se fugan? Pero, al final, la familia de Eleanor aceptó el matrimonio. Tampoco les quedaba otra alternativa, claro. Y a la postre, el marido de Eleanor encontró un empleo respetable como secretario en un bufete de abogados y tras invertir en unas cuantas empresas altamente lucrativas, la familia lleva una vida bastante cómoda. Lo último que supe fue que tenían una casa en el campo y otra aquí, en Londres.

—Así que Eleanor y su amante tuvieron un final feliz.

—Pues sí —convino Marissa—. Y creo que tienen tres niños.

Amity reflexionó al respecto y sonrió.

—Qué suerte para todos los implicados que el marido de Eleanor consiguiera el empleo de secretario y que tuviera el buen ojo de hacer esas inversiones tan lucrativas.

Una sonrisa astuta y misteriosa apareció en los labios de Marissa.

—Sí, fueron muy afortunados.

—Benedict fue quien recomendó al marido de Eleanor para que lo contrataran en el bufete, ¿verdad? Seguramente, también sugirió las inversiones que fueron tan provechosas para la pareja.

Marissa se echó a reír.

—Ya veo que conoces muy bien a Ben. Mejor que mucha gente. Sí, le prestó mucha ayuda a la pareja cuando más la necesitaban. Cuando me enteré de la historia, me sorprendió su generosidad. Pero tal y como Richard me dijo, Ben no tardó en darse cuenta de que se había librado por los pelos del que habría sido sin duda un matrimonio desdichado. En opinión de Richard, la ayuda económica que Ben les prestó a Eleanor y a su marido fue la manera de expresar su agradecimiento y alivio.

Benedict y Richard por fin salieron del despacho al soleado jardín. Se encaminaron hacia el banco que ocupaban Marissa y Amity.

Amity observó durante un instante a Benedict y después sonrió.

—No —dijo—. Ayudó a Eleanor y a su marido porque les tenía lástima. Comprendió que habían obligado a Eleanor a comprometerse con él y que ella no tenía la culpa de haber acabado provocando una situación tan desastrosa. Y también los ayudó porque ella no se llevó el Collar de la Rosa.

—Tal como ya he comentado, conoces muy bien a Ben —repuso Marissa en voz baja.

Benedict y Richard llegaron al banco. Benedict llevaba su cuadernillo en la mano. Ambos parecían contener la emoción a duras penas.

—¿Qué pasa? —preguntó Amity.

—¿Habéis descubierto algo interesante? —quiso saber Marissa.

—Es posible —contestó Benedict—. Richard hará unas cuantas averiguaciones en su club. Ha descubierto información sobre los viajes más recientes de los hombres que aparecen en la lista de invitados de los Channing.

—Unos cuantos hombres pasaron bastante tiempo fuera de Londres durante el año pasado —comentó Richard—. Algo normal, por supuesto. En su mayor parte, aseguran que se desplazaron a sus propiedades campestres para ocuparse de sus negocios. Un par de ellos afirman que viajaron al extranjero. Logan podrá confirmarlo.

—Entre nosotros, Richard y yo hemos trazado una secuencia temporal —se apresuró a añadir Benedict—. Contrastando las fechas con las que ha establecido el inspector Logan. De esa forma, hemos averiguado quiénes se encontraban en Londres en el periodo comprendido entre el primer asesinato y los más recientes.

—La lista es muy corta —señaló Richard.

—Se la daré al inspector Logan para que pueda empezar a hacer pesquisas por su lado —dijo Benedict.

—Entre tanto, yo seguiré indagando en mi club —añadió Richard.

—Tío Cornelius también nos ayudará... —aseguró Benedict—. Es lo menos que puede hacer puesto que en parte es responsable de esta situación.

—Eso es injusto —protestó Amity.

—En mi opinión, es muy justo —replicó Benedict con un deje acerado—. Además, Cornelius se encuentra en una posición privilegiada para obtener este tipo de información. Su poder alcanza a todos los clubes londinenses.

—El asesino ha necesitado atención médica y tiempo para curarse —señaló Marissa—. Si está vivo, alguien debe saber lo malherido que quedó.

Benedict adoptó una expresión muy seria.

—Richard y tío Cornelius ya han estado investigando al respecto. De momento, nadie está al tanto de un caballero que resultara gravemente herido tras un ataque o un supuesto accidente.

Amity reflexionó un instante.

—Tal vez debamos buscar a alguien que estuvo en un balneario para tratar una dolencia indeterminada y que ahora haya regresado a ese mismo balneario para repetir la terapia.

Benedict, Richard y Marissa la miraron.

—Es una idea brillante —comentó Marissa en voz baja.

202

—Una estrategia excelente —añadió Richard—. ¿Qué mejor excusa podría usar el asesino para ocultar sus heridas que aducir que está recibiendo terapia en un balneario de los muchos que hay?

Benedict esbozó una lenta y gélida sonrisa, y miró a Richard.

—Ahora entiendes por qué estoy tan contento de haberme comprometido con la señorita Doncaster.

Richard rio entre dientes y le dio una palmada a Benedict en el hombro.

—Parece la mujer perfecta para ti, hermano.

22

—¿Te importa decirme de qué hablabais Marissa y tú en el jardín? —dijo Benedict.

Se encontraban en el carruaje de camino a Exton Street. Amity se dijo que al menos, en esa ocasión, tenían asuntos importantes de los que hablar. La investigación por fin avanzaba. Sin embargo, en vez de concentrarse en el siguiente paso de la investigación, Benedict quería saber de qué habían hablado Marissa y ella.

—La he felicitado por el inminente nacimiento de su primer hijo —contestó Amity—. Como es lógico, está muy emocionada.

—Me fijé en vuestras caras cuando salí del despacho con mi hermano —dijo Benedict—. Marissa te ha hablado de Eleanor, ¿verdad?

Amity bajó la vista y la clavó en sus manos entrelazadas.

—Lo siento, Benedict. Sé que no es asunto mío.

—Pues claro que es asunto tuyo. Eres mi prometida.

Ella levantó la barbilla.

—Solo a los ojos de los demás.

—A mis ojos también —replicó él con voz elocuente.

—Por lo de anoche. —Le restó importancia—. Sí, lo entiendo, pero te aseguro que no tienes por qué sentirte obligado a casarte conmigo solo por lo sucedido en los establos de

Gilmore. De hecho, no pienso permitir que te cases conmigo por un motivo tan anticuado. Ya te he dicho que no soy una jovencita inocente incapaz de cuidarse sola.

—Creo que ya me han echado este sermón. Empieza a cansarme.

Amity se retorció las manos sobre el regazo.

—¿De verdad? Te pido disculpas en ese caso.

—Da igual. No es el momento para discutir. Será mejor que lo dejemos para después. ¿Qué te ha contado Marissa de mi compromiso con Eleanor?

Amity tomó una honda bocanada de aire y la soltó despacio.

—Solo me ha contado que Eleanor era muy joven y que sus padres la obligaron a aceptar el compromiso, ya que estaban desesperados por resolver su situación económica. Eleanor te dejó plantado en el altar y se fugó con su amante.

Benedict esbozó una sonrisa torcida.

—Básicamente, eso lo resume todo.

—No todo. Eleanor era una joven muy honesta. Dejó atrás el collar familiar de los Stanbridge. Y, a cambio, tú ayudaste a la joven pareja a encontrar estabilidad económica. Es una historia muy tierna... salvo por la parte en la que te rompen el corazón, claro.

Un brillo travieso apareció en los ojos de Benedict.

—¿Te contó Marissa que me había roto el corazón?

—No. Pero te conozco lo suficiente para saber a ciencia cierta que jamás le habrías pedido matrimonio a Eleanor de no estar enamorado de ella.

Benedict soltó un hondo suspiro.

—Fue hace mucho tiempo y era mucho más joven.

—No se puede decir que estés en la senectud —protestó Amity.

—Te lo agradezco. —Benedict esbozó una lenta sonrisa—. Me alegra saberlo. Tienes razón. En aquel momento, desde luego que me creía enamorado. Eleanor era muy guapa, muy amable y muy dulce. Pero el joven a quien quería era mucho más apuesto y osado, y recitaba poesía.

Amity parpadeó.

—¿Poesía?

—Yo no leo mucha poesía —confesó Benedict—. No si puedo evitarlo. Prefiero el último ejemplar de los *Cuadernos de Ingeniería* y del *Boletín trimestral de invenciones.* Te aseguro que fuera lo que fuese lo que sentía por Eleanor se esfumó en cuanto me di cuenta de que no correspondía a mis sentimientos.

—Entiendo —repuso ella.

De repente, se sentía muchísimo más contenta.

23

El doctor Jacob Norcott sacó la última camisa del cajón del armario y la introdujo en el baúl. Ya había preparado y cerrado su preciado maletín médico.

Estaba a punto de cerrar el baúl cuando escuchó que se detenía un carruaje en la calle. Se acercó a la ventana y miró hacia abajo. Le alivió ver que el coche de alquiler que había mandado pedir un rato antes ya había llegado. Pronto estaría en la estación del tren, a salvo y de camino a la casa de su hermano en Escocia.

Se alejó de la ventana y regresó con presteza a la cama, con la intención de cerrar el baúl. Era lo bastante pequeño como para que pudiera bajarlo solo por la escalera. No le gustaba pensar en los jugosos honorarios que iba a perder por culpa de esas repentinas vacaciones, pero no tenía alternativa. En todo caso, el dinero que había recibido por salvar la vida del paciente y organizar su discreto traslado a Cresswell Manor lo ayudaría a mantener una posición relativamente acomodada durante al menos un año. No sería una carga para su hermano.

Estaba a medio camino de la cama cuando reparó en la carta que había en la mesilla. Había llegado una hora antes y el matasellos era del día anterior. Cada vez que la leía se le aceleraba el pulso y un pánico aterrador amenazaba con destrozarle los nervios.

Señor:

Le envío esta carta para informarle de que el paciente que usted trasladó a Cresswell Manor hace unas tres semanas y que ingresó en este sanatorio con un nombre falso se ha marchado hoy mismo en compañía de su madre. Intenté disuadir a la dama de que lo llevara de regreso a Londres, pero desoyó mis consejos.

Según me informaron, en cuanto llegue a Londres el paciente se pondrá bajo su estricta supervisión. Estoy seguro de que sabe que admiro mucho sus conocimientos médicos. Sin embargo, me siento obligado a decirle que, pese al progreso realizado por el paciente durante el tiempo que ha estado en tratamiento, no lo creo preparado para retomar su rutina habitual. De hecho, estoy convencido de que, en determinadas circunstancias, puede llegar a ser muy peligroso.

Espero no haberlo ofendido al ofrecerle esta advertencia y que comprenda que me guían las buenas intenciones.

Un cordial saludo,

J. RENWICK
Cresswell Manor

«Renwick, no me ofende. Pero ojalá me hubiera enviado un telegrama ayer mismo en vez de usar el correo para avisarme de que el demonio ha escapado. Ese margen de tiempo me habría venido estupendamente, maldita sea.»

Norcott se puso el sombrero y los guantes, y le echó un vistazo al reloj de bolsillo. Tenía tiempo de sobra para llegar a la estación. Echó un último vistazo por la habitación para asegurarse de que no se dejaba ningún objeto de valor atrás. Su instrumental médico y los medicamentos eran sus posesiones más valiosas. Todos estaban bien guardados en el maletín. Con las herramientas de su trabajo podría ganarse la vida en cualquier otro lugar que no fuera Londres, si llegara a ese punto.

Satisfecho tras comprobar que había guardado todo aquello que podía transportar, cerró el baúl con el candado y lo bajó de la cama. Tras coger el maletín con la mano libre, salió de la habitación.

A esas alturas, el corazón le latía muy deprisa. No estaba acostumbrado a realizar tantos esfuerzos físicos. Aunque se las apañó para bajar tanto el baúl como el maletín por la escalera. No obstante, sabía que su estado no se debía solo a los esfuerzos. Tenía los nervios desquiciados. Debía salir de la casa lo antes posible.

Ojalá Renwick le hubiera enviado un telegrama el día anterior en vez de una carta.

«Ojalá hubiera acudido a las autoridades para darles parte del hecho en vez de acceder a encerrar a ese malnacido en un sanatorio.»

Se consoló con la idea de que había tomado la única decisión posible dadas las circunstancias. La madre del paciente habría protegido a su precioso hijo de la policía. No habría sido capaz de soportar el escándalo. Si llegaba a rumorearse que había casos de locura en la familia, su hijo jamás conseguiría realizar un buen matrimonio. Y Norcott sabía que su propia carrera como médico de la élite de la alta sociedad habría llegado a su fin.

Las posibilidades de que acusaran a ese malnacido de un delito de asesinato eran inexistentes. Mejor dejarlo encerrado en Cresswell Manor, pensó Norcott. O eso se dijo en aquel entonces.

Ojalá hubiera dejado que ese demonio muriera de sus heridas.

Llegó al pie de la escalera, dejó atrás la puerta cerrada de su clínica quirúrgica y se detuvo un momento para recobrar el aliento. Tras soltar el maletín en el suelo, intentó sacar la llave del bolsillo del abrigo a fin de cerrar la puerta cuando saliera. Sin embargo, le costó trabajo porque su estado rayaba en el pánico.

Acababa de sacar la llave cuando escuchó que la puerta de la clínica se abría a su espalda.

—Doctor Norcott, lo estaba esperando —dijo el paciente—. Sé que a un médico moderno como usted le emocionará conocer mis asombrosos progresos.

—No —susurró Norcott—. No.

Soltó el baúl y se dio media vuelta al mismo tiempo que abría la boca para gritar pidiendo ayuda. No obstante, era demasiado tarde. La fría hoja de uno de sus escalpelos le había cortado el cuello.

Apenas tuvo tiempo para reparar en que el paciente se había puesto uno de los delantales de cuero de la clínica, que en ese momento estaba salpicado de sangre.

«Es mi sangre», pensó Norcott.

Y fue lo último que pasó por su mente.

24

—El señor Stanbridge me sugirió que les dejara ver las escasas pruebas que hemos recopilado de los escenarios de los crímenes —dijo Logan—. He accedido porque, según mi experiencia, se pueden conseguir muchas cosas desde una perspectiva nueva... En este caso, desde muchas perspectivas nuevas. —Miró a Declan Garraway—. La suya también, caballero. Le agradezco que haya venido hoy.

—Será un placer ayudar en la medida de mis posibilidades —dijo Declan. Dio un tironcito a su corbata y miró de reojo a Benedict—. Pero me temo que no soy un experto en estos asuntos. Tuve el privilegio de estudiar con el doctor Edward Benson, que es toda una autoridad en el campo de la psicología, y tengo un interés personal en la mente criminal, pero ahí acaban mis credenciales. La ciencia para explicar y predecir el comportamiento humano sigue estando en pañales.

—Su recorrido académico y la gran cantidad de libros que ha leído sobre el tema es lo que le confiere valor a su opinión —adujo Amity—. En cualquier caso, cuantos más ojos, mejor, tal como ha comentado el inspector.

Se encontraban en el despacho de Penny. El inspector Logan había llegado poco antes con una cajita metálica que en ese momento estaba abierta sobre el escritorio. Penny, Amity, Benedict, Logan y Declan se habían reunido en torno a la mesa.

Amity se había visto obligada a ponerse muy seria en cuanto a invitar a Declan. A Benedict no le había hecho gracia la idea hasta que ella le recordó que Declan tenía cierta formación en las teorías modernas de la psicología. Benedict había cedido a regañadientes, pero no pensaba esforzarse en ocultar que desaprobaba la presencia de Declan.

En cuanto al estadounidense, era evidente que se sentía cohibido por Benedict. Los dos se miraban con desconfianza, pero Amity se daba cuenta de que a ambos les intrigaba la posibilidad de averiguar algo nuevo de las pruebas.

—Tengo que advertirles que bastantes agentes de Scotland Yard han visto estos objetos y no han llegado a ninguna conclusión útil —siguió Logan.

Penny examinó el contenido de la caja.

—¿Es todo lo que han conservado de los escenarios de los crímenes?

—Eso me temo —contestó Logan.

Amity miró los objetos.

—Cuatro alianzas de oro muy sencillas y tres medallones con sus correspondientes cadenas. —Miró a Logan—. Dijo que creía que hubo un cuarto asesinato.

—Sí —afirmó el aludido—. Pero según los informes, la familia se quedó con el medallón de la primera víctima. Lo quería como recuerdo de su hija.

Declan frunció el ceño.

—No hay mucho con lo que guiarse.

—Es difícil de creer que solo estimaran oportuno guardar esto de los escenarios de unos crímenes tan graves —comentó Benedict.

Logan apretó los labios.

—Estoy de acuerdo. Tengan en cuenta que me asignaron a este caso hace muy poco tiempo, después de que mi predecesor fuera incapaz de identificar al sospechoso. Estoy seguro de que había más pruebas, pero se descartaron por considerarlas irrelevantes. —Hizo una pausa—. Además, había otros factores que limitaron el alcance de la investigación.

Penny asintió con la cabeza.

—Las familias de las víctimas seguramente hayan presionado mucho a la policía para acallar cualquier noticia.

—El temor a un escándalo siempre es predominante en estos casos —añadió Logan—. Las familias no querían que hubiera rumores ni informes morbosos de la muerte de sus hijas en los periódicos. Aunque tampoco pudieron evitar que eso sucediera, claro.

—Supongo que se buscaron huellas dactilares en los medallones —observó Benedict.

—Así es —corroboró Logan—. Pero no se encontró nada.

—Es de suponer que el asesino llevaba guantes o limpió las joyas —dijo Benedict.

—Es lo más probable, sí.

Amity miró a Logan.

—No parece que las alianzas tengan nada de especial.

—No —convino el aludido—. Fui incapaz de dar con la tienda que las vendió.

—¿Puedo abrir los medallones? —preguntó ella.

—Por supuesto —contestó el inspector—. Lo único que hay dentro son los retratos de las mujeres ataviadas con un vestido de novia y un velo.

—Los medallones no son baratos —comentó Penny—. La plata es de buena calidad, pero el diseño es anticuado.

—Se los enseñé a un par de joyeros que reconocieron el labrado —dijo Logan—. Me dijeron que los medallones estaban pasados de moda, datan de casi una década, y que debían de haberse hecho hace años. Sospecho que el asesino los compró en tiendas de empeño.

Amity metió la mano en la caja y sacó uno de los medallones. Lo abrió con mucho tiento y lo dejó sobre el escritorio.

Todos miraron el retrato. La fotografía era de una novia de cintura para arriba. Tenía el velo retirado de la cara para revelar las facciones de una guapa muchacha de pelo oscuro.

Llevaba un ramo de azucenas blancas en las manos enguantadas. Miraba de frente a la cámara, como si estuviera delante
de una cobra. Aunque el retrato era pequeño, resultaba imposible pasar por alto el miedo y la desesperación de los ojos
de la víctima.

Amity se estremeció.

—Por el amor de Dios —susurró.

Nadie más habló.

Sacó los otros dos medallones, los abrió y los dejó junto
al primero. Había parecidos indiscutibles y evidentes en todos los retratos.

—Parece que se hicieron en el mismo estudio —dijo ella.

—Estoy de acuerdo. —Benedict examinó los retratos más
de cerca mientras arrugaba la frente, concentrado—. La luz
es la misma en todas las fotografías.

—Las flores son todas azucenas blancas, pero están dis-
puestas de forma un poco distinta en cada retrato —comentó
Penny.

—Tiene sentido —dijo Amity—. Debe de ser muy difícil
hacer tres ramos de novia de la misma manera.

Se quedaron en silencio durante un rato, examinando los
retratos.

—Blanco —dijo Amity de repente.

Todos la miraron.

—Tienes razón —dijo Penny—. Los vestidos y los velos
de los retratos son todos blancos. La reina impuso la moda de
los vestidos blancos cuando se casó hace unas cuantas déca-
das, pero solo los ricos siguen esa moda.

Declan la miró.

—¿A qué se debe?

Penny sonrió.

—El blanco es un color muy poco práctico para un vestido. Es imposible de limpiar, que lo sepan. Casi todas las
novias se casan con sus mejores galas. Si se compran un vestido nuevo para la ceremonia, suele ser de color y con un esti-

lo que les permita llevarlo después de la boda. Solo las novias muy ricas visten de blanco. En los retratos, los vestidos son blancos y los velos están muy elaborados. —Miró a Logan—. Claro que sabemos que las muchachas eran de clase acomodada.

—Cierto —convino Logan.

—El asunto es que estos vestidos tienen algo... —Penny cogió uno de los medallones y lo observó con el ceño fruncido—. Creo que las muchachas llevan todas el mismo vestido y el mismo velo.

—¿Cómo? —preguntó Logan con brusquedad—. No me había dado cuenta.

—Es un detalle más fácil de ver para una mujer —dijo Penny—. Pero estoy convencida de que es el mismo vestido y el mismo velo en cada retrato. —Abrió un cajón del escritorio y sacó una lupa. Examinó, despacio, cada medallón—. Sí, segurísima. El mismo vestido. Y el mismo velo. Compruébalo tú, Amity. ¿Qué me dices?

Amity cogió la lupa y estudió cada retrato por separado.

—Tienes razón. Todas llevan el mismo vestido de novia. Es más difícil asegurarlo con el velo, pero creo que la diadema también es la misma.

—El vestido tiene algo particular —comentó Penny. Se hizo de nuevo con la lupa y repasó los retratos—. Creo que es de al menos hace dos años.

A Benedict le resultó intrigante la idea.

—¿Cómo lo sabe?

—Ese tipo de mangas y el escote bajo estuvieron muy en boga hace dos años para los vestidos formales —explicó Penny con seguridad.

—Interesante —dijo Logan. Tomó nota—. Supongo que tiene sentido que haya usado el mismo vestido con las tres víctimas. Un hombre no puede entrar tan campante en el establecimiento de una modista y encargar trajes de novia sin provocar un revuelo.

—¿Eso quiere decir que compró el vestido hace dos años y lo usa con cada víctima? —se preguntó Amity.

Declan carraspeó. Todos lo miraron. Se puso colorado por la atención.

—¿Qué pasa? —preguntó Benedict—. Habla, hombre.

—Se me acaba de ocurrir que tal vez el vestido tenga un significado especial —dijo Declan.

—Es un vestido de novia —replicó Logan—. Por ese mero hecho, tiene muchísimo significado.

—No, me refiero a que tal vez ese vestido en concreto tenga un significado especial para él —repuso Declan.

—Sí, por supuesto —dijo Amity en voz baja—. ¿Y si el vestido lo hicieron para su propia novia?

Logan repasó sus notas y se detuvo en una página con nombres.

—Cinco de los hombres que aparecen en la lista confeccionada por el señor Stanbridge y su hermano están casados. Los otros tres no.

—Tengo la sensación de que buscamos a uno de los que no están casados —añadió Declan en voz baja—. Al menos, ya no lo está.

Se produjo un silencio estremecido. Amity sintió un escalofrío en la nuca.

Benedict miró a Logan.

—¿Hay algún viudo en la lista? ¿O algún hombre que se volviera a casar después de perder a su primera mujer?

—No lo sé —contestó Logan—. Pero no creo que sea difícil de averiguar. —Miró a Declan—. ¿Qué le hace creer que la primera novia que usó el vestido está muerta?

—Porque tiene cierta lógica retorcida que sea así —contestó Declan—. Recuerdo una charla del doctor Benson acerca de los asesinos que mataban una y otra vez. Cree que siempre hay un patrón, un ritual, involucrado. Si tiene razón, no me sorprendería descubrir que el primer asesinato de este sujeto fue el de su propia esposa.

Benedict miró a Logan.

—Dijo que el cuerpo de la primera víctima fue descubierto hace un año. Estaba comprometida, pero todavía no se había casado.

—Así es —corroboró Logan—. Ninguna de las muchachas se había casado.

Declan soltó un lento suspiro y meneó la cabeza.

—Solo son especulaciones —dijo.

—Si asesinó a su primera mujer —dijo Benedict con tiento—, eso reduce la lista de sospechosos a un hombre que se casó alrededor de hace dos años y que enviudó.

—Creo que merece la pena investigar esa pista —convino Logan.

—Y no hay que olvidar que al asesino le gusta fumar cigarros aromatizados con especias —añadió Amity—. Eso también ayudará a reducir la lista un poco.

—Así que fuma clavos de ataúd, ¿no? —dijo Declan.

—¿Cómo dice? —preguntó Amity.

—Así los llamamos en Estados Unidos —aclaró Declan—. Clavos de ataúd. Aunque no impide que la gente los siga fumando, la verdad sea dicha.

Logan lo miró de reojo.

—Tenía entendido que los cigarros son buenos para los nervios.

—No según el doctor Benson —dijo Declan.

Penny decidió intervenir en ese momento.

—Puede que yo también pueda ayudar a reducir la lista un poco más.

Logan la observó con detenimiento.

—¿Cómo lo hará?

Penny miró a Amity.

—Consultando con una experta.

Amity sonrió.

—Madame La Fontaine, tu modista.

—Es una autoridad en todo lo referente a la moda —aseguró Penny—. Amity y yo iremos a su establecimiento esta misma tarde, a ver qué podemos averiguar.

—Excelente. —Logan se guardó el cuaderno y el lápiz en el bolsillo de la chaqueta—. Les agradezco la ayuda que me han prestado todos hoy. Tengo la sensación de que sé muchas más cosas sobre el asesino que antes de la reunión.

Benedict le lanzó una mirada inquisitiva a Declan.

—Admito que tus comentarios me tienen intrigado. A lo mejor deberías pensarte la idea de trabajar como consultor externo para la policía.

—Mi padre se pondría furioso —dijo Declan. Hizo una mueca—. El futuro está en el petróleo, ya sabe.

—Sí, ya lo has dicho antes —replicó Benedict.

25

Madame La Fontaine usó la lupa de Penny para examinar las fotografías que contenían los medallones dispuestos sobre el mostrador. Amity y Penny esperaron, tensas y en silencio. La modista murmuraba algo entre dientes mientras pasaba de una a otra. Cuando llegó a la última, asintió con la cabeza de forma vehemente y soltó la lupa.

—*Oui*, señora Marsden, su hermana y usted están en lo cierto —anunció con su falso acento francés—. No me cabe duda de que el vestido de los tres retratos es el mismo, y ciertamente fue diseñado para la estación otoñal de hace dos años. La verdad está en los detalles de la manga, en el cuello y en la pedrería incrustada en la diadema del velo.

—Gracias —dijo Penny—. Eso pensábamos, pero no estábamos seguras.

Madame La Fontaine la miró con expresión ladina.

—Es un vestido muy caro. Y de satén blanco, nada menos. Muy poco práctico. Aunque ¿tal vez las tres jóvenes de los retratos sean hermanas que decidieron compartir el vestido para ahorrar dinero?

—No —respondió Amity, que cogió los medallones y los guardó en el bolsito de terciopelo que había llevado consigo—. No eran hermanas.

—¿Amigas suyas, quizá? —preguntó madame La Fontaine.

Amity tiró de los cordones para cerrar el bolsito.

—No. ¿Por qué lo pregunta?

—Soy consciente de que acaba de comprometerse y de que dentro de poco empezará a buscar un vestido de novia —respondió madame La Fontaine con serenidad—. Solo me preguntaba si tal vez una de esas novias le habría ofrecido ese vestido blanco de satén y ese velo a un precio reducido.

—Ah. —Amity logró mantener la compostura—. No, desde luego que no. Le aseguro que este vestido es el último que querría ponerme para cualquier ocasión... mucho menos para el día de mi boda.

—Ah, demuestra usted tener un gusto exquisito para la moda, señorita Doncaster. —La voz de madame La Fontaine se suavizó para expresar la aprobación que sentía—. Ese vestido está tristemente pasado de moda. Ninguna novia que se precie querría que la vieran con él.

Se produjo un breve silencio. Amity carraspeó.

Penny miró a la modista con una sonrisa educada, con la intención de parecer simpática y respetuosa.

—Madame es la modista más a la última que conozco. Por eso jamás acudiría a otro establecimiento. Como es natural, mi hermana vendrá a encargar su vestido de novia aquí cuando llegue el momento.

Madame La Fontaine sonrió de oreja a oreja.

—Será un placer diseñar su vestido y su velo también, señorita Doncaster.

—Sí, bueno, gracias —replicó Amity, consciente de que se había puesto muy colorada.

—Muy amable por su parte, madame —dijo Penny, que añadió como si tal cosa—: Pero, volviendo al tema de este vestido de novia en concreto, ¿hay algo más que pueda decirnos sobre él?

Madame La Fontaine enarcó las cejas.

—No entiendo por qué están interesadas en él. Ya les he dicho que está pasado de moda.

Penny le regaló una sonrisa amable.

—Hemos encontrado los medallones por casualidad. Parecen ser bastante valiosos. Estamos intentando identificar a las tres mujeres de los retratos para poder devolverles las joyas. Como no conocemos a las jóvenes, hemos pensado que sería una buena idea tratar de identificar a la modista que confeccionó el vestido que todas compartieron.

—Entiendo. —Madame La Fontaine se relajó un poco. Evidentemente, cualquier sospecha de que sus clientas estuvieran buscando otra modista para sustituirla había sido apaciguada—. Es un detalle por su parte realizar semejante esfuerzo. Puedo decirles con absoluta seguridad que tanto el vestido como el velo fueron confeccionados por la señora Judkins. Se hace llamar «madame Dubois», pero entre ustedes y yo, es tan francesa como la farola que hay delante de mi tienda.

Amity miró a Penny.

—¿No es sorprendente la cantidad de gente que intenta hacerse pasar por algo que no es?

—Asombroso —contestó Penny.

Unos veinte minutos más tarde, Amity se encontraba junto con Penny delante del mostrador de saldos de madame Dubois, también conocida como señora Judkins. La modista examinó las tres imágenes de los medallones con una mezcla de confusión y desaliento.

—Sí, yo confeccioné este vestido —admitió—. Pero es muy extraño.

Su acento era algo más refinado que el de madame La Fontaine, pero igualmente falso.

—¿Qué tiene de extraño el vestido? —quiso saber Amity.

Madame Dubois alzó la vista, con el ceño fruncido por la perplejidad.

—No lo confeccioné para ninguna de estas tres jóvenes. Supongo que es posible que todas lo pidieran prestado o que lo compraran usado, pero no alcanzo a entender que alguien hiciera algo así.

—¿Porque está pasado de moda? —preguntó Penny.

—No —respondió madame Dubois, que se quitó los anteojos para leer y abandonó el acento francés, transformándose de inmediato en la señora Judkins—. Habría sido muy fácil modificarlo para que esté a la última moda. Me refiero a que no me imagino que una joven quiera casarse con un vestido relacionado con una tragedia tan espantosa. Traería muy mala suerte.

Amity supo que su hermana también contenía el aliento, como lo hacía ella.

—¿Cuál es la historia de este vestido? —preguntó Amity—. Es muy importante que nos la cuente.

—Ah. —La señora Judkins inclinó la cabeza, como si hubiera caído en la cuenta de algo—. Veo que estaba pensando en comprar el vestido para su boda.

—Bueno... —dijo Amity.

—Se lo desaconsejo firmemente, señorita Doncaster. No va a conseguir nada bueno si se pone ese vestido. La novia para quien se confeccionó murió de forma trágica semanas después de su boda. Aún estaba de luna de miel, de hecho.

—De eso hará unos dos años, ¿verdad? —terció Penny.

—Sí. —La señora Judkins chascó la lengua varias veces al tiempo que meneaba la cabeza—. Qué historia tan triste.

—¿Quién era la novia? —quiso saber Amity, que apenas podía creerse que estuvieran obteniendo respuestas a las preguntas que tanto ella como los demás se habían estado formulando.

—Adelaide Briar —contestó la modista—. Tengo los detalles en mis archivos, pero no necesito consultarlos. Lo recuerdo todo a la perfección, no solo porque la novia era encantadora y el vestido muy caro, sino también porque todo se hizo a la carrera. Mis costureras tuvieron que trabajar noche y día para tener el vestido a tiempo. Entre nosotras, estoy segura de que la novia estaba embarazada o, al menos, preocupada por la posibilidad de estarlo, no sé si me entienden.

—Había sido comprometida —suplió Penny.

—Sospecho que esa era la situación —admitió la señora Judkins—. Desde luego no fue la primera vez que me pidieron confeccionar un vestido con tantas prisas. Pero esa boda apresurada le costó la vida a la novia.

Amity tocó de forma instintiva el *tessen* que llevaba prendido a la cadena de la cintura.

—¿Qué le sucedió?

—No lo sé con exactitud. Los periódicos dijeron que se trató de un terrible accidente. La pareja viajó al continente para disfrutar de la luna de miel. Se alojaron en un viejo castillo transformado en un hotel muy exclusivo. En plena noche, se cayó por una ventana situada en uno de los pisos superiores. La caída le partió el cuello y al parecer el cristal le provocó unos cortes espantosos. Los relatos del suceso hablaban de que hubo mucha sangre. No, señorita Doncaster, es mejor que no se case con ese vestido.

Amity tragó saliva.

—La creo.

Penny observó con gran interés a la señora Judkins.

—¿Recuerda el nombre del novio?

—¿Cómo iba a olvidarlo? —replicó la modista.

223

26

—Se llamaba Virgil Warwick —dijo Amity.

—¡Maldita sea! —Benedict golpeó el escritorio de Penny con la palma de la mano y fulminó la hoja de papel con los nombres escritos que tenía delante—. Ni siquiera está en la lista de invitados. Con razón no llegábamos a ninguna parte con las pesquisas.

Una rabia gélida amenazaba con destrozar su autocontrol. Había estado persiguiendo la pista equivocada. Habían perdido muchísimo tiempo.

—Teníamos que empezar por algún sitio —le recordó Amity con voz tranquilizadora—. Era lógico comenzar por el baile de los Channing. Después de todo, los rumores sobre mí empezaron a circular al día siguiente de ese baile. Es imposible que fuera una coincidencia.

Era como si Amity le leyera la mente, pensó Benedict. Y no era la primera vez. Se apartó del escritorio y se irguió.

—Lo sé —repuso—. Pero cuando pienso en todo el tiempo que Cornelius y Richard han desperdiciado interrogando a hombres en sus clubes sobre sospechosos que han resultado no tener interés alguno...

—Como ingeniero que es, seguro que está acostumbrado a la necesidad de realizar numerosos experimentos que fracasan antes de hacerlo bien —dijo Amity.

Logan parecía sorprendido.

—Desde luego que así funciona mi profesión. Necesitábamos un punto de partida, uno que nos introdujera en la alta sociedad. La lista de invitados al baile nos lo proporcionó. Y, por cierto, no le quite importancia a los interrogatorios de su hermano y de su tío. Nos han ayudado a eliminar a muchos sospechosos.

—Tiene razón, por supuesto —dijo Benedict.

Se acercó a la ventana. La sensación de que se estaban quedando sin tiempo lo abrumaba. Una parte de él estaba convencida de que el monstruo seguía allí fuera, en algún lugar, acechando a Amity.

—También me gustaría señalar que aunque el nombre de Virgil Warwick no aparezca en la lista, no quiere decir que no se enterase de los rumores a través de alguien que sí asistiera al baile —continuó Logan—. La posibilidad sigue existiendo.

—Creo que es muy probable que fuera así —adujo Penny—. Pero ya no necesitamos buscar el nexo entre el invitado que asistió al baile y el asesino. Tenemos su nombre: Virgil Warwick.

—Gracias a usted, Penny... Digo, señora Marsden... —se apresuró a corregir Logan—. Y a usted también, señorita Doncaster.

—Fue Penny quien reconoció la importancia del vestido —repuso Amity con orgullo—. Fue una idea brillante.

—Gracias —dijo Penny, que se ruborizó—. Me alegro de que llegara a buen puerto.

—No quiero ni pensar en qué más pruebas se perdieron o se descartaron antes de que yo me hiciera cargo del caso —dijo Logan con gesto serio.

—Todavía no sabemos a ciencia cierta que Virgil Warwick sea el asesino —repuso Amity.

—Cierto —convino Logan—. Pero déjeme decirle, señorita Doncaster, que me he percatado de un patrón a lo largo de los años. Cuando una mujer aparece muerta en circunstancias misteriosas, el asesino suele ser el marido. —Hizo una pausa antes de añadir con sorna—: Y viceversa, aunque las mujeres suelen emplear métodos más sutiles en sus crímenes. El veneno suele ser su arma preferida.

Benedict se volvió para mirar a los demás. Creyó ver que Penny y Amity se miraban entre sí, pero las dos apartaron la vista tan deprisa que no podía asegurarlo.

—Supongo que el siguiente paso será interrogar a Virgil Warwick, ¿no? —preguntó Amity.

Penny soltó la lista de invitados y miró a Logan.

—¿Lo hará, inspector?

—En un mundo perfecto, sí —contestó Logan—. Pero todos sabemos que hay muy pocas probabilidades de que Warwick me reciba, aunque sea inocente de los crímenes.

—No es inocente —dijo Benedict—. Lo sé.

—Por desgracia, no puedo arrestar a un caballero de su alcurnia sin pruebas más tangibles —repuso Logan.

—Hablará conmigo —le aseguró Benedict.

—¿Lo conoce? —preguntó Logan con tono inquisitivo.

—No personalmente —respondió Benedict—. No paso mucho tiempo codeándome con la alta sociedad. Pero le aseguro que puedo entrar en su casa y que me recibirá.

Logan enarcó las cejas, pero no replicó.

—¿De qué le servirá hablar con Warwick si yo no lo acompaño? —preguntó Amity.

—No —se negó Benedict de forma automática—. No pienso dejar que se acerque a ese malnacido.

—Aprecio su preocupación —dijo Amity—. Pero como todos sabemos, soy la única persona que tal vez pueda identificarlo. Tengo que oír su voz, verle las manos y oler sus cigarros.

—No —repitió Benedict.

Logan y Penny guardaron silencio. Benedict sabía que era una batalla perdida.

—Tenga en cuenta que él no sabe que yo podría reconocerlo —le recordó Amity—. Llevaba una máscara. Estoy segura de que cree que su secreto está a salvo.

Benedict cerró la mano y luego se obligó a extender los dedos.

—Maldita sea mi estampa —dijo en voz muy baja.

Amity tenía razón. No quedaba alternativa.

Menos de una hora después, Benedict estaba de pie con Amity en los escalones que daban entrada a la casa que Virgil Warwick tenía en la ciudad. Las cortinas estaban corridas en todas las ventanas. Nadie abrió cuando llamaron con la aldaba.

—El malnacido se ha largado —dijo Benedict.

La puerta de una casa vecina se abrió. El ama de llaves, una mujer de mediana edad de aspecto desabrido, con un delantal sucio, los miró.

—El señor Warwick no está en casa —anunció—. Creo que se fue a Escocia hace casi un mes. Dicen por ahí que tiene un pabellón de caza.

—¿De verdad? —preguntó Amity con voz agradable—. ¿Cómo se ha enterado usted?

—El ama de llaves me lo dijo. La despidieron, ¿saben? Le dijeron que la avisarían cuando el señor regresara a casa. Pero seguro que consigue trabajo antes de que vuelva, lo mismo que sucedió con la anterior ama de llaves cuando el señor desapareció durante meses.

Benedict aferró a Amity del brazo. Bajaron los escalones de entrada y se acercaron al ama de llaves.

—¿Cuándo cree que volverá? —preguntó Benedict al tiempo que se sacaba unas monedas del bolsillo.

El ama de llaves miró el dinero con evidente interés.

—No tengo ni idea —contestó la mujer—. La última vez que se largó a Escocia, estuvo fuera unos seis meses. Le tiene mucho cariño a Escocia, ya lo creo. A saber por qué.

—¿Cuándo se produjo ese primer viaje? —quiso saber Benedict.

—Hace un año más o menos.

Amity sonrió.

—¿Por casualidad vio si se llevaba mucho equipaje con él en esta ocasión?

—No lo vi largarse, ni esta vez ni la otra, ya que estamos.
—El ama de llaves resopló—. En ambas ocasiones, salió una noche y no se molestó en volver a casa.

—Gracias —dijo Benedict. Dejó las monedas en la mano abierta del ama de llaves—. Ha sido de gran ayuda.

La mujer cerró la puerta y echó el cerrojo.

Benedict miró a Amity. Podía ver la emoción en sus ojos. Le daba en la nariz que él lucía una expresión parecida. Sin embargo, ninguno de los dos habló hasta que regresaron al interior del coche de alquiler.

—El señor Warwick estuvo fuera unos seis meses la última vez que se marchó a Escocia —dijo Amity.

—Y ahora ha vuelto a desaparecer —añadió Benedict—. Los tiempos encajan con la teoría de Logan de que el asesino se ausentó de la ciudad entre el primer asesinato y los tres más recientes.

—¿Crees que está en Escocia de verdad?

—Tal vez fuera allí la primera vez —contestó Benedict—. Pero no creo que un hombre gravemente herido estuviera en condiciones de emprender un largo viaje, ya fuera en tren o en carruaje particular. Es más que probable que escogiera un escondite más cercano en el que recuperarse.

Una emocionada señora Houston abrió la puerta principal antes de que Amity pudiera sacar su llave, pero le bastó una mirada a sus caras para que la expectación del ama de llaves se tornara en decepción.

—No era el hombre que buscábamos, ¿verdad? —preguntó.

—La verdad es que creo que Warwick puede ser nuestro

228

asesino —replicó Benedict, que entró tras Amity—. Pero ha vuelto a desaparecer.

—Vaya por Dios —dijo la señora Houston, tras lo cual cerró la puerta.

Logan y Penny los esperaban en la puerta del despacho.

—¿Qué quiere decir con que ha desaparecido? —quiso saber Logan.

Antes de que Benedict pudiera contestar, escucharon unos golpes desesperados en la puerta principal.

—¿Qué diantres? —La señora Houston abrió la puerta de nuevo.

Un joven policía jadeante se encontraba en los escalones.

La señora Houston sonrió de oreja a oreja.

—Es usted, agente Wiggins. Me alegra verlo a la luz del día. ¿Ha conseguido dormir algo esta mañana?

—Sí, señora Houston, gracias. —Wiggins miró a Logan—. Tengo buenas noticias, señor. El agente Harkins ha encontrado al cochero.

—¿A qué cochero? —preguntó Amity. Después, puso los ojos como platos—. Por el amor de Dios, ¿se refiere al cochero que conducía el carruaje del asesino?

—Sí, señora —confirmó el agente, que sonrió—. Por fin estamos tirando del hilo, ¿verdad?

—Tal vez —dijo Logan—. ¿Dónde está el cochero?

—Según Harkins, pasa su tiempo libre en la taberna El Perro Verde. Está cerca de los muelles.

—Pare un coche de alquiler, agente —ordenó Logan.

—Sí, señor.

El agente se sacó un silbato y corrió hasta el extremo más alejado de la calle.

Benedict miró a Logan.

—Lo acompaño.

—Encantado de contar con usted —repuso Logan.

27

Se llamaba Nick Tobin. A Benedict le recordó a un terrier: pequeño, de pelo áspero y seguramente muy rápido. Pero en ese momento no estaba corriendo. Parecía la mar de encantado de hablar con Benedict y con Logan... por un precio. Se guardó en el bolsillo el dinero que Benedict había colocado sobre la mesa, bebió un buen sorbo de cerveza y empezó a contar su historia. No era muy larga.

—Sí, un caballero me contrató para que condujera su carruaje —admitió Nick mientras se limpiaba los labios con la manga de su ajado gabán—. Me dijo que iba a encontrarse con una dama que no quería ser vista en público. Lo normal entre las putas de clase alta. Pero supongo que ya lo saben, caballeros.

Benedict controló la furia.

—La dama confundió el carruaje con un coche de alquiler.

—Bueno, así era como debía funcionar la cosa —replicó Nick con deje paciente—. Para que pareciera que estaba subiendo a un coche de alquiler. ¿Cómo iba yo a saber que estaba loca?

—¿Qué te hace pensar que estaba loca? —le preguntó Benedict a su vez.

—Hirió a mi cliente de mala manera, sí, señor —contestó Nick al tiempo que meneaba la desaseada cabeza—. En la vida he visto nada igual. Todos esos cojines tan caros manchados de sangre. Una lástima. Y, después, bajó de un salto y salió corriendo y chillando como una loca.

—¿Y tu pago? —quiso saber Logan.

—Cuando esa mala pécora salió corriendo, el cliente se cagó de miedo, ya lo creo que sí. Me ordenó a gritos que lo alejara de esa calle. Lo obedecí, claro. Tampoco me interesaba quedarme allí parado.

—¿Adónde lo llevaste?

—En cuanto nos alejamos de la loca, abrí la trampilla del techo y le pregunté adónde quería ir. Imagine mi sorpresa cuando vi toda la sangre.

—¿Te ordenó que lo llevaras a su casa?

Nick pareció sorprendido por la pregunta.

—No, señor. Nunca me dijo dónde vivía, señor. Me ordenó que lo llevara a una casa de Crocker Lane y eso hice. Cuando llegamos, lo ayudé a subir los escalones de la entrada. Aporreó la puerta, chorreando de sangre, se lo aseguro. Alguien abrió. Mi cliente entró. Y eso fue todo.

—No lo creo —replicó Benedict—. ¿Qué pasó con el carruaje?

—Un hombre salió de la casa y me dio dinero. Me dijo que era como pago por mi tiempo. Que él se encargaría del caballo y del extraño carruaje. Que me largara y me olvidara de lo que había pasado. Y eso fue lo que hice. Lo siguiente es que me dijeron que dos caballeros querían hablar conmigo y que me pagarían por la pérdida de tiempo. —Nick miró a Logan con los ojos entrecerrados—. Claro que no sabía que uno de esos caballeros era de Scotland Yard.

Logan esbozó una sonrisa gélida.

—Te agradecemos la cooperación.

—Encantado de hacerle un favor a la policía —replicó Nick.

—No lo olvidaré —le prometió Logan.

Nick asintió con la cabeza, satisfecho.

Benedict lo observó con detenimiento.

—¿Te has dado cuenta de que el carruaje que condujiste aquel día pertenecía al asesino conocido como «el Novio»?

Nick lo miró, muy ofendido.

—No, señor. Eso es imposible. Era el carruaje de un caballero, se lo aseguro. Un vehículo muy elegante, sí, señor. Aunque por dentro fuera raro. No es el tipo de vehículo que un asesino loco como el Novio usaría para moverse, ¿verdad?

—Quiero la dirección exacta de la casa de Crocker Lane —dijo Logan.

Nick lo miró con expresión ladina.

—Bueno, eso le costará un poco más.

Logan pareció estar dispuesto a discutir, pero Benedict meneó ligeramente la cabeza y sacó más dinero del bolsillo.

—Será mejor que la respuesta sea la correcta —le advirtió.

—Semejante pago es difícil de olvidar —le aseguró Nick con alegría mientras decía el número.

Logan entrecerró los ojos.

—¿Adónde ibas a llevarlos después?

Las pobladas cejas de Nick se unieron sobre su nariz cuando frunció el ceño.

—¿A quiénes, señor?

—Al caballero y a la dama que no quería ser vista mientras subía al carruaje —contestó Logan con voz serena—. ¿Adónde se suponía que debías llevarlos?

—En eso no puedo ayudarlo, señor. No llegué a enterarme del lugar al que querían ir porque esa putita se volvió loca de repente. Se suponía que el cliente me daría instrucciones después de recogerla.

Logan y Benedict se pusieron de pie.

—Una cosa más —dijo Benedict.

Nick alzó la vista.

—¿El qué, señor?

—¿Qué tenía el carruaje que te pareció tan extraño?

—Que estaba todo cerrado por dentro. Me recordó a uno

de esos vagones que usan para trasladar a los prisioneros. Las ventanillas estaban tapadas con postigos de madera. Había incluso barrotes en la trampilla del techo. La puerta podía cerrarse desde fuera para que nadie pudiera entrar, se lo aseguro.

—O escapar del vehículo, ¿quizá? —sugirió Logan.

—Sí, si se cerraba desde fuera, la persona en el interior estaría atrapada, sí, señor —respondió Nick—. No había caído. Mi cliente dijo que tenía miedo de que lo asaltara algún ladrón cuando viajaba por las calles de Londres.

—Algo de razón tenía —convino Benedict—. Las calles son peligrosas.

—Sí, señor, esa es la verdad.

28

El ocaso y la niebla se cernían sobre la ciudad cuando por fin llegaron a la casa situada en Crocker Lane. Benedict se apeó del coche de alquiler. Logan lo siguió. Subieron los escalones de entrada. La luz de una farola de gas cercana permitía leer a duras penas la plaquita de la puerta:

DOCTOR J. M. NORCOTT
SOLO CON CITA PREVIA

—Norcott es médico —dijo Benedict—. Eso desde luego explica por qué Warwick le ordenó al cochero que lo trajese aquí.

—Warwick conocía lo bastante bien la dirección de esta casa como para recordarla durante un momento de pánico, cuando seguro que temía morir desangrado —comentó Logan.

—En otras palabras, es posible que Warwick conozca al doctor Norcott desde hace muchos años.

—Eso creo, sí —dijo Logan.

Benedict observó que las ventanas estaban a oscuras.

—No parece que haya alguien en casa.

—Tal vez Norcott ha salido para atender a un paciente —supuso Logan.

Cogió la aldaba y golpeó la puerta con bastante fuerza. Escucharon cómo resonó en el vestíbulo, pero nadie respondió.

—Sugiero que lo intentemos con la puerta de la cocina —dijo Benedict.

—Podría señalar que no tenemos llave, ni tampoco una orden judicial —repuso Logan con voz absolutamente neutral.

—Y yo podría señalar que hay otras formas de entrar en una casa. También podría mencionar que hay bastante niebla esta noche.

Logan meditó sus palabras.

—Muy bien dicho todo. Intentémoslo con la puerta de la cocina.

Benedict levantó una mano y le hizo un gesto al cochero para que se fuera. Cuando el coche de caballos estuvo fuera de su vista, rodeó la casa en pos de Logan.

Entraron en un jardincillo. Al llegar a la puerta de la cocina, Benedict encendió una cerilla y la mantuvo firme mientras Logan se encargaba de la cerradura en cuestión de segundos.

El olor a muerte salió de la casa en cuanto abrieron la puerta. Como ya no le preocupaba que los vieran los vecinos, Benedict encendió una lámpara.

El cuerpo se encontraba en el vestíbulo. Un objeto metálico y afilado relucía en un charco de sangre seca.

—Debe de ser Norcott —dijo Benedict.

Logan se acuclilló junto al cadáver y lo examinó con profesionalidad.

—Creo que lo mataron ayer. El asesino usó uno de los escalpelos del médico.

—Tal parece que Virgil Warwick ha regresado de Escocia —dijo Benedict—. Ha vuelto para matar a la única persona capaz de hablar de la naturaleza de sus heridas.

Logan se irguió.

—Pero ¿por qué matarlo ahora?

Benedict miró el baúl que había en el suelo, cerca de la puerta. Con cuidado de no pisar la sangre seca, rodeó el cuerpo y se agachó junto al baúl.

—Cerrado —dijo.

Sin mediar palabra, Logan rebuscó en la chaqueta del muerto. Sacó una llave y se la dio a Benedict.

Este abrió el baúl. Las lamparitas del vestíbulo revelaron un montón de ropa y de utensilios de afeitar, guardados sin mucho orden.

—Se iba de la ciudad —comentó Benedict—. Creo que estaba huyendo. Parece que hizo el equipaje con mucha prisa.

—Estoy de acuerdo. —Logan sacó un billete del bolsillo delantero de la víctima—. Tenía previsto tomar un tren con destino a Escocia.

Benedict volvió a rodear el cadáver y abrió una puerta. Al encender las lámparas de la estancia, se encontró en un despacho muy bien organizado. Había otra puerta en un lateral de la estancia. La abrió y descubrió una camilla de exploración y una gran variedad de instrumental médico.

Logan se fue derecho al escritorio y abrió un libro encuadernado en cuero.

—Es el libro de citas de Norcott —dijo—. Parece que esperaba tener una semana muy ajetreada de pacientes.

Benedict echó a andar hacia la puerta.

—Examinaré la planta superior mientras usted revisa el escritorio.

—Muy bien. —Logan se sentó en el sillón y empezó a revisarlo todo de forma eficiente y metódica.

Benedict subió los escalones de dos en dos. Solo había una habitación que tenía signos de haber sido ocupada hacía poco. Los muebles de las otras estaban cubiertos con gruesas telas para protegerlos del polvo. Norcott vivía solo.

Vio la carta en la mesita de noche en cuanto encendió una lámpara. La leyó deprisa y después bajó corriendo. Cuando entró en el despacho, Logan estaba a punto de cerrar un cajón.

—¿Ha encontrado algo? —preguntó el inspector.

—El asesino no estaba en Escocia. —Benedict le enseñó la carta—. Era paciente en un hospital llamado Cresswell Manor. Hace dos días su madre lo sacó de allí.

—Déjeme verla. —Logan leyó la carta a toda prisa—. Cresswell Manor es un sanatorio. Es muy habitual que las familias acomodadas y aristocráticas envíen a sus familiares enfermos a instituciones de ese tipo con nombres falsos a fin de proteger la intimidad del paciente.

—Por no hablar de la intimidad de la familia —repuso Benedict—. Los familiares del enfermo harían cualquier cosa con tal de ocultar semejante secreto.

—Y pagarán cualquier precio para garantizar el silencio. —Logan le mostró un libro de cuentas—. Según sus registros financieros, el doctor Norcott recibía una comisión muy jugosa en relación con un paciente con el nombre de V. Smith, ingresado en Cresswell Manor.

—Si la comisión por enviar a un paciente es tan alta, a saber los honorarios que le pagan directamente al dueño del sanatorio.

—¡Maldita sea! —masculló Logan—. Dudo mucho de que Virgil Warwick ingresara voluntariamente en un sanatorio. No me cabe la menor duda de que alguien de la familia está pagando los honorarios.

—Tenemos que encontrar a los padres de Virgil Warwick —dijo Benedict.

—No debería ser difícil ahora que tenemos un nombre. —Logan echó un vistazo a su alrededor—. Creo que ya no podemos hacer nada más aquí. Llamaré a un agente para que se encarguen de llevarse el cuerpo.

Benedict regresó al vestíbulo. Volvió a mirar el cadáver y el baúl.

—Interesante —dijo.

—¿El qué? —preguntó Logan.

—Me pregunto qué ha pasado con el maletín del doctor. No me imagino a un médico dejándoselo atrás, aunque estuviera huyendo de un asesino. El instrumental médico y las medicinas son las herramientas de los doctores, su divisa, su modo de ganarse la vida. Son muy valiosas.

—Ya hemos llegado a la conclusión de que Norcott tenía prisa, que seguramente huía para salvar la vida.

—Sí, pero si albergaba la esperanza de ejercer su profesión después de abandonar Londres, se habría llevado su instrumental —replicó Benedict—. Creo que el asesino ha robado el maletín del médico.

Logan miró el escalpelo manchado de sangre.

—En el que habría hojas afiladas como esa.

—Y cloroformo —añadió Benedict—. Warwick se está preparando para secuestrar a su siguiente víctima.

29

—Ha sido muy fácil componer la lista de los familiares cercanos de Virgil Warwick —dijo Penny—. He hablado con la señora Houston para confirmar lo que yo recordaba y ha ido a ver a una amiga que trabajó en otro tiempo para la familia. El padre de Warwick murió hace algunos años. Virgil no tiene hermanos. Creo que hay algunos primos lejanos, pero que se trasladaron a Canadá. Por lo que hemos podido averiguar, solo tiene un pariente próximo en la ciudad: su madre.

—Warwick es el único heredero de una considerable fortuna —continuó Amity—. Lo que explica todo el lujo que vi cuando me secuestró.

Los cuatro se encontraban en el despacho. Penny y Amity estaban encerradas allí, repasando la lista de invitados una vez más tratando de encontrar alguna respuesta, cuando Benedict y Logan volvieron con la noticia de que habían asesinado al doctor Norcott. A Amity le bastó una mirada a sus serias caras para saber que el descubrimiento había acrecentado sus temores. Sin embargo, la expresión acerada de sus ojos dejaba bien claro que se encontraban cada vez más cerca de las respuestas.

Benedict se sacó una carta del bolsillo.

—Según esto, Warwick fue ingresado en Cresswell Manor, que parece ser un sanatorio privado, para recibir un tratamiento sin especificar hace poco más de tres semanas. Los informes de Norcott indican que fue la segunda vez que Warwick ingresó en dicho sanatorio.

—A ver si lo adivino —dijo Amity—: la primera vez fue hace alrededor de un año.

—Sí —confirmó Logan—. Justo después de que el cuerpo de la primera novia fuera descubierto. Parece que lo enviaron de regreso tras atacarla a usted, pero ahora lo han vuelto a dejar en libertad.

Penny frunció el ceño.

—¿Por qué iba a sacarlo su madre del sanatorio?

—En el fondo, seguramente sepa o sospeche cuando menos que es capaz de hacer cosas espantosas, pero aún alberga la esperanza de que la medicina moderna pueda curarlo —respondió Amity.

—Desde luego que no le ha dado mucho tiempo para que reciba terapia en esta ocasión —dijo Penny.

—A lo mejor se ha convencido de que no es culpable de asesinato después de todo —replicó Amity—. Seguro que le dijo a su madre que fui yo quien lo atacó, no al revés.

—Y ella desea creer que sucedió así —concluyó Penny—. No olvidemos que es su madre.

—Pensara lo que pensase, la madre de Virgil Warwick es la responsable de su liberación y tal vez sea también la única persona que sepa dónde se encuentra —dijo Logan—. Tengo que hablar con ella.

Penny meneó la cabeza.

—Aunque crea que su hijo es inocente, hablará con cualquiera antes que con un policía.

—Encontraré el modo —insistió Logan.

—Será mucho más fácil y rápido si voy yo a hablar con ella —dijo Benedict.

Amity lo miró.

—Lo acompaño.

Benedict sopesó la idea un segundo.

—Sí, creo que seguramente será lo mejor.

Logan arqueó las cejas.

—¿Cómo piensan pasar de la puerta? Si usan sus verdaderos nombres, se pondrá en guardia y hará que el mayordomo les informe de que no se encuentra en casa.

—¿Qué le hace pensar que pienso usar mi verdadero nombre? —preguntó Benedict.

—Hablando de nombres. —Penny levantó una hoja de papel—. Da la casualidad de que la señora Charlotte Warwick está en la lista de invitados del baile de los Channing.

—Así que después de todo existía un nexo —agregó Logan.

—Desde luego, así se explica que su hijo loco se enterase de mi supuesta aventura a bordo del barco con el señor Stanbridge —apostilló Amity.

—Según parece se enteró por su madre —concluyó Logan.

Amity suspiró.

—Estoy segura de que la mujer no sabía lo que su hijo haría con la información.

Una hora después, Amity estaba en los escalones de entrada de la mansión de los Warwick y observaba con interés cómo Benedict interactuaba con un mayordomo muy puntilloso.

—Dígale a la señora Warwick que el doctor Norcott y su ayudante han venido para hablar de un asunto de vital importancia.

El mayordomo miró la elegante chaqueta de Benedict, así como sus pantalones, y después examinó el costoso vestido de paseo de Amity de igual manera. No parecía muy convencido.

—¿Su tarjeta, doctor Norcott? —pidió.

—Lo siento, no me quedan. Créame, la señora Warwick nos recibirá.

—Veré si está en casa para recibir visitas —replicó el mayordomo.

Les cerró la puerta en las narices.

—¿Crees que va a funcionar? —preguntó Amity.

—Creo que, en estas circunstancias, a la señora Warwick le dará miedo no recibir al doctor Norcott. Debe de saber que es una de las pocas personas que está al tanto de que seguramente su hijo sea un asesino.

—Pero ¿y si se niega a recibirnos?

—En ese caso nos iremos —contestó Benedict.

—Podríamos acabar arrestados —señaló Amity con voz neutra.

—No me parece probable que la señora Warwick llame a la policía para echar a un médico y a su ayudante, los mismos que conocen su más oscuro secreto. Le aterraría la posibilidad de que el escándalo estuviera en boca de todos a la mañana siguiente.

—Por supuesto —dijo Amity—. Tus poderes de deducción lógica nunca dejan de sorprenderme.

—Me alegra oírlo, porque ahora mismo no estoy de humor para atender a la lógica. Quiero respuestas.

—Yo también.

La puerta se abrió.

—La señora Warwick los recibirá —anunció el mayordomo. Parecía desaprobar profundamente la decisión.

Amity le sonrió con frialdad y entró en el elegante y espacioso vestíbulo. Benedict la siguió.

El mayordomo los guió hasta la biblioteca. Una mujer ataviada con un vestido gris perla estaba junto a la ventana, con la vista clavada en el jardín. El pelo, que en otro tiempo debió de ser negro, adquiría a marchas forzadas el color de su vestido. Tenía un porte rígido y elegante, como si lo único que la sostuviera en pie fuera un corsé de acero.

—El doctor Norcott y su ayudante, señora —anunció el mayordomo.

—Gracias, Briggs.

Charlotte Warwick no se dio la vuelta. Esperó a que el mayordomo cerrara la puerta.

—¿Ha venido para decirme que mi hijo es un caso perdido, doctor Norcott? —preguntó ella—. De ser así, podría haberse ahorrado el viaje. Ya me he resignado a la idea de que Virgil tendrá que pasar el resto de su vida en Cresswell Manor.

—En ese caso, ¿por qué insistió para que lo dejasen en sus manos? —quiso saber Amity.

La sorpresa que se apoderó de Charlotte Warwick fue evidente. Jadeó y se tensó.

Recuperó la compostura y se volvió, con los labios entreabiertos por la estupefacción y, tal vez, el pánico.

—¿A qué se refiere? —preguntó Charlotte. Se calló. La rabia demudó sus facciones—. ¿Quién es usted? —Fulminó a Benedict con la mirada—. No es el doctor Norcott.

—Benedict Stanbridge, señora —se presentó él—. Y mi prometida, la señorita Doncaster. Tal vez haya oído hablar de ella. Es la mujer a la que su hijo secuestró hace poco.

—No tengo ni idea a qué se refiere... ¿Cómo se atreve a mentir para entrar en mi casa?

Charlotte hizo ademán de tirar de la cinta de terciopelo de la campanilla.

—Le aconsejo que no llame a su mayordomo, señora —dijo Benedict—. A menos que quiera ser la responsable de que Virgil siga libre para cometer más asesinatos.

—No sé a qué se refiere... —repitió Charlotte. Parecía que le costaba respirar—. Salgan de aquí.

—Nos marcharemos en cuanto nos diga dónde se esconde su hijo —replicó Benedict—. Si está loco de verdad, no lo colgarán. Lo devolverán al sanatorio. Todos sabemos que tiene el dinero para asegurarse ese resultado.

Charlotte recuperó la compostura. Se colocó de pie detrás del escritorio y aferró el respaldo del sillón con ambas manos.

—No es asunto suyo, pero déjeme que le aclare la situación —dijo con voz calmada—. Mi hijo está recibiendo un tratamiento para un desorden de tipo nervioso. Su salud es un tema privado. No tengo la menor intención de hablar del asunto, mucho menos con usted.

—Su hijo ha asesinado al menos a cuatro mujeres que sepamos, y muy seguramente también a su esposa —repuso Benedict—. Hace tres semanas, secuestró a mi prometida con la intención de asesinarla.

—No —insistió Charlotte—. No, es mentira. Sus nervios son demasiado delicados. Jamás haría algo tan violento.

—¿A qué se refiere con delicados? —preguntó Amity.

—No soporta mucha presión ni esfuerzo alguno. Se agita con facilidad. Siempre he tenido que encargarme de los detalles de su vida, de su economía, de sus citas sociales, del personal de su casa...

—Su hijo tiene afición por la fotografía, ¿verdad? —preguntó Benedict, que se negó a darle un respiro.

Charlotte titubeó.

—Mi hijo tiene una personalidad muy artística. Eso explica sus nervios delicados y sus cambios de humor. Encontró su pasión en la fotografía. ¿Cómo lo ha sabido? Aunque da igual. Es una afición bastante común.

—El día que intentó secuestrarme, me debatí —dijo Amity—. Lo herí de gravedad.

—Me dijo que lo atacó una prostituta callejera —susurró Charlotte—. Fue una discusión por dinero. Tal vez reaccionara mal.

Benedict se tensó y dio un paso hacia delante. Sin apartar la vista de Charlotte, Amity le colocó una mano en el brazo. Benedict se detuvo, pero ella era consciente de la frenética energía que lo recorría.

Charlotte ni se percató del incidente. Estaba concentrada en su historia. Amity sabía que intentaba con desesperación convencerse de su verdad.

—Accedió al... al encuentro —continuó Charlotte, con voz muy tensa—. Pero discutieron por el precio. La prostituta se puso furiosa y lo atacó.

—Creo que las dos sabemos que no fue eso lo que sucedió —repuso Amity en voz baja—. Virgil me secuestró. Conseguí escapar por los pelos. Sí, me defendí con un objeto cortante. Sangraba mucho cuando lo dejé en el carruaje. Buscó ayuda en el único médico que conocía, el único del que estaba seguro que guardaría el secreto. El doctor Norcott le curó las heridas y después la avisó a usted.

Charlotte se dejó caer en el sillón, asombrada.

—¿Cómo sabe todo eso?

—Esta misma mañana hemos encontrado el cadáver del doctor Norcott —explicó Benedict—. Lo habían degollado con uno de sus escalpelos. Al igual que les sucedió a las anteriores víctimas del Novio. Creemos que la esposa de Virgil murió de una forma parecida, aunque la verdadera naturaleza de sus heridas pasó inadvertida, ya que la arrojó por una ventana.

Charlotte meneó la cabeza.

—No, fue un accidente.

—Norcott está muerto —repitió Benedict—. Es evidente que Virgil está escondido... y, por cierto, tiene consigo el maletín médico de Norcott.

Charlotte recuperó la compostura.

—No puede haber sido Virgil. ¿No lo entienden? Ahora mismo está internado en una clínica especial.

—Ya no está en Cresswell Manor —repuso Amity—. Hace dos días, lo dejaron en la custodia de su madre.

Charlotte pareció encerrarse en sí misma. Cerró los ojos.

—Dios mío.

—Sabe lo que es —dijo Benedict—. Por eso lo internó en

Cresswell Manor, no una vez, sino dos. ¿Por qué lo ha sacado de ese lugar?

Se hizo un silencio electrizante. Amity se preguntó si Charlotte iba a contestar. Sin embargo, acabó por salir de su ensimismamiento y mirarlos con ojos atormentados. Una extraña aura gris la envolvía, como si la vida abandonara su cuerpo poco a poco.

—Ha sido la bruja —dijo la mujer—. Seguro que ha sido ella. En cuanto a por qué se lo ha llevado de Cresswell Manor, no lo sé. Tendrán que preguntárselo a ella.

Amity y Benedict se miraron.

—¿Quién es la bruja? —preguntó Amity con voz neutral.

Durante un segundo tuvieron la impresión de que Charlotte desaparecería en el aura gris que la envolvía, pero a la postre consiguió recomponerse.

—Poco después de que mi marido muriese, descubrí que había sido chantajeado durante años por una mujer que dirigía un orfanato para niñas —explicó Charlotte—. Se puso en contacto conmigo y dejó claro que si no seguía pagando, se aseguraría de que ciertos asuntos acabaran siendo del dominio público y publicados por la prensa.

—¿Qué orfanato? —preguntó Benedict.

—Hawthorne Hall —contestó Charlotte—. Está en un pueblo en las afueras de Londres, a una hora en tren. Al menos, esa fue la dirección que me dieron cuando empecé a pagar el chantaje. El lugar ya no funciona como orfanato, pero la antigua directora sigue viviendo allí.

—¿Sobre qué tenía que guardar silencio? —quiso saber Benedict.

—Mi marido tuvo una hija con otra mujer.

Amity se acercó unos pasos al escritorio.

—Discúlpeme, señora Warwick, pero todos sabemos que no es inusual que hombres de cierta posición y riqueza tengan hijos fuera del matrimonio. Dichas situaciones resultan embarazosas, pero no sorprenden a nadie. Casi todas las mujeres en su posición sencillamente se desentienden del tema. ¿Por qué ha pagado un chantaje para ocultar el hecho de que su marido tuvo una hija fuera del matrimonio?

Charlotte volvió a clavar la vista en el jardín, pero Amity estaba convencida de que estaba recordando el pasado.

—La bruja aseguraba haberse percatado de cierta inestabilidad mental en la hija de mi marido. Dejó caer que tal vez mi hijo también estaba loco.

—Entiendo —dijo Amity—. Amenazó con llevar sus teorías acerca de la salud mental de Virgil a la prensa.

—Puede que yo también esté loca —siguió Charlotte en voz baja—. Porque he pasado mucho tiempo imaginando formas de matar a la señora Dunning.

—Supongo que es la antigua directora del orfanato —dijo Amity.

—Sí —confirmó Charlotte—. Es quien me está chantajeando.

—¿Por qué no lo ha hecho? —preguntó Benedict.

Charlotte lo miró.

—Al principio, Dunning dejó claro que si algo le sucedía, lo había organizado todo para que la prensa recibiera cartas en las que informaba de la locura de la familia Warwick. Sin embargo, la cosa empeoró hace un año. Me hizo saber que esas cartas contendrían pruebas de que mi hijo había asesinado a su esposa y a otra muchacha. Quería anunciar al mundo que Virgil era el Novio.

Benedict sopesó sus palabras.

—¿Su hijo sabe que la señora Dunning la ha estado chantajeando?

—No, claro que no —contestó Charlotte—. Nunca he querido que se enterase de que tiene una hermanastra.

Un silencio opresivo se instaló en la habitación. Amity miró a Benedict.

—Tenemos que ir a Hawthorne Hall —dijo ella.

—Sí.

Charlotte los miró fijamente.

—Mi hijo...

—Si tiene la menor idea de dónde puede estar escondién-
dose, debe decírnoslo —la urgió Benedict.

—Les juro que no lo sé. Creía que estaba en Cresswell
Manor. —El desconcierto de Charlotte parecía auténtico—.
La señora Dunning asegura estar al tanto de la aflicción nerviosa de mi hijo. Estaba pagando el chantaje. ¿Por qué iba a
sacarlo de allí?

30

—La señora Warwick ha hecho una pregunta excelente —dijo Benedict, que observaba la alta verja de hierro forjado de Hawthorne Hall con una abrumadora certeza. En ese lugar había respuestas, pensó—. ¿Por qué ha permitido el director de Cresswell Manor que Warwick abandone el sanatorio?

Amity y él habían partido en dirección a Hawthorne Hall nada más ponerle fin a la entrevista con Charlotte Warwick. Solo había permitido una breve parada en Exton Street para que Amity pudiera coger su capa y unas cuantas cosas necesarias para el viaje en tren. No habían tenido tiempo para visitar a Logan. Penny había prometido que compartiría lo antes posible con el inspector la información que habían descubierto.

El pueblo donde se emplazaba Hawthorne Hall se encontraba a una hora en tren desde Londres, tal como había dicho Charlotte Warwick. Sin embargo, el trayecto en coche de alquiler desde la estación hasta el antiguo orfanato fueron cuarenta minutos de traqueteo sobre caminos en mal estado.

Hawthorne Hall demostró ser una antigua mansión que se estaba desmoronando poco a poco. Se alzaba, siniestra y solitaria, al final de una larga avenida.

Benedict miró hacia atrás. Le había pagado al cochero para

que los esperara. El carruaje se encontraba a escasa distancia, pero la niebla que se había levantado con la llegada del atardecer lo engullía por momentos.

—No sabremos por qué Dunning sacó a Warwick de Cresswell Manor hasta que la interroguemos —dijo Amity.

Benedict siguió mirando la verja.

—Un comentario muy lógico.

La verja estaba cerrada, pero no tenía candado. Seguramente porque habría poco que proteger, pensó Benedict. En algunos lugares de la propiedad crecía la maleza, pero en su mayor parte no quedaba nada del jardín salvo la tierra desnuda.

La última de las huérfanas había sido trasladada hacía años, según el cochero. También les había explicado que la señora Dunning era la única ocupante de la casa. No había personal de servicio. Una mujer del pueblo iba dos veces por semana para limpiar. Les había dicho a todos que la señora Dunning vivía en la planta baja, que las plantas superiores estaban cerradas y el mobiliario, cubierto por sábanas. La señora Dunning iba al pueblo a comprar de vez en cuando y a veces tomaba el tren a Londres, donde se quedaba varias semanas. Pero aparte de esos datos, era un misterio para la gente de la zona.

Benedict abrió una de las hojas de la verja de hierro, que se movió despacio y emitió un espantoso chirrido.

Después, tomó a Amity del brazo y juntos caminaron hasta los escalones de la entrada de la antigua mansión. Las piedras del pavimento estaban agrietadas y a algunas les faltaban trozos. Las ventanas de las plantas superiores estaban a oscuras, pero tras las cortinas de las ventanas de la planta baja se veía la débil luz de una lámpara.

Una vez que llegaron al escalón superior, Benedict llamó con la aldaba. El sonido resonó en el interior de la casa, pero no hubo una respuesta inmediata.

—Alguien está en la casa —señaló Amity—. Las lámparas están encendidas.

Benedict llamó con más fuerza que antes, pero tampoco obtuvo respuesta en esa ocasión.

—Está dentro y no vamos a marcharnos hasta que hablemos con ella —dijo—. A lo mejor no ha oído que estamos llamando. Probemos por la puerta trasera.

—¿Y de qué va a servirnos? —replicó Amity—. Si no quiere vernos, tampoco la abrirá.

—Nunca se sabe —repuso Benedict.

Aunque lo dijo con un tono de voz descuidado, vio que Amity lo entendía. Había comprendido exactamente qué pretendía hacer.

—Ah —exclamó ella, y bajó la voz un poco—. Entiendo. Sabes que entrar en una casa sin permiso es ilegal...

—Por eso vamos a rodear la casa. Porque desde allí el cochero que nos ha traído no podrá vernos.

Amity sonrió.

—Siempre tienes un plan, ¿verdad?

—Intento idear uno siempre que puedo.

—Supongo que es el ingeniero que vive en ti.

No pareció desanimada por ese hecho, concluyó Benedict. Se limitaba a aceptarlo como parte de su personalidad.

Amity lo siguió mientras bajaban los escalones y rodeaban la enorme mansión. Los jardines traseros estaban delimitados por altos muros, pero la verja no tenía candado. Dentro de los muros descubrieron otra extensión de terreno desnudo.

Benedict llamó con rudeza a la puerta de la cocina. En esa ocasión, al ver que no obtenía respuesta, intentó girar el pomo. La puerta no estaba cerrada con pestillo. Sintió un escalofrío, consciente de lo que iba a encontrar.

—Igual que esta mañana —dijo, dirigiéndose más a sí mismo que a Amity.

Ella lo miró con extrañeza.

—¿Te refieres a cuando encontrasteis el cadáver del doctor Norcott?

—Sí. —Benedict se sacó la pistola del bolsillo.

Amity soltó despacio el aire, como si estuviera armándose de valor. Después, introdujo la mano bajo la capa y soltó el *tessen* de la cadena. Sujetó el arma cerrada en la mano enguantada.

Benedict sopesó la idea de ordenarle que se quedara fuera, pero después llegó a la conclusión de que no estaría más segura que si se mantenía a su lado. Juntos podrían protegerse si resultaba que Warwick los estaba esperando en el interior de la casa.

Usó la punta de la bota para abrir la puerta. Frente a ellos se extendía un pasillo tenuemente iluminado. Cuando comprobó que no se abalanzaba sobre ellos ningún loco armado con un escalpelo, se introdujo en la penumbra de la estancia. Amity lo siguió.

El vacío reverberaba en la casa. El haz de luz de una solitaria lámpara emplazada en una estancia se derramaba sobre el pasillo.

—Vigila las habitaciones situadas a la izquierda —dijo Benedict—. Yo estaré atento a las de la derecha.

—De acuerdo.

Caminaron hacia el haz de luz, pasando por la cocina, un comedor matinal, una despensa y un armario. Todas las puertas estaban abiertas salvo la del armario. Benedict giró el pomo y la puerta se abrió con facilidad. Las estanterías estaban ocupadas por sábanas y utensilios de limpieza.

Siguieron por el largo pasillo. El inconfundible olor de la muerte impregnaba la estancia iluminada por la lámpara.

—¡Dios mío! —exclamó Amity.

Benedict se detuvo en la puerta y echó un vistazo, abarcando toda la habitación. El cadáver de una mujer de mediana edad ataviada con un vestido oscuro yacía en el suelo, al lado de un escritorio. Exactamente igual que en el caso de Norcott, se encontraba en medio de un charco de sangre. La alfombra había absorbido la mayor parte, que parecía estar seca.

—Charlotte Warwick se equivocaba al pensar que su hijo

no conocía a la señora Dunning —comentó Benedict—. Ese malnacido le tiene mucho cariño al escalpelo. La ha degollado.

—La ha matado de la misma manera que mató a sus otras víctimas.

—Quédate aquí. Quiero asegurarme de que no nos esperan sorpresas en el vestíbulo.

Comprobó la última estancia situada en la planta baja, una biblioteca escasamente amueblada. Los pocos volúmenes encuadernados en cuero que descansaban en las estanterías estaban cubiertos de polvo. Regresó sin más demora junto a Amity, que lo esperaba blandiendo el abanico.

—¿Qué está pasando? —le preguntó ella—. ¿Por qué está matando Warwick a toda esta gente?

—Seguramente no sea muy sensato especular sobre las motivaciones de un loco, pero tengo la impresión de que está matando a todos aquellos que conocen su secreto.

—Pero ¿por qué ahora? Y ¿por qué a estas dos personas? Es más que probable que el doctor Norcott le salvara la vida el día que lo ataqué con el *tessen*. Y es evidente que la señora Dunning ha sido quien lo ha sacado de Cresswell Manor.

—Tal vez piense que ya no los necesita —sugirió Benedict—. Que se han convertido en un peligro porque conocen la verdad sobre él.

Amity abrió los ojos al comprenderlo todo.

—Y porque sabe que vamos tras él. Se ha dado cuenta de que tarde o temprano localizaríamos tanto a Norcott como a Dunning.

—Debemos regresar a Londres de inmediato e informar al inspector Logan de lo que hemos descubierto.

—¿Y qué pasa con el cadáver? No podemos dejarlo ahí sin más.

—Sí —la contradijo Benedict—. Eso es lo que vamos a hacer.

Amity se colocó de nuevo el *tessen* en la cadena de la cintura y examinó el escritorio con una mirada crítica.

—La señora Dunning es una pieza muy interesante de este rompecabezas —afirmó—. Tal vez debamos echarles un rápido vistazo a los cajones del escritorio.

—Qué raro que lo menciones —replicó Benedict—. Yo estaba pensando lo mismo.

Dio dos pasos y sintió que había un objeto bajo la alfombra. En ese mismo momento escuchó un chasquido metálico muy débil y vio que una chispa se prendía bajo el escritorio.

—¡Corre! —gritó—. Hacia la puerta trasera, es la más cercana. ¡Rápido, mujer!

Amity se dio media vuelta, se levantó las faldas y la capa con las manos, y corrió por el pasillo. Benedict la siguió.

En un momento dado, Amity tropezó, soltó un improperio, recuperó el equilibrio y siguió corriendo. Pero no se movía lo bastante rápido. Benedict comprendió que el peso del vestido y de la capa la ralentizaban. La pesada ropa hacía que tropezara. De modo que la aferró por un brazo y medio la arrastró, medio la llevó en volandas por el resto del pasillo.

Salieron en tromba por la puerta del jardín trasero segundos antes de que se produjera la explosión en el despacho de Dunning.

Al cabo de un momento, las llamas devoraban la mansión. Una humareda negra se alzaba en el aire.

Benedict tomó de nuevo a Amity del brazo y la condujo hasta la verja de hierro. Una vez que estuvieron fuera de los muros del jardín, la instó a detenerse. Ambos se volvieron para ver cómo ardía la mansión.

—Nos ha tendido una trampa —dijo Benedict—. Vaya, vaya, ¿no te parece interesante?

31

Amity escuchó los frenéticos cascos de un caballo aterrado mientras se alejaba por la larga avenida.

—Adiós a nuestro coche de alquiler —dijo.

No podía apartar los ojos de la mansión en llamas. Le latía el corazón más deprisa que el día en que su guía y ella doblaron un recodo mientras recorrían un sendero de montaña de Colorado y se toparon de frente con un oso. El extraordinario espectáculo de la construcción envuelta en llamas y la certeza de que Benedict y ella habían estado a punto de morir en la explosión dominaban sus sentidos.

—Quería que muriésemos en la casa —dijo Benedict.

—Sin duda alguna, el cochero supondrá que hemos muerto en la explosión —repuso.

—Sí —convino Benedict—. Seguro que sí.

Amity tuvo la impresión de que Benedict estaba haciendo cálculos complicadísimos mentalmente. Apartó la vista del infierno el tiempo justo para mirarlo a la cara.

—Tienes otro plan en mente, ¿verdad? —preguntó ella.

—Tal vez.

Amity volvió a mirar el fuego. Las llamas se alzaban sin control, devorando el interior de la mansión. Aunque Benedict y ella se encontraban a cierta distancia, sentía las oleadas de calor. Las paredes de piedra aguantarían en pie, pensó. Pero, al amanecer, Hawthorne Hall sería un esqueleto calcinado.

—¿Crees que el fuego se extenderá al bosque? —preguntó.

—Lo dudo mucho —contestó Benedict—. Hay poco que se pueda quemar junto a la mansión y el verano ha sido bastante lluvioso. En cualquier caso, se acerca otra tormenta. La lluvia apagará las llamas. —Observó los nubarrones—. Tenemos que encontrar un refugio.

—Seguro que el cochero buscará ayuda.

—No me cabe la menor duda de que hará correr la voz por el pueblo, pero es imposible que la brigada de bomberos local pueda apagar el incendio de una casa tan grande. Puede que aparezcan unos cuantos curiosos, pero incluso eso es poco probable.

—Al igual que el cochero, todos los habitantes del pueblo supondrán que hemos muerto.

—Sí —replicó Benedict—. Y tal vez eso nos resulte de mucha utilidad.

—Creo que el ingeniero vuelve a la carga.

—Es posible que esta noche hayamos conseguido un periodo de gracia, tiempo para meditar sobre lo que hemos descubierto. He pasado por alto una pieza importante del rompecabezas, Amity. Lo presiento.

—¿Es posible que el asesino haya estado vigilando la mansión y nos viera huir al bosque?

—Pues sí, pero dudo mucho de que ande cerca. El pueblo es pequeño. No estamos en Londres. Por estos lares, la gente recordaría a un desconocido que llegase a la estación de tren, preguntara cómo llegar a Hawthorne Hall y después no se subiese al tren de vuelta a Londres hasta después de la explosión.

—Ya veo por dónde vas —dijo ella—. Para conservar su anonimato todo lo posible, tendría que dejarse ver abandonando el pueblo antes de que se produjera la explosión. Pero estás dando por hecho que vino y se fue en tren. ¿Y si alquiló un carruaje?

—Es otra posibilidad, sí —admitió Benedict—. Pero es un viaje muy largo desde Londres para hacerlo en carruaje. No, sospecho que tomó el tren, como nosotros, y que volvió a la ciudad hace horas. En este momento, seguro que espera expectante las noticias de la explosión de Hawthorne Hall y de la muerte de tres personas en los periódicos de mañana.

Amity sintió un escalofrío.

—Por el amor de Dios, los periódicos. Sí, por supuesto. Seguro que mi hermana lee las noticias y creerá que estamos muertos. Tenemos que ponernos en contacto con ella.

—Lo haremos a primera hora de la mañana —le prometió Benedict—. No podemos volver a pie al pueblo esta noche, no con la inminente tormenta.

—Pero Penny se preocupará cuando no regresemos en el tren de medianoche.

—No podemos evitarlo, Amity —dijo Benedict con voz tranquilizadora—. Está acostumbrada a dejar de tener noticias tuyas de vez en cuando debido a los rigores de tus viajes. No sucumbirá al pánico.

—Eso espero. —Amity hizo una pausa—. Es consciente de que estoy contigo. Eso la tranquilizará.

—Vamos, tenemos que buscar un refugio.

Benedict echó a andar para rodear la mansión en llamas. Amity se recogió la capa y lo alcanzó.

—Como has señalado, la granja más cercana está a cierta distancia de aquí —dijo ella.

—No podremos llegar tan lejos antes de que empiece a llover. Tendremos que contentarnos con la casita que vimos en el extremo más alejado del camino.

—Nos vendrá de perlas —aseguró Amity—. Desde luego que me he hospedado en alojamientos mucho más incómodos.

Amity intentó no pensar en lo evidente, pero era imposible desentenderse de la idea. Iba a pasar la noche a solas con Benedict.

—No será la primera vez —dijo él—. Pasaste tres noches a bordo del *Estrella del Norte* en el mismo camarote que yo, si no te falla la memoria.

Sonrió al escucharlo.

—Hay momentos, señor Stanbridge, en los que me pregunto si es capaz de leerme el pensamiento —dijo con un deje burlón en la voz.

—En algún otro momento yo también me he preguntado si tú puedes leer el mío. Pero como ninguno de los dos asegura poseer poderes psíquicos, me parece que vamos a tener que buscar otra explicación para dar respuesta de estos ramalazos de intuición.

—¿Y qué explicación sería esa?

Para su sorpresa, Benedict titubeó, como si no encontrase las palabras adecuadas.

—Creo que nos conocemos mejor de lo que pensamos —terminó por decir él—. Supongo que pasar de una crisis a otra juntos, tal como hemos estado obligados a hacer últimamente, causa ese efecto en las personas. Sabemos qué esperar del otro en un apuro.

—Es un comentario muy perspicaz —dijo Amity.

—¿Te sorprende? —Benedict esbozó una sonrisa torcida—. Tal vez no tenga los conocimientos de Declan Garraway en psicología y, tal como ya te he dicho, no soy un gran admirador de la poesía, pero normalmente soy capaz de sumar dos y dos y acabar con cuatro.

—Algo a favor de una sólida formación matemática.

—Eso me gusta creer.

—¿Qué te hizo darte cuenta de que Hawthorne Hall estaba a punto de saltar por los aires? —preguntó Amity.

—Supe que había un problema en cuanto pisé el mecanismo detonador oculto bajo la alfombra y vi la chispa. Admito que la conclusión de que la chispa provocaría una explosión la hice sin pruebas, pero me pareció prudente actuar en consonancia.

—Visto lo visto, fue una suposición brillantísima, señor Stanbridge.

La casita situada al final del camino estaba vacía, pero se encontraba mejor conservada de lo que Amity había esperado. No había indicios de roedores ni de que otros animales salvajes se hubieran aposentado en su interior. La bomba del pozo funcionaba y había un cobertizo con bastante leña.

La tormenta llegó con un relámpago y un trueno, justo cuando Benedict atravesaba la puerta con la última carga de leña. Amity cerró la puerta tras él, frenando el avance de la lluvia.

—Creo que el dueño de este sitio lo alquila por temporadas —comentó ella—. Todo está en muy buenas condiciones, incluida la cama.

Dio un respingo nada más pronunciar la palabra «cama». Ese mueble en concreto se encontraba en un rincón, pero parecía dominar el reducido espacio.

Por suerte, Benedict decidió pasar por alto tanto el comentario como la cama.

—Esta noche pasaremos hambre —dijo él—. Pero al menos podremos beber agua y estaremos calentitos. Voy a encender el fuego.

Amity sonrió, muy ufana.

—No vamos a pasar hambre.

Benedict tenía una rodilla hincada en el suelo, delante de la chimenea, dispuesto a encender una cerilla y prender la hojarasca que había llevado del cobertizo. Se quedó quieto y la miró con gran interés.

—¿Has encontrado comida? —le preguntó él.

—He traído comida. —Se acercó al lugar donde había colgado su capa, en un gancho junto a la puerta, y la abrió para mostrarle los numerosos bolsillos que tenía por dentro. Con una floritura, sacó dos saquitos preparados para no dejar pasar el agua—. Hace mucho tiempo que aprendí que nunca se debe emprender el viaje sin al menos unas galletas y algo de té. Nunca se sabe lo que puede haber al final del camino.

Benedict la miró con admiración cuando la vio abrir uno de los saquitos y sacar un paquete envuelto en papel.

—Admiro muchísimo a una mujer que siempre va preparada —dijo.

Amity sacó una tetera y la usó para hervir agua del pozo. Tras abrir un armarito, descubrió una jarra, unas tazas y unos cuantos platos desconchados. Sonrió.

—Era como si nos estuvieran esperando —comentó.

Benedict la observaba con expresión desconcertada.

—Conozco a muchas personas, hombres y mujeres por igual, que llevarían ya mucho tiempo quejándose de la incomodidad de este sitio —dijo él.

—Cuando alguien viaja tanto como yo he viajado, aprende que la definición de «incomodidad» varía considerablemente en función de las circunstancias —replicó Amity.

Benedict miró la capa.

—Entre lo que llevas colgado de esa cadena en la cintura y la cantidad de bolsillos que tienes en la capa, no me extraña que de vez en cuando tintinees al andar.

Carraspeó al escucharlo.

—¿Crees que tintineo?

Benedict asintió con la cabeza para expresar su admiración.

—Creo que eres la clase de mujer que siempre es capaz de enfrentarse a un imprevisto.

Sonrió y se recordó que Benedict no leía poesía.

Cuando tuvo preparada la comida, se sentaron a la mesa delante de la chimenea y cenaron galletas y té.

Comieron en un silencio cómodo y observaron el alegre fuego que crepitaba en la chimenea. En el exterior, la tormenta se convirtió en una lluvia constante.

Cuando terminaron, Benedict la ayudó a lavar las tazas y los platos.

Y, después, se quedaron con el tema de la única cama en el rincón de la estancia. Amity decidió abordar el asunto sin tonterías y de frente. Al fin y al cabo, era la clase de mujer capaz de enfrentarse a imprevistos.

—Será como acampar en el Oeste —dijo—. Salvo que no tendremos que dormir en el suelo duro y frío y no habrá que preocuparse de los lobos y los osos.

—Solo de un depredador humano que mata con un escalpelo —replicó Benedict.

Amity lo miró. A la luz del fuego, su rostro parecía muy duro y serio.

—¿Has cambiado de idea con respecto a la localización actual del asesino? —le preguntó—. ¿Crees que está ahí fuera, en la tormenta, observándonos?

Benedict clavó la vista en el fuego un momento y luego negó con la cabeza.

—No, creo que ahora mismo está siendo muy cuidadoso. Ha eliminado a las dos personas que conocían su secreto y que podrían acudir a la policía. Habrá regresado a su guarida de momento. En cualquier caso, esta cabaña es bastante segura. Las ventanas son demasiado pequeñas para que quepa un hombre y no puede atravesar la puerta sin la ayuda de un hacha. No es su estilo.

—Podría usar un artefacto explosivo como el que dejó tras él en Hawthorne Hall.

—No. —Benedict parecía muy seguro—. Esa clase de trampa requiere tiempo, planificación, acceso y, sobre todo, los materiales adecuados. Es muy improbable que haya venido hasta tan lejos preparado para montar dos artefactos explosivos. De cualquier modo, era imposible que supiera que íbamos a escapar de la primera explosión y que nos íbamos a refugiar aquí.

Amity observó su rostro un momento.

—¿Qué te tiene tan preocupado esta noche? —le preguntó—. Además del hecho de que estamos persiguiendo a un asesino, claro.

Benedict apartó la vista del fuego y la clavó en sus ojos.

—Que me parta un rayo si lo sé. Pero estoy pasando algo por alto en todo este asunto.

—Ya averiguarás qué es con el tiempo —le aseguró ella.

—Me temo que tiempo es lo único que no nos sobra.

—Tenemos esta noche —replicó.

Benedict sonrió. Era una sonrisa torcida, pero una sonrisa al fin y al cabo.

—Sí —convino él—. Tenemos esta noche.

La miró como si estuviera sumido en un trance. Amity comprendió que esperaba una respuesta de ella, pero no sabía muy bien qué decir. Cuando se limitó a mirarlo sin hablar, Benedict se movió, saliendo de su ensimismamiento.

—Yo me quedé con la cama la última vez que pasamos una noche juntos —dijo él.

—¿Te refieres a la litera de tu camarote?

—Sí. Es justo que tú te quedes con la cama esta noche. Dormiré delante del fuego.

Un mal presentimiento se apoderó de ella.

En fin, había sido un día muy largo y ajetreado, se recordó. ¿Qué se podía esperar salvo un mal presentimiento?

32

La despertaron los ruidos que alguien hacía al manipular la leña de la chimenea. Abrió los ojos y observó a Benedict mientras añadía otro leño al fuego, que apenas tenía llama. Se había quitado las botas, el gabán y la corbata, y se había cubierto con la colcha. Estaba estirado en el suelo. Le resultó imposible no fijarse en que también se había quitado la camisa en algún momento, después de que ella se acomodara en el colchón, que estaba lleno de bultos. Dicha prenda descansaba en el respaldo de una silla.

Se mantuvo inmóvil, fingiendo estar dormida, y lo contempló con asombro y con un placer muy femenino. Las llamas iluminaban los contornos de su musculoso cuerpo. Tenía los hombros anchos y fuertes. Manejaba la leña con facilidad y con una economía de movimientos que resultaba elegante a la par que masculina. Recordó las caricias de sus manos en la piel y la invadió un repentino anhelo. Deseaba que la tocara de nuevo.

En ese momento se volvió hacia ella. La luz del fuego dejó a la vista la cicatriz que tenía justo por debajo de las costillas. La herida había sanado, pero la marca lo acompañaría toda la vida.

—Estás despierta, ¿verdad? —le preguntó.

—Sí —respondió ella.

—Lo siento. No pretendía despertarte. Solo estaba echando un leño al fuego.

Amity se incorporó hasta sentarse. Antes de acostarse, se había quitado las incómodas enaguas y se había desabrochado varios corchetes del cuello del vestido de viaje. Sin embargo, aunque no llevaba corsé, el tieso corpiño del vestido no le permitía estar mínimamente cómoda ni relajarse.

—No importa —replicó—. No puedo dormir. No dejo de ver el cuerpo de la señora Dunning y de oír el chasquido metálico que escuchamos justo antes de que se prendiera la mecha del explosivo.

—Qué coincidencia. Yo tengo las mismas visiones, salvo que las mías te incluyen a ti, tratando de correr con ese incómodo vestido y con la capa que llevas hoy.

Amity torció el gesto.

—Menos mal que, como miembro de la Asociación en pos de una Vestimenta Sensata, no llevo corsé y limito la ropa interior a un mínimo de tres kilos.

—¡Por Dios! ¿Tres kilos de ropa interior?

Amity se encogió de hombros.

—Una dama que siga los últimos dictados de la moda puede llevar encima más de quince kilos de ropa. La tela pesa mucho cuando la confeccionan a modo de prendas plisadas o drapeadas. Por no mencionar las botas y las capas.

Benedict sonrió.

—No te vistes así cuando viajas por el extranjero.

—No. Solo cuando estoy en casa, en Londres.

Amity vislumbró el ávido deseo que iluminó los ojos de Benedict. Como si fuera una especie de poder psíquico, provocó una respuesta inmediata en ella. La tensión se apoderó del ambiente. El pulso empezó a latirle más rápido. Sabía que él no haría el primer movimiento, no a menos que ella le dejara claro que sería bien recibido.

Se puso de pie. Las faldas del vestido, sin el armazón que eran las enaguas, cayeron en torno a sus piernas.

—Benedict, hoy nos hemos salvado gracias a ti —dijo—. Si no hubieras sabido lo que significaba ese chasquido metálico cuando pisaste la alfombra...

—Llevo años diseñando y experimentando con distintos tipos de dispositivos mecánicos. Conozco muy bien el chasquido.

—Sí. —Amity avanzó varios pasos hacia él y después se detuvo, insegura de cómo proceder—. Definitivamente tu conocimiento de la ingeniería y de otras... cuestiones es encomiable.

Él frunció el ceño.

—¿Te refieres a las matemáticas?

Ver su sincera perplejidad le otorgó cierta confianza. Tomó una bocanada de aire para relajarse y se colocó frente a él. Era consciente del calor del fuego y de otro tipo de calor...

—No, no me refiero a las matemáticas —contestó al tiempo que le pasaba un dedo por el áspero contorno de su mentón—. Me refería a tu experiencia en el arte de besar.

Benedict extendió los brazos y le tomó la cara entre las curtidas manos.

—Si soy bueno besándote es porque me resulta algo tan natural como respirar. Ahora mismo es lo que más deseo hacer.

Ella se quedó sin aliento.

—Lo que más deseo ahora mismo es que me beses.

—¿Estás segura? —le preguntó con voz ronca.

Amity colocó las manos sobre su torso, caliente por el fuego, y pensó en las noches que lo había tocado para comprobar si tenía fiebre. Aquellos primeros días de travesía en el barco estuvo muy preocupada. En ese momento, había otras cosas que la preocupaban, pero no quería pensar en ellas hasta que llegara la mañana. Recordó la pregunta que había visto poco antes en los ojos de Benedict, cuando ella se dirigió a la única cama que había en la estancia mientras él extendía la colcha en el suelo. En aquel instante, no supo qué contestarle. Pero por fin lo tenía claro.

—Tenemos esta noche —dijo.

Se puso de puntillas y le rozó los labios con los suyos.

Y esa fue la única respuesta que Benedict necesitó.

La pegó a él y atrapó su boca con una ternura feroz que enardeció todos sus sentidos. Amity se aferró a sus hombros como si le fuera la vida en ello.

Benedict siguió besándola cada vez con más pasión hasta dejarla sin aliento. Hasta que no pudo pensar en otra cosa que no fuera el profundo y doloroso deseo que crecía en su interior.

Benedict le desabrochó el resto de los corchetes que cerraban el corpiño del vestido, que cayó al suelo y quedó arrugado en torno a sus pies. Solo llevaba las medias, los calzones y la camisola.

—Al menos esta noche tenemos una cama —dijo Benedict, que habló con los labios pegados a su cuello—. No un montón de paja.

—Sí. —Amity le clavó las uñas en los fuertes músculos de los hombros—. Sí.

Él la alzó en brazos, acunándola un instante entre ellos, y acortó la escasa distancia que los separaba de la cama. Tras dejarla sobre la manta, se apartó lo justo para quitarse los pantalones y los calzoncillos.

El tamaño de su erección la fascinaba, aunque también la atemorizaba un poco. Recordaba lo incómodo que le había resultado acogerlo en su interior aquella primera vez en el establo. Se dijo que esta vez sería más fácil.

—Esta noche iremos despacio —le prometió él al tiempo que colocaba una rodilla en la cama para comprobar si aguantaba su peso.

Amity estaba tan nerviosa que soltó una risilla.

—La cama parece lo bastante recia —dijo—. No creo que vayas a mandarnos al suelo.

Benedict sonrió, oculto por las sombras.

—Espero que tengas razón.

Se colocó con mucho cuidado sobre ella, cubriéndola con el calor de su cuerpo. A fin de no aplastarla contra el colchón, apoyó su peso sobre los codos e inclinó la cabeza para besarla.

Amity sintió que todo en su interior se aceleraba. Se entregó al beso. Esa sensación de urgencia aumentó hasta convertirse en un exigente anhelo. De forma impulsiva, alzó las caderas para frotarse contra la rígida erección de Benedict.

Él se apartó de sus labios y la besó en el cuello.

—Me encanta tu olor —susurró.

Amity le aferró los hombros mientras él buscaba el bajo de la camisola para subírsela hasta la cintura. Acto seguido, introdujo una mano por la abertura de sus calzones y le acarició esa parte del cuerpo que ya se había derretido.

—Tan caliente —dijo—. Y tan mojada. —Le besó un pecho a través de la tela de la camisola—. Preparada para mí.

—Sí —logró replicar ella, si bien tenía un nudo en la garganta provocado por la arrolladora fuerza de ese torbellino que amenazaba con arrastrarla—. Para ti.

Benedict la besó de nuevo en la boca. Pero, en esa ocasión, no fue un beso erótico, más bien parecía estar sellando un voto solemne. Todavía estaba intentando comprender el significado de dicho beso cuando sintió que la penetraba con dos dedos.

Dio un respingo, pero no por el dolor. Se tensó por instinto en torno a sus dedos, que la penetraban de forma tentativa. Estaba muy sensible a esas alturas, porque cualquier caricia le provocaba un estremecimiento.

Benedict se detuvo y levantó la cabeza.

—¿Te estoy haciendo daño?

—No. —Lo instó a acercarse de nuevo a ella—. No, por favor. No te pares, sigue haciéndolo.

—Tengo que pararme.

—¿Por qué?

—Porque tu hermana me advirtió de que si te dejaba embarazada, me decapitaría.

—¿Cómo? ¿Penny te dijo eso? No me lo creo.

—Tal vez no lo dijera así tal cual, pero si no recuerdo mal, fue algo del estilo. La idea era dejarme bien claro que debía usar un condón. —Hizo una pausa—. Pero dada tu falta de experiencia, a lo mejor no sabes de lo que estoy hablando.

—Aunque me falte experiencia, no me faltan conocimientos médicos —replicó ella con un deje remilgado—. Mi padre me explicó cómo se usaba un condón.

—Por supuesto que lo hizo. —Benedict parecía dividido entre la risa y el enfado—. Supongo que no llevarás uno de sobra en los bolsillos de tu capa, ¿verdad?

Ella se puso colorada.

—Ahora te estás riendo de mí.

—Pues sí. —Cambió el peso del cuerpo—. Espera un momento. No tardo.

Tras levantarse de la cama, se acercó al gancho donde había colgado su gabán. Amity se incorporó sobre un codo para ver qué estaba haciendo. A la luz del fuego, lo observó sacar una cajita de cuero de un bolsillo.

—¿Quieres decir que has traído uno? —le preguntó, atónita—. ¿Has traído uno a un viaje para investigar un crimen?

Benedict se quedó petrificado, a todas luces inseguro de la respuesta correcta.

—¡Ah! —exclamó. Tras guardar silencio un instante, tomó una decisión—. Lo llevo encima desde que lo compré.

—¿Y cuándo lo hiciste exactamente?

—Poco después de que tu hermana me echara el sermón.

—Por el amor de Dios. —Amity se percató de que no sabía qué decir. Tras una breve reflexión, empezó a sonreír—. Al parecer, no soy la única que viaja preparada para cualquier eventualidad.

Benedict soltó una carcajada, un sonido ronco alimentado por el alivio que lo inundaba, y regresó a la cama. Tras abrir la cajita de cuero, sacó el condón. Amity observó, fascinada, cómo se lo colocaba.

Benedict se agachó para besarla.

—Esta vez disfrutarás de la experiencia, te lo prometo —dijo contra sus labios.

—Te creo.

No la penetró de inmediato. En cambio, la acarició hasta que de nuevo sintió un deseo palpitante y desesperado. Localizó ese punto en su interior donde le provocaba un placer exquisito, y también le dedicó su tiempo a la otra zona externa situada en la parte superior de su sexo. Concentró toda su atención en esos dos puntos hasta que Amity fue incapaz de pensar en otra cosa.

Cuando el placer la inundó en oleadas, jadeó, gritó y se aferró con fuerza a los hombros de Benedict.

En ese momento fue cuando la penetró, despacio y de forma deliberada, a fin de prolongar sus espasmos de placer. En esa ocasión, no hubo dolor, al contrario. La plenitud de su invasión, la tensión que la acompañaba, provocó otra nueva oleada de estremecimientos. A esas alturas, Amity era incapaz de respirar.

Lo escuchó gemir. La espalda de Benedict era un sólido bloque de músculos bajo sus manos.

Al cabo de un instante, él introdujo una mano entre sus cuerpos y Amity comprendió que estaba asegurando el condón mientras se movía en su interior. En el último momento, salió de ella. Amity lo estrechó contra su cuerpo mientras él alcanzaba el orgasmo.

Benedict se estremeció y después se dejó caer a su lado.

33

Un buen rato después, Benedict se sentó en el borde del colchón. Se quitó el condón y lo tiró en el orinal que estaba bajo la cama. Eran tan caros que muchos hombres los enjuagaban y los reutilizaban. Por suerte, podía permitirse el lujo de usar un condón nuevo cada vez que lo necesitara.

Miró a Amity. A la mortecina luz del fuego parecía muy suave, calentita y deliciosa. Se percató de que tenía una nueva erección, pero recordó que acababa de tirar el único condón que había llevado consigo.

—No lo has usado como se supone que hay que hacerlo —comentó Amity—. Aunque estabas protegido, te has retirado en el último momento, igual que hiciste la primera vez en el establo.

—No son del todo seguros, ya sean de piel o de goma —le explicó él, que se inclinó para besarla—. Es mejor tomar precauciones extra.

Ella se estiró como si fuera una gata.

—Siempre planeando para evitar un desastre.

—Me han acusado de ser muy aburrido —replicó Benedict antes de poder reflexionar sobre la idoneidad de sacar el tema a colación.

Amity parpadeó, sorprendida. Después se echó a reír.

—Qué ridiculez. Mi vida ha sido cualquier cosa menos

aburrida desde que te conocí. De hecho, creo que hemos pasado de una aventura a otra sin tener apenas tiempo entre ellas.

—Sí, pero eso es porque las cosas han tomado un rumbo bastante extraordinario de un tiempo a esta parte. En circunstancias normales, la vida puede ser bastante monótona con un hombre de mi temperamento.

Amity esbozó una sonrisa lenta y sensual.

—La verdad, lo dudo. Sin embargo, si alguna vez nos sentimos amenazados por el aburrimiento, siempre podemos recurrir al tipo de experimento que hemos llevado a cabo hace un rato.

La tensión que crecía dentro de él se disipó.

—Creo que la primera vez te gustó tanto como montar en camello —replicó Benedict.

—Esta vez ha sido mucho mejor —le aseguró ella—. Más bien como montar un semental salvaje durante una tormenta. Un poco peligroso, quizá, pero sin duda eso aumenta su atractivo. Ha sido una experiencia muy emocionante.

Benedict se permitió disfrutar por un instante de la imagen de Amity a la luz del fuego. Llegó a la conclusión de que casi relucía. No, de hecho, relucía de verdad. Poseía una cualidad luminosa que lo fascinaba por completo.

—Señorita Doncaster —repuso con un deje guasón—, puede estar segura de que estaré dispuesto a aliviar el tedio de su vida con semejante método en cualquier momento.

—Una oferta muy amable, señor —replicó ella.

Benedict se levantó, se puso los calzoncillos y atravesó la estancia para echar otro leño al fuego.

Cuando las llamas se alzaron de nuevo, regresó a la cama. Amity lo observaba, esperándolo. Lo invadió la satisfacción. ¡Lo estaba esperando!

Y así, de esa forma tan simple, la última pieza del rompecabezas encajó.

Se detuvo en el centro de la estancia.

—Todo está conectado —dijo.

Amity se incorporó despacio en la cama.

—¿De qué estás hablando?

—De todo. Hemos estado investigando el ataque de Virgil Warwick contra ti como si fuera un hecho aislado del robo del cuaderno de notas de Foxcroft. Pero hay un vínculo entre ellos. Tiene que haberlo.

—¿Por qué lo crees?

—La explosión de Hawthorne Hall. —Atravesó de nuevo la estancia para acercarse al gancho del que colgaba su gabán. Tras sacar su cuaderno del bolsillo, lo abrió—. ¿No lo ves? Esa teoría aclara muchas cosas.

—¿Como qué?

—Como el hecho de que es muy probable que Virgil Warwick no haya matado a la señora Dunning.

34

—Explícate —dijo Amity.

La energía decidida y controlada de Benedict era contagiosa. Hacía un momento se sentía cansada y más que lista para dormirse, pero había pasado a estar bien despierta y muerta de la curiosidad.

Se levantó de la cama y se envolvió con la manta. Podía sentir el frío de los tablones del suelo a través de las medias, pero se desentendió de la sensación.

—Quienquiera que nos dejara la trampa hoy es muy habilidoso en el rarísimo arte de los artefactos explosivos —dijo Benedict. Se sentó a la mesa y abrió el cuadernillo—. ¿Recuerdas lo que Charlotte Warwick dijo de las preferencias de su hijo?

—Lo describió como poseedor de un temperamento artístico y dijo que parecía haber encontrado su pasión en la fotografía.

—Exacto. No dio indicios de que le interesase la ingeniería ni otras cuestiones científicas. Es muy improbable que supiera fabricar algo tan complicado como un artefacto explosivo, mucho menos montarlo en el escenario de un asesinato sin salir volando por los aires en el proceso.

—Pero a la señora Dunning la han degollado con una hoja afilada. Murió como el doctor Norcott y las pobres novias.

—Todos los que han estado siguiendo los crímenes por la prensa, y ahí entraría casi toda la población londinense, saben cómo han sido los asesinatos. No costaría mucho reproducir la técnica.

Amity se estremeció.

—Suponiendo que a uno no le moleste la sangre.

—Por supuesto —convino Benedict. Se concentró de nuevo en sus notas.

Amity lo observó.

—¿Crees que alguien que no fue Virgil Warwick asesinó al doctor Norcott? —preguntó transcurridos algunos segundos.

—No. No puedo estar seguro, pero ese asesinato respondía a una lógica retorcida.

—Sí, lo sé. Dijiste que tenía cierto sentido que Warwick se deshiciera del único hombre que sabía lo peligroso que era. Y, asimismo, tenía miedo de que Norcott acudiese a la policía.

—Así es. Pero el asesino también se llevó el maletín médico de Norcott. Me parece que es algo que haría Virgil. Sin embargo, aunque supiera de la existencia de su hermanastra y de que la señora Dunning estaba chantajeando a su madre, me cuesta mucho creer que aprendiera a fabricar un artefacto explosivo que se activara cuando alguien pisase la alfombra. Eso requiere estudios y experiencia.

—Pero ¿quién si no querría asesinar a la señora Dunning? —preguntó Amity.

Benedict soltó el lápiz y se acomodó en la silla. Las llamas se reflejaban en sus ojos.

—La misma persona que intentó matarme en Saint Clare y que después se las ingenió para hacer que fueras el objetivo de un asesino psicópata. Cuando su plan fracasó, dicho individuo fue a Hawthorne Hall y asesinó a la señora Dunning porque sabía demasiado acerca de la historia personal de los Warwick.

Amity aferró con más fuerza la manta.

—¿Estás diciendo que Virgil Warwick está implicado en la trama para robar el cuaderno de Foxcroft? Yo diría que me parece demasiado inestable para ser un buen espía.

—Estoy contigo —dijo Benedict con paciencia—. Y no creo que sea el espía. Aunque sí creo que está relacionado con la persona que se llevó el cuaderno de Foxcroft.

—Hablamos de la misma persona que intentó matarte en Saint Clare.

—Sí. Esa persona conocía a Virgil Warwick lo bastante bien como para intentar usarlo a modo de arma. Ella lo dirigió hacia ti, aunque las cosas no salieron tal como había planeado.

—¿Ella?

—Creo que, después de todo, buscamos a una mujer.

—Por el amor de Dios. —Amity intentó encajar todas las piezas en su cabeza—. Si tienes razón al decir que envió a Warwick hacia mí de forma deliberada, eso quiere decir que sabe la clase de monstruo que es y cómo manipular su obsesión. ¿Quién además de la señora Dunning y la madre de Virgil lo sabrían?

—La hermana que creció en un orfanato —contestó Benedict en voz muy baja.

Amity sopesó esa información.

—Sí, por supuesto, la hermana.

—Repasaremos de nuevo la lista de invitados del baile de los Channing cuando volvamos a Londres —continuó Benedict—. Pero solo hay una mujer que tiene la edad adecuada para ser la hija de Warwick y que también tiene un motivo para mandarte a un asesino.

Amity inspiró hondo.

—¿Lady Penhurst?

—Eso creo.

—Pero ¿por qué querría verme muerta?

Benedict la miró.

—Eres la primera mujer por la que he demostrado un interés marcado desde que puse fin a la relación con Leona hace dos años.

—Ay, Dios —dijo Amity—. Cómo no: una mujer despechada.

35

—Bienvenida a casa, señorita Doncaster —la saludó la señora Houston, al tiempo que le abría la puerta—. Me alegro de volver a verlo, señor Stanbridge. Debo decirles que la señora Marsden se alarmó mucho al ver que no regresaban en el tren de la noche. El inspector Logan se puso en contacto con la policía del pueblo y le informaron de que se había producido un incendio en Hawthorne Hall y de que nadie los había vuelto a ver después.

—¿Ha recibido mi telegrama esta mañana? —preguntó Benedict.

—Sí, por supuesto, y llegó justo a tiempo. La señora Marsden y el inspector Logan estaban a punto de ir al pueblo.

En el pasillo resonaron unos pasos muy rápidos. Apareció Penny con el alivio pintado en la cara. Logan iba detrás de ella.

—¡Amity! —exclamó Penny al tiempo que corría hacia ella—. ¡Gracias a Dios!

Amity la abrazó.

—No pasa nada, Penny. Estamos bien. Siento mucho haberte preocupado. No había manera de enviarte un mensaje hasta que encontramos a un agricultor después del amanecer que nos llevó hasta el pueblo.

Penny se alejó de su hermana.

—Lo entiendo. Es que estaba muy preocupada. Los periódicos matinales llevan la noticia del incendio en Hawthorne Hall. Sabía que estabais bien porque el telegrama llegó muy temprano, pero era bastante parco con los detalles sobre lo sucedido.

Logan miró a Benedict.

—¿Qué demonios ha pasado?

—Es una historia muy larga —contestó Benedict.

La señora Houston sonrió.

—Voy a hervir agua para el té.

Un rato después, Benedict concluyó el relato de la historia. Amity sentía la tensión del ambiente. Logan estaba muy serio.

—Tal como están las cosas, va a ser casi imposible demostrar algo en contra de lady Penhurst —comentó.

—Debemos dejar el tema en manos de tío Cornelius —dijo Benedict—. Él se encargará de ella. Entre tanto, nada de esto cambia la situación con respecto a Virgil Warwick. Debemos encontrarlo y detenerlo antes de que vuelva a asesinar.

—Estoy de acuerdo. —Logan se puso de pie y se acercó a la ventana—. Está ahí fuera, en algún sitio. No puede esconderse para siempre. Lo encontraremos.

Amity carraspeó.

—Si se me permite una sugerencia...

Todos la miraron. Pero fue Benedict quien la entendió antes que los demás.

—No —dijo.

—¿Qué pasa? —preguntó Logan.

—Lady Penhurst tal vez haya usado a su hermano como arma, pero dudo mucho de que pueda controlarlo ahora que lo ha lanzado en mi dirección —adujo Amity—. Yo soy su objetivo. Es un hombre obsesivo. ¿Por qué no tenderle una trampa?

Penny abrió los ojos de par en par, alarmada.

—¿Contigo como cebo?

—Sí, exactamente —contestó Amity—. Podría salir sola de casa, como si fuera de compras. La policía puede seguirme a cierta distancia...

—No —repitió Benedict.

—No —dijo Penny.

—Desde luego que no —replicó Logan.

Amity suspiró.

—No entiendo por qué está todo el mundo en contra de la idea.

Benedict la miró con seriedad.

—No hace falta pensar mucho. La respuesta es bien sencilla.

—¡Por el amor de Dios! —exclamó ella—. A mí me parece un plan estupendo.

—Por suerte para mi tranquilidad mental, yo tengo uno mejor —apostilló Benedict.

36

—Puede que tengas razón con lady Penhurst —dijo Cornelius. Tenía las piernas apoyadas en un escabel y jugueteaba con su pipa apagada—. Pero ha desaparecido. Mandé al joven Draper, mi secretario, para que preguntara en su casa esta mañana, después de que me contaras lo sucedido en Hawthorne Hall. Lord Penhurst no tiene ni idea del paradero actual de su mujer. El personal de servicio cree que está de viaje por Escocia.

Amity miró a Benedict, que estaba repantigado en un sillón junto a la ventana. Este enarcó las cejas.

—Parece que hay mucha gente viajando por Escocia este verano —comentó él.

—Ciertamente. —Amity tamborileó con los dedos sobre el brazo del sillón—. Primero, nos dijeron que Virgil Warwick iba de camino a un pabellón de caza en Escocia y ahora descubrimos que su hermana tal vez vaya al mismo sitio.

—Y no nos olvidemos de que el doctor Norcott estaba en posesión de un billete de tren hacia Escocia —añadió Benedict—. Aunque en su caso sí era verdad. Es evidente que buscaba refugio en la zona.

—Sí —convino Amity.

Se había sentido muy complacida cuando Benedict sugirió que lo acompañase a casa de su tío. Era un indicio de que no solo confiaba en ella, algo que ya sabía, sino que además la consideraba una igual en esa investigación.

En cuanto a Cornelius Stanbridge, parecía muy recuperado. Todavía llevaba un pequeño vendaje, pero insistía en que se había curado por completo del golpe de la cabeza.

Benedict se puso de pie. Amity lo observó acercarse a la ventana. Era consciente de la energía nerviosa que lo impulsaba.

—Dudo mucho de que Warwick o Leona estén en Escocia —dijo él.

Cornelius gruñó.

—Le he pedido al joven Draper que investigue el pasado de lady Penhurst.

Benedict apretó los dientes.

—Leona es la hermanastra de Virgil Warwick y trabaja a sueldo de los rusos. Es la única explicación posible a los cambios de tercio y a las sorpresas de este caso.

—Creo que tienes razón. —Cornelius golpeó el brazo del sillón con la boquilla de la pipa—. Como esposa de lord Penhurst, desde luego que se encuentra en una posición privilegiada para ejercer de espía. Tal vez Penhurst esté senil, pero sigue teniendo muy buenos contactos. Conoce a todo el mundo y, al menos hasta hace poco, gozaba de la confianza de muchos altos cargos del gobierno. A saber cuántos secretos ha conocido a lo largo de los años.

—Y a saber cuántos ha revelado sin querer a lady Penhurst —repuso Amity.

—Desde luego. —Cornelius parpadeó y entrecerró los ojos—. Creo que los dos deberíais ver la nota que he recibido poco antes de que llegarais. Estaba a punto de mandaros llamar cuando habéis aparecido en mi puerta.

Benedict se dio la vuelta y su mirada reflejó que había adivinado lo que sucedía.

—¿Has tenido noticias del ladrón?

—Sí —confirmó Cornelius—. Y, a juzgar por el momento

en el que me ha llegado la nota, creo que el ladrón está al tanto de que la señorita Doncaster y tú habéis sobrevivido a la explosión de Hawthorne Hall. Me llegó poco después de que regresarais a Londres sanos y salvos. Sin embargo, parece que el espía está ansioso por llevar a cabo el canje. —Cornelius señaló con la boquilla de la pipa—. Vamos, comprobadlo vosotros. Me gustaría conocer vuestra opinión. El precio por recuperar el cuaderno es sumamente interesante.

Amity se puso de pie de un salto y se acercó a toda prisa al escritorio. Benedict dio dos zancadas y se reunió con ella.

Benedict leyó el mensaje en voz alta, con voz más furiosa a medida que pronunciaba cada palabra.

—«El intercambio se llevará a cabo mañana por la noche en el baile de los Ottershaw. La señorita Doncaster llevará el Collar de la Rosa como pago por el cuaderno. Lucirá un dominó negro con el antifaz proporcionado. Alguien se pondrá en contacto con ella en el baile con las instrucciones finales para concluir el canje.» Hija de puta —añadió Benedict—. Ya no cabe la menor duda: Leona ha enviado esta nota.

—Yo también lo creo —dijo Cornelius—. No me imagino a ninguna otra persona que pudiera insistir tanto en un collar en concreto como pago por el cuaderno.

Amity lo miró, desconcertada.

—Pero no tiene sentido. Seguro que se da cuenta de que exigir el collar de los Stanbridge es un asunto muy complicado. Así solo conseguiría que las sospechas recayeran sobre ella. Hay muchas personas que saben que se ofendió cuando Benedict no le propuso matrimonio.

—Creo que lady Penhurst ha permitido que sus ansias de venganza anulen su sentido común —replicó Cornelius.

—Me pregunto si los rusos están al tanto de que su agente ha permitido eso, que sus ansias de venganza anulen su sentido común —comentó Benedict.

Amity alisó la carta con una mano.

—Charlotte Warwick nos dijo que la señora Dunning aseguraba haber observado pruebas de inestabilidad mental en la hermana de Virgil. Tal vez nuestro compromiso la desestabilizara por completo.

Benedict empezó a andar de un lado para otro por el despacho.

—Eso parece.

Amity miró a Cornelius.

—¿Dónde está el antifaz?

Cornelius señaló con la boquilla de la pipa la caja que había sobre el escritorio.

—Ahí dentro.

Amity le quitó la tapa a la caja y la dejó a un lado. Examinó el precioso antifaz. Era muy elegante y estaba decorado con lujosas plumas y pequeños cristalitos que reflejaban la luz. Estaba creado para ocultar la parte superior de la cara. Y era de un color rojo intenso.

—No es muy sutil, ¿verdad? —preguntó Amity—. Quiere que aparezca como la Mujer Escarlata.

Benedict dejó de moverse y fulminó el antifaz con la mirada.

—No irá a ese dichoso baile.

Amity se dio cuenta de que Cornelius había decidido no interferir. En cambio, esperó a ver cómo reaccionaba ella.

—Por supuesto que voy a ir —replicó—. Leona se dará cuenta si intenta que vaya otra mujer en mi lugar. Claro que no pienso permitir que lleve a otra mujer con usted.

—Si quiere hacer el intercambio, puede hacerlo con nuestras condiciones —dijo Benedict.

Cornelius tosió.

—Tenemos que desenmascarar a lady Penhurst. Y parece que va a ser algo muy literal.

—Su tío tiene razón —dijo Amity—. Tenemos que atraparla. Es nuestra oportunidad para desenmascararla como una espía.

Cornelius gruñó.

—La señorita Doncaster ha dado en el clavo en cuanto a la estrategia. Tal como he mencionado, en esta clase de situación, el momento del intercambio es cuando el ladrón es más vulnerable.

—Soy consciente de que el collar seguramente sea muy valioso y de que tiene un significado especial para su familia, Benedict —dijo Amity—. Pero si tenemos cuidado, podemos protegerlo.

—Me importa un bledo el collar. —Benedict tenía una expresión muy tensa—. Ese antifaz es un insulto a su persona.

—Solo si yo decido tomármelo como tal —repuso ella—. Prefiero considerarlo una parte del disfraz que llevaré para una representación. De verdad, no es necesario que se ponga nervioso ni que tema que vaya a pasarme algo. ¿Qué puede salir mal en medio de un salón de baile atestado?

—Ahora mismo se lo digo —contestó él.

—Benedict, es nuestra mejor oportunidad, no solo para atrapar a lady Penhurst, sino para averiguar el escondrijo de su hermano. Si alguien puede llevarnos hasta Virgil Warwick, es su hermana.

Benedict parecía muy serio.

—Necesitamos un plan —dijo él a la postre.

Amity sonrió.

—En fin, pues trace uno.

Cornelius resopló.

—Tiene razón, Ben. Tú eres quien tiene el talento apropiado para hacer planes en previsión de cualquier desastre o contingencia.

37

El enorme salón de baile de la mansión de los Ottershaw estaba suavemente iluminado por farolillos de colores que creaban seductoras sombras sobre la multitud de invitados con sus elegantes disfraces. En otras circunstancias, pensó Amity, la escena habría sido muy romántica. Por primera vez desde que conoció a Benedict estaba bailando con él, un vals, ni más ni menos, la música más romántica del mundo.

Aunque Benedict no parecía apreciar el romanticismo del momento. Bailaba tal cual hacía el resto de las cosas: con una competencia elegante y eficiente. Sin embargo, la milimétrica precisión de sus pasos dejaba bien claro que tenía la mente en otros asuntos. Amity casi podía escuchar el metrónomo interno que llevaba en el cerebro contando los pasos. Benedict examinaba la multitud con esos ojos oscuros, que brillaban tras una sencilla máscara negra. Llevaba un dominó negro al igual que ella, con la capucha apartada a fin de ver mejor el entorno.

Amity también se había quitado la capucha con la intención de que el antifaz escarlata quedara bien visible. Era muy consciente del peso del Collar de la Rosa en el cuello, que quedaba oculto bajo el dominó. Benedict había insistido en que era el lugar más seguro para llevarlo. Cuando se lo colocó en torno al cuello, Amity se miró en el espejo y casi se quedó ciega por el brillo de los rubíes y los diamantes.

Benedict la instó a realizar un giro muy sucinto mientras verificaba otro cuarto del salón de baile, sumido casi en la penumbra. Amity sonrió. La estaba manipulando como si fuera un juguete, pensó. Como si fuera un dispositivo que por casualidad él necesitara para poder ejecutar los pasos de baile.

—Esto está más oscuro que la boca de un lobo y todo el mundo lleva antifaz —comentó.

—Bueno, es un baile de disfraces —le recordó Amity.

—Lo creas o no, soy muy consciente de eso. Maldición, ya es casi medianoche. Llevamos aquí media hora. ¿Cuándo va a ponerse en contacto?

—Seguramente cuando menos lo esperemos. Relájate, Benedict. Me estás poniendo nerviosa. Tal vez debería decir que me estás poniendo más nerviosa de lo que ya lo estaba cuando llegamos.

—Lo siento. —La guio para ejecutar otro giro perfecto—. Es que esto no me gusta ni un pelo.

—A nadie le gusta. Pero no tenemos alternativa.

—No me lo recuerdes.

La música se elevó hasta alcanzar un dramático *crescendo* y llegó a un abrupto final. Benedict se detuvo como si alguien hubiera pulsado un interruptor invisible. Amity se vio obligada a detenerse con tanta brusquedad que chocó contra otro bailarín. No supo si era un hombre o una mujer porque el individuo en cuestión llevaba un dominó negro con la capucha subida y la cara cubierta por una máscara completa.

—Lo siento —se disculpó ella.

El bailarín le colocó una nota en la mano. Antes de que Amity comprendiera lo que había sucedido, la figura enmascarada desapareció en el mar de dominós de la multitud. Amity apretó la nota en el puño, mientras trataba de distinguir algo entre la gente. Sus esfuerzos fueron en vano.

—Benedict —dijo al tiempo que le tiraba de la manga para llamar su atención.

—¿Qué? —Ni siquiera la miró. Estaba demasiado ocupado examinando a la gente.

—Creo que lady Penhurst, o alguien, acaba de ponerse en contacto. Me han dado una nota.

—¿Qué demonios...? —Dejó la frase en el aire mientras se daba media vuelta para inspeccionar a la multitud situada tras ella—. Descríbeme el disfraz.

—Otro dominó negro. Llevaba una máscara que le cubría toda la cara. No había nada que ver. Salvo...

—¿Salvo que?

—Ahora que lo pienso, estoy bastante segura de que la persona que me ha dejado la nota en la mano llevaba guantes. Guantes de piel de cabritilla, creo. Y era más o menos de la misma altura que Leona. Pero eso es lo de menos. Debemos encontrar un lugar donde podamos leer la nota.

Benedict la guio entre la multitud en dirección a una puerta lateral. Amity se subió la capucha hasta la frente y buscó el *tessen* bajo el dominó. Lo llevaba en la cadena de la cintura, junto con el precioso bolsito de noche que contenía un diminuto set de costura, tal como acostumbraban a llevar las damas a los bailes con el fin de poder llevar a cabo las reparaciones necesarias a los bajos descosidos y las enaguas desgarradas.

Cuando miró a su alrededor, descubrió que se encontraban en un pasillo iluminado por lámparas de gas. En un extremo vio a los criados trajinando de un lado para otro, entre el ruido de las bandejas de plata. Alguien soltó un improperio. Alguien gritó una orden:

—En el salón del bufet se necesita más champán y otra bandeja de canapés de langosta.

—Déjame ver la nota —dijo Benedict.

Amity se la entregó y después se inclinó para leerla en voz alta mientras él la examinaba.

El tocador de señoras. Cinco minutos. No esperaré más.

Amity se enderezó al instante.

—¡Por Dios! Debo encontrar el tocador de inmediato. No hay tiempo que perder.

—No quiero que vayas a ningún sitio sin mí.

—Tonterías. Es el tocador de señoras, por el amor de Dios. Habrá doncellas y un buen número de invitadas entrando y saliendo.

Benedict parecía receloso.

—¿Dónde está el tocador?

—No lo sé. Le preguntaremos a uno de los criados. Vamos, debemos darnos prisa.

Agarró a Benedict de la mano y lo condujo por el pasillo en dirección a una estancia llena de criados sudorosos. El primero que la vio pareció espantado.

—Señora, ¿puedo ayudarla?

—El tocador de señoras, por favor —respondió ella.

—Aquí no es —dijo el hombre—. Está en el extremo opuesto del salón del baile. Hay una doncella en la puerta.

—Gracias. —Se quitó el antifaz—. Estamos perdiendo el tiempo —dijo. Tiró de nuevo de Benedict para atravesar el pasillo y regresar al oscuro salón de baile. Una vez dentro, se detuvo un instante para que sus ojos se adaptaran a las sombras—. Maldita sea, no veo por encima de la cabeza de la gente —protestó.

—Yo te guiaré —se ofreció Benedict, que se abrió paso entre la multitud como si fuera una implacable fuerza de la naturaleza con ella detrás.

Cuando llegaron al extremo opuesto, se detuvo delante de un pasillo en penumbra. Apareció una doncella, que les hizo una rápida genuflexión.

—El tocador de señoras, por favor —dijo Amity.

—La acompañaré hasta allí, señora. —La doncella se dio media vuelta y se internó en el pasillo—. Por aquí, por favor.

Amity se colocó de nuevo el antifaz y la capucha. Estaba a

punto de seguir a la doncella cuando Benedict la detuvo poniéndole una mano en el brazo.

—Voy contigo —dijo.

La doncella se detuvo y se volvió con rapidez, con los ojos como platos.

—Ah, no, señor. Lo siento. Pero es el tocador de señoras. No puede entrar.

—Tiene razón —replicó Amity—. Espera aquí. Estoy segura de que no tardaremos mucho. —Miró a la doncella—. ¿Qué puerta es?

—Al fondo del pasillo, a la derecha, señora. —La doncella empezó a caminar otra vez.

Amity dejó a Benedict de pie en el pasillo y se apresuró a seguir a la doncella. La mujer abrió la puerta y se apartó para dejarla pasar.

Amity entró en una salita de estar elegantemente amueblada. La puerta se cerró tras ella. Acababa de llegar a la conclusión de que estaba sola y se estaba preguntado si estaría en el lugar correcto para la cita cuando se abrió una puerta situada en el otro extremo de la estancia.

Apareció una figura cubierta con un dominó con la capucha levantada y la cara oculta tras una máscara. Llevaba una pistola en la mano.

—Buenas noches, Leona —la saludó Amity.

La figura ataviada con el dominó se detuvo en seco.

—¿Qué pasa? —siguió Amity como si tal cosa—. ¿No te habías percatado de que sabíamos que eras tú quien robó el cuaderno?

—No sabes de lo que estás hablando. —Leona se quitó la capucha y la máscara—. Dame el collar.

—Puesto que es evidente que esta estancia no es el tocador de señoras, supongo que le has pagado a la doncella para que me trajera hasta aquí, ¿cierto?

—Le dije que quería darte una sorpresa. —Leona empuñó la pistola con más fuerza—. ¿Dónde está el collar?

—Lo llevo puesto, claro está.

—Ya no. Es mío.

—¿Dónde está el cuaderno de Foxcroft?

—¿Me tomas por una idiota? No lo he traído. Os enviaré una nota con las instrucciones para conseguirlo una vez que esté a salvo fuera del país.

—Por supuesto que lo harás. —Amity sonrió—. Eres una mentirosa y una ladrona, y muy capaz de aprovecharte de las tendencias asesinas de tu hermano. ¿Te acompañó Virgil a Hawthorne Hall para que pudiera llevar a cabo la sucia tarea de degollar a la señora Dunning? ¿O lo hiciste todo sola?

Leona enarcó las cejas.

—¿Conoces mi relación con Virgil? Estoy impresionada. Habéis estado muy ocupados. Sí, soy la hermana de la que lo separaron hace tanto tiempo. Mi querido padre me dejó en un orfanato después de que mi madre, su amante, muriera en el parto. La señora Dunning ideó su plan de chantaje poco después, pero se contentaba con recibir esos pequeños pagos. Supongo que mi padre consideraba que era más fácil pagarle que librarse de ella y arriesgarse a verse involucrado en el escándalo que supondría una investigación policial por asesinato.

—¿Cuándo descubriste la verdad sobre tu padre?

—Cuando cumplí los dieciséis. Dunning sacaba a las demás del orfanato en cuanto eran lo suficientemente mayores como para empezar a trabajar como institutrices. Menos a mí. Me ofreció un puesto como maestra en el orfanato. Rehusé. Sabía que me iría mucho mejor fuera. Pero su oferta despertó mi curiosidad. Examiné sus informes y descubrí lo del chantaje. Imagina lo emocionada que me sentí al descubrir que tenía un hermanastro. Obligué a la señora Dunning a convertirme en socia de su plan de extorsión. Lo primero que hice fue obligarla a subir la cantidad de dinero, por supuesto. No le estaba cobrando a mi padre lo bastante por su silencio.

—¿Cuándo te diste cuenta de que tu hermanastro era un asesino?

—No hasta la boda. Antes de eso, trabamos una buena amistad, aunque su madre no lo sabía. Estaba al tanto de sus múltiples aficiones. Digamos que no me sorprendió mucho que su flamante esposa sufriera un accidente mortal y bastante sangriento durante la luna de miel. Para entonces, por supuesto, ya había empezado mi carrera como agente del servicio de inteligencia. Pensé que tal vez Virgil me sería útil en algún momento. El problema es que, de la misma manera que sucede con una bala o una flecha, cuesta mucho controlarla una vez que se dispara.

—Me han dicho que tu primer marido murió en un momento muy conveniente.

Leona rio.

—Mi querido Roger sufría de indigestiones severas.

—Provocadas por las constantes dosis de arsénico.

—«Polvo de la sucesión», creo que lo llaman los franceses. También es muy popular entre las mujeres que desean enviudar.

—Cuando descubriste que tu primer marido no te había dejado tanto dinero como esperabas...

—Tanto dinero como me había ganado. —Las mejillas de Leona se ruborizaron por la repentina furia—. ¿Sabes lo que es estar casada con un hombre lo bastante mayor como para ser tu padre? Es un infierno en vida.

—Así que te libraste de él y te lanzaste a la conquista de Benedict. Pero el plan fracasó, ¿verdad? Pareces tener mucha mejor suerte con caballeros que estén ya en la senectud.

Una ira candente refulgió en los ojos de Leona.

—Benedict tuvo la culpa de que me viera obligada a casarme con ese viejo tonto de Penhurst. Ha demostrado ser un tacaño malnacido. Poco después de que nos casáramos, cambió el testamento. Cuando muera, me quedaré sin nada. Solo conseguiré una pequeña parte de su propiedad.

—Ah, de modo que por eso sigue vivo. Me pregunto si sabe lo afortunado que es.

—El Collar de la Rosa debería haber sido mío —dijo Leona con un deje descarnado en la voz—. Será mío. A estas alturas, ya deberías estar muerta. Se suponía que Virgil iba a convertirte en una de sus novias.

—¿Por qué correr el riesgo de usar a ese hermano tan inestable que tienes para asesinarme?

Leona sonrió.

—Porque sabía que Benedict se sentiría responsable de tu muerte. Al fin y al cabo, de no ser por los rumores de vuestra relación, el Novio no te habría elegido como su víctima. Quería que Benedict pagara por el infernal matrimonio que me obligó a realizar.

—¿Por qué necesitas el collar? Seguramente ganarás una buena cantidad de dinero trabajando para los rusos.

—No tanto como para permitirme vivir de la manera que merezco. Pero el Collar de la Rosa lo cambiará todo.

—¿Adónde irás?

—¿Quién sabe? —Leona se encogió de hombros—. A lo mejor me dejo aconsejar por uno de tus artículos de *El divulgador volante*. ¿Qué fue lo que escribiste? En el Oeste americano no hay pasado, solo futuro. Uno es libre de reinventarse.

—No creo que eso funcione en tu caso, Leona.

—Funcionará. Dame el dichoso collar.

—¿O me dispararás? No seas tonta. Benedict está en el pasillo. Escuchará el disparo y vendrá de inmediato.

—Pero llegará demasiado tarde para salvarte.

—Muy bien. —Amity levantó los brazos para desabrocharse la larga y voluminosa capa. Una vez desabotonada, se la apartó para dejar el cuello a la vista, revelando así el espectacular collar.

Leona puso los ojos como platos.

—Es más asombroso de lo que imaginaba.

Amity se dispuso a desabrochárselo despacio.

La puerta se abrió tras ella. Benedict entró en la estancia.

Logan y Cornelius, ataviados también con dominós negros como tantos otros invitados, lo seguían de cerca.

—Creo que ya hemos escuchado suficiente, ¿no le parece, inspector? —preguntó Benedict.

—Sí —respondió Logan—. Con su testimonio y el de la señorita Doncaster no habrá problemas para enviar a lady Penhurst a prisión.

—No. —El pánico y la furia refulgieron en los ojos de Leona, que se alejó en dirección a la puerta situada tras ella—. Si me arrestáis, no recuperaréis nunca el cuaderno de Fox-croft.

—En realidad, el cuaderno no es tan relevante —señaló Cornelius—. Lo que me interesaba esta noche era el espía ruso. Que eres tú, querida.

—Hasta aquí has llegado, Leona —dijo Amity—. Baja el arma.

—No, alejaos de mí —susurró la aludida al tiempo que apuntaba a Amity con la pistola—. Alejaos de mí o la mato, lo juro. Merece morir. Todo esto es culpa suya.

Nadie se acercó a ella.

Leona estaba junto a la puerta. La abrió con la mano libre, revelando tras ella un pasillo tenuemente iluminado. En un abrir y cerrar de ojos, se dio media vuelta y salió corriendo. El repentino movimiento hizo que el dominó que la cubría se alzara en el aire y se agitara a su espalda.

Sus pasos se alejaron por el pasillo hasta dejar de escucharse.

Amity miró a Benedict.

—¿Estás seguro de que este plan va a funcionar? —le preguntó.

—Fue lo mejor que se me ocurrió con tan poco tiempo —respondió él—. Sabíamos que era poco probable que nos entregara el cuaderno a cambio del collar. Pero como no lo ha conseguido, el único objeto de valor que todavía posee es ese cuaderno. Intentará recuperarlo y vendérselo a los rusos.

—Cuando llegue a la calle, buscará un coche de alquiler —siguió Logan—. Hay tres esperándola. Podrá elegir. Son mis hombres quienes los conducen. Se les ha ordenado que no acepten cliente alguno a menos que se trate de una dama que va sola.

—Leona es una mujer inteligente —le advirtió Amity.

—Sí —reconoció Cornelius—, pero también es una mujer desesperada. Estoy convencido de que conseguirá el cuaderno y nos llevará hasta el contacto ruso. Tal como ha señalado Benedict, quienquiera que sea esa persona, es la única esperanza de Leona en estos momentos.

A lo lejos se escuchó un trueno. Por un instante, todos se quedaron petrificados.

Cornelius frunció el ceño.

—Qué raro. No parecía que fuese a llover.

—Ha sido un disparo —dijo Logan.

—Creo que en el salón de baile —añadió Benedict.

Escucharon el chillido de una mujer.

Benedict y Logan echaron a correr, enfilando el pasillo en dirección al salón de baile. Cornelius los siguió.

Amity tuvo que luchar para subirse el dominó y las faldas del vestido. Por si fuera poco, la invadió el temor de perder el collar, de modo que se llevó la mano libre al cuello por debajo de la capa. De esa manera le resultaba difícil correr.

Encontró a los tres hombres en un lateral del oscuro salón de baile. La música se había detenido con una nota extraña y discordante. Los bailarines parecían moverse en un estado de confusión. De entre la multitud se alzaba una andanada de exclamaciones, de asombro, horror y confusión.

—¡Policía! —gritó Logan con una voz que rezumaba autoridad—. Apártense.

Nadie discutió con él. La multitud se apartó, revelando el cuerpo tendido en el suelo. El dominó estaba abierto, de modo que las faldas y las enaguas estaban expuestas.

Logan y Benedict se agacharon junto al cadáver. Cornelius

se quedó de pie, observando mientras Logan le quitaba la máscara a la víctima.

El asombro se abrió paso entre la multitud. Amity escuchó los susurros a su alrededor.

—¡Es lady Penhurst!

—Se ha disparado en medio de un salón de baile. Increíble.

Amity caminó hasta acercarse a ellos. Muchas personas se alejaban ya discretamente en dirección a la puerta principal y sus carruajes. Benedict, Logan y Cornelius no prestaban la menor atención a los murmullos de la multitud ni a la huida de los testigos. Estaban llevando a cabo un rápido registro del cuerpo.

Amity estaba a punto de acercarse algo más cuando captó el olor rancio del tabaco mezclado con alguna especia exótica.

En ese momento sintió algo afilado en la nuca.

—Tengo a tu hermana —le dijo Virgil Warwick al oído—. Si gritas o intentas huir, desapareceré entre la multitud. Nadie me verá. Escaparé y tu hermana morirá. Suelta ese abanico tan feo que tienes ahora mismo o me voy sin ti y la preciosa Penny muere.

Amity metió la mano bajo el dominó y soltó el *tessen* de la cadena. El caos reinante en la estancia era tal que nadie escuchó el golpe que se produjo cuando el abanico cayó al suelo.

38

—Tiene a Amity y a Penny —dijo Benedict. No apartó la vista del *tessen*, que descansaba sobre el escritorio de Penny—. Ese malnacido estaba en el baile esta noche. La secuestró mientras yo estaba a su lado.

—No ha sido culpa suya —le aseguró Logan—. Es evidente que usó a Penny para obligar a Amity a abandonar el salón de baile sin armar escándalo. Es lo único que tiene sentido, el único motivo para llevarse a las dos. Seguramente, aterrorizó a Amity diciéndole que mataría a su hermana si no lo acompañaba.

—Creía que era un agente de policía nuevo —susurró la señora Houston. No dejaba de mecerse en la silla mientras se secaba los ojos con el delantal—. No puedo creer que le ofreciera té y un *muffin* recién hecho.

—La han reducido, señora Houston —dijo Cornelius—. Usó cloroformo con usted y seguramente también con la señora Marsden.

Cuando llegaron a Exton Street, se encontraron al agente Wiggins inconsciente en el parque y a la señora Houston tirada en el suelo de la cocina. La casa estaba a oscuras. Penny había desaparecido.

La rabia y el miedo estaban provocándole un tumulto de emociones a Benedict. Le estaba costando la misma vida aplastar esas sensaciones tan tóxicas a fin de poder pensar con claridad. Cuando sus ojos se toparon con los de Logan, al otro lado del pequeño despacho, se dio cuenta de que también estaba sometido a la misma presión. Los dos eran conscientes de que su única esperanza era mantener la cabeza lo bastante fría para resolver esa situación a través de la lógica.

Alguien llamó a la puerta principal. La señora Houston se puso de pie de un salto y corrió a abrir. Benedict escuchó voces en el vestíbulo. Poco después, Declan Garraway apareció por la puerta. Parecía que acababa de levantarse y que se había vestido a toda prisa... algo que, ciertamente, era lo que había sucedido, pensó Benedict.

Había sido idea suya llamar a Garraway, pero Logan y Cornelius habían estado de acuerdo con el plan. Necesitaban todos los puntos de vista que pudieran conseguir.

—¿Qué pasa? —preguntó Declan. Aferraba el sombrero con las manos y miraba fijamente al grupito reunido en el despacho—. El agente me ha dicho que la señora Marsden y la señorita Doncaster han sido secuestradas por ese monstruo apodado el Novio.

—El malnacido se llama Virgil Warwick y las ha secuestrado a las dos —dijo Benedict—. Tenemos que encontrarlas antes de que amanezca. Nuestra única esperanza es dar con el estudio donde fotografía a sus víctimas.

—Ayudaré en todo lo que pueda, por supuesto —repuso Declan—. Pero no sé cómo puedo hacerlo.

—Ahora sabemos mucho más acerca de ese hijo de puta que cuando nos dio sus impresiones. —Logan abarcó con un gesto de la mano los cuadernillos que había sobre el escritorio—. Stanbridge y yo lo hemos dispuesto todo para que pueda revisar las notas. Si hay alguna pista en lo que hemos averiguado hasta el momento, debemos descubrirla. Y deprisa.

Declan tomó una honda bocanada de aire y se acercó al escritorio. Miró las notas.

—Cuéntenme todo lo que han averiguado sobre él en los últimos días —dijo.

Poco tiempo después, Declan soltó las notas que había tomado mientras Benedict y Logan lo ponían al día sobre la investigación.

—Creo que Virgil Warwick valorará el control sobre todo lo demás. Es un perfeccionista con sus fotografías —afirmó Declan—. Hace falta tiempo para conseguir un buen retrato. Necesitará un estudio fotográfico seguro, un lugar donde tenga asegurada la intimidad. Llevará a sus víctimas a un sitio donde esté seguro de que no pueden descubrirlo.

Cornelius cambió de postura en el sillón donde se encontraba.

—Tiene sentido. Pero no se arriesgaría a llevarlas a su propia casa o a casa de su madre. Seguramente sabe que estamos al tanto de su identidad.

Benedict miró las notas esparcidas por el escritorio. La certidumbre se apoderó de él.

—Solo hay una forma de que Virgil Warwick esté seguro de que no lo descubrirán —dijo.

39

Charlotte Warwick estaba sentada con la espalda muy rígida en el sillón situado tras su escritorio. Se encontraba en la cama cuando Benedict y Logan llamaron a su puerta, si bien les dijo que los vería por la mañana. Cuando Benedict le informó al mayordomo de que la visita estaba relacionada con su hijo, se puso una bata y unas zapatillas y bajó para recibirlos. Los tres estaban encerrados en la biblioteca.

—Han dicho que la visita estaba relacionada con Virgil. —Charlotte se aferró a la madera pulida de los brazos del sillón como si así pudiera mantenerse a flote durante la tormenta que se avecinaba. Miró a Benedict y a Logan—. Les he contado todo lo que sé. ¿Qué más quieren de mí?

—Su hijo ha secuestrado a dos mujeres esta noche —respondió Logan.

—Dios santo, no. —El rostro de Charlotte se demudó por la angustia.

—Las matará antes de que amanezca si no lo detenemos —añadió Benedict.

Charlotte apartó las manos de los brazos del sillón y enterró la cara en ellas.

—Es imposible que esté sucediendo esto.

Benedict colocó las manos en el escritorio y se inclinó hacia ella.

—Señora Warwick, míreme. Sabe sobradamente lo que es su hijo. Lo ha sabido desde hace mucho tiempo y eso es algo con lo que tendrá que convivir durante el resto de su vida. Lo único que queremos esta noche de usted es que nos dé una dirección.

Charlotte levantó la cabeza con los ojos llenos de lágrimas.

—¿La dirección de Virgil? Pero ya la conocen.

—No la de su casa —replicó Logan—. La de su estudio fotográfico. La del lugar adonde lleva a sus víctimas para retratarlas antes de asesinarlas.

Charlotte parecía mareada.

—No sé qué decirles. Si no está en su casa, a saber dónde ha podido ir.

—Tenemos razones para creer que ha establecido el escenario de sus crímenes en un lugar donde se crea a salvo —dijo Benedict, que vio el estremecimiento que sacudió a Charlotte cuando usó la expresión «escenario de sus crímenes», si bien lo pasó por alto—. Sabemos que se toma su tiempo con las víctimas. Es un perfeccionista en lo referente a sus fotografías. Eso significa que necesita intimidad.

—Hemos llegado a la conclusión de que la forma más lógica de asegurarse de que no lo descubran ni lo interrumpan es instalar su estudio fotográfico en un edificio de su propiedad o que él controle —añadió Logan.

Benedict comprendió que Charlotte entendía el razonamiento.

—Cuando la señorita Doncaster y yo vinimos para interrogarla sobre su hijo, mencionó que usted controlaba los detalles de su vida, incluyendo sus finanzas. El inspector Logan y yo hemos pasado por casa de Virgil antes de venir aquí. No hay ningún informe bancario en casa de su hijo. Usted guarda sus libros de cuentas, ¿verdad?

—Sí —susurró ella—. Pero no entiendo qué información van a encontrar en ellos que pueda ayudar a localizarlo.

—¿Posee alguna propiedad aquí en Londres? —quiso saber Logan.

La señora Warwick parpadeó varias veces.

—Sí, efectivamente. Mi marido le dejó varias propiedades en herencia a fin de que dispusiera de sus rentas. Casi todas están alquiladas a tenderos y gente de ese estilo que viven en las dependencias situadas sobre las tiendas.

—¿Hay alguna sin alquilar? —preguntó Benedict.

Charlotte titubeó.

—Una de las propiedades es una casa vieja situada cerca del puerto que lleva vacía casi dos años. Mi administrador me ha dicho varias veces que deberíamos alquilarla o venderla.

—¿Por qué no hay inquilinos en ella? —quiso saber Benedict.

Charlotte cerró los ojos con fuerza. Cuando los abrió, su mirada denotaba resignación y el dolor de una madre.

—Virgil me dijo que tenía ciertos planes para esa propiedad —respondió—. Insistió en que la casa vieja siguiera desocupada hasta que estuviera listo para remodelarla. Me dijo que estaba trabajando con un arquitecto. Me alegré de que por fin demostrara cierto interés en una inversión financiera. Pero cuando le pregunté por los avances del proyecto, me dijo que había cambiado de idea con respecto al diseño original y que había despedido al arquitecto. Poco después sufrió su primera crisis nerviosa y me vi obligada a ingresarlo en Cresswell Manor.

—¿Alguna vez ha visitado la casa que él asegura que quiere remodelar? —preguntó Benedict.

—No. —La señora Warwick meneó la cabeza—. No tenía motivos para visitar la propiedad. Mi administrador se ha encargado de ella mientras Virgil se encontraba en Cresswell Manor, para asegurarse de que nadie la allanaba o intentaba habitarla sin permiso.

—¿Qué le ha dicho su administrador sobre la casa? —quiso saber Logan.

—Muy poco —contestó la señora Warwick—. Solo ha mencionado que las ventanas están tapadas con tablones de madera y que las cerraduras de las puertas delantera y trasera parecen ser muy modernas. Le satisfizo descubrir que la casa era segura.

40

El estudio fotográfico se parecía muchísimo a otros estudios que Amity había visto: salvo por la enorme jaula de hierro forjado que había en un rincón. Penny estaba acurrucada en el suelo de dicha jaula. Llevaba un sencillo vestido para estar en casa y las zapatillas que tenía puestas cuando la vio por última vez esa noche. Se puso de pie como pudo cuando Amity entró en la habitación, seguida de Virgil Warwick.

—Amity, mi querida hermana. —En los ojos de Penny se veía el espanto y el horror—. Ya me temía esto. Dijo que vendrías por tu propia voluntad en cuanto supieras que me había secuestrado.

Amity echó un vistazo a su alrededor. Había una cámara muy grande y cara sobre un trípode, en el centro de la estancia. La lente de la cámara enfocaba un sillón muy elegante, tapizado con satén blanco. Un jarroncito con un ramo de azucenas blancas adornaba una mesa cercana. En un rincón había un biombo de los que se usaban para garantizar la intimidad durante el cambio de ropa. Los paneles del biombo tenían un elaborado diseño floral.

—¿Qué otra cosa podía hacer? —preguntó Amity con brusquedad—. No te preocupes, las dos nos iremos enseguida. Warwick está loco de atar. Por definición, eso quiere decir que es incapaz de pensar con lógica. En cambio, Benedict y el inspector Logan son muy capaces de desarrollar el pensamiento racional. Nos encontrarán muy pronto.

—Cierra la boca, puta mentirosa —masculló Virgil—. O mataré a tu hermana mientras miras. —Se acercó a la jaula y apuntó a Penny con la pistola.

Amity lo miró, pero no replicó.

Virgil esbozó una sonrisa fría.

Por algún motivo, lo más horripilante de Virgil Warwick era que aparecía muy normal. No había nada fuera de lugar en su pelo castaño bien peinado, en su cara enjuta o en su cuerpo delgado. Habría sido muy fácil cruzárselo por la calle sin prestarle la menor atención. Sin embargo, eso era lo que tenían los monstruos de ese mundo, pensó Amity. Eran tan peligrosos porque podían esconderse a plena vista.

—Excelente —dijo Virgil—. Parece que has comprendido el hecho de que esta noche no tienes el control. —Señaló el biombo—. Es hora de que te pongas el vestido de novia para el retrato.

Amity se miró las manos atadas.

—¿Cómo se supone que me voy a quitar un vestido y ponerme el otro con las manos atadas?

Virgil frunció el ceño. Amity se dio cuenta de que no había pensado en ese pequeño problema.

—¿Cómo logró que se cambiaran de ropa las otras novias? —preguntó ella, manteniendo un tono tranquilo.

—Hice que se cambiaran dentro de la jaula —contestó él.

Parecía molesto. Durante un espantoso segundo, Amity creyó que mataría a Penny para eliminar el problema.

—Hay espacio de sobra para las dos dentro —se apresuró a decir ella.

Virgil tomó una decisión.

—Muy bien. El vestido que lucirás para el retrato está al otro lado del biombo. Cógelo.

Amity rodeó el biombo y cogió el vestido de satén y encaje del perchero. Se estremeció al reconocer el diseño del

304

corpiño. Era el mismo vestido que las víctimas llevaban en las fotografías.

—Es muy bonito —dijo.

—Solo lo mejor para una novia virtuosa y pura —replicó Virgil—. Claro que tú no eres precisamente virtuosa o pura, ¿verdad? No, estás mancillada. Tal vez Stanbridge no se dé cuenta, pero le estoy haciendo un favor. Cuando recupere el sentido común, me lo agradecerá. Al fin y al cabo, la que es puta una vez lo es para siempre. Entra en la jaula con el vestido. Deprisa.

El vestido pesaba mucho. La modista había usado mucha tela para confeccionar las capas de la falda. El corpiño tenía tantas cuentas bordadas que Amity creía que pesaba varios kilos por sí solo.

Virgil le hizo un gesto a Penny para que se apartara de la puerta. Cuando obedeció, se sacó una llave del bolsillo de la chaqueta y abrió la puerta de la jaula. Amity entró con el vestido de novia.

Virgil cerró la puerta de golpe y echó la llave. Después, se acercó a un banco de trabajo, cogió un cuchillo y regresó junto a la jaula.

—Saca las manos por los barrotes —le ordenó.

Amity obedeció. Virgil cortó las cuerdas que le ataban las muñecas. El alivio la inundó. No se podía decir que Penny y ella estuvieran libres ni mucho menos, pero al menos estaban las dos libres de ataduras.

Virgil cruzó la estancia, cogió el biombo y lo colocó delante de la jaula. Amity miró a Penny con las cejas enarcadas.

—Es evidente que el señor Warwick muestra cierto respeto por el pudor de una dama —dijo Penny con voz gélida.

Al otro lado del biombo, Virgil soltó una carcajada ronca.

—Ya sabes lo que dicen, da mala suerte ver a la novia antes de la boda —replicó él con voz alegre.

Sin embargo, había algo más, se percató Amity.

—No le gusta ver a mujeres desnudas, ¿verdad? —quiso saber ella.

Virgil gruñó al otro lado del biombo.

—Las mujeres como tú son impuras. Sucias. Están mancilladas. Sus vestidos de novia ocultan su verdadera cara hasta que el novio es engañado y se casa.

Penny ayudó a Amity a quitarse el dominó y el sencillo vestido que llevaba debajo. Las dos lo hicieron todo lo despacio que se atrevieron. Intentando ganar tiempo, pensó Amity. Se tocó el Collar de la Rosa, que aún llevaba puesto como si fuera un talismán. Benedict y Logan ya las estarían buscando.

—¿Por eso mató a su propia novia? —preguntó Penny, con el mismo tono de voz que emplearía en una reunión social—. ¿Porque creía que lo había engañado?

Se produjo un breve y estupefacto silencio al otro lado del biombo.

—¿Cómo lo has descubierto? —quiso saber Virgil.

—Es el vestido de su novia, ¿no? —dijo Amity—. ¿Cuánto tiempo tardó en darse cuenta de que no era la virgen que usted creía?

—Creía que era un dechado de virtudes femeninas —contestó Virgil—. Pero se atrevió a venir a mí embarazada con el hijo de otro hombre. Intentó engañarme y durante un tiempo creí sus mentiras. Pero cuando perdió el bebé tres semanas después de la boda, averigüé la verdad.

Amity se puso las pesadas faldas blancas y tiró del corpiño. Se dio cuenta de que el vestido era bastante ancho en la cintura. Madame Dubois se las había apañado de maravilla para ocultar ese hecho.

—A decir verdad, usted también la engañó, ¿no? —replicó Amity.

—¿De qué hablas? —masculló Virgil.

—Supongo que se le olvidó mencionar el ramalazo de locura que sufre su familia —comentó Penny como si nada.

—La sangre de los Warwick es impoluta —rugió Virgil. Apartó el biombo de repente, justo cuando Penny empezaba a abrochar el corpiño. Tenía la cara enrojecida por la rabia—. ¡¿Cómo te atreves a insinuar que la locura forma parte de mi familia!?

—He mantenido una interesante conversación con su hermana esta noche, antes de que la matara —dijo Amity—. Por curiosidad, ¿puedo preguntarle por qué la mató en medio de un salón de baile?

—¿Crees que la he matado yo? —preguntó Virgil. Pasó de la sorpresa en un primer momento a la sorna—. Qué idiota eres. Ponte el velo. Es hora del retrato.

Penny cogió el velo. Tenía una expresión aterrada en la mirada.

Amity se volvió hacia ella, ocultándola brevemente a ojos de Virgil. Le puso a Penny el bolsito que había llevado al baile de disfraces en la mano. Los dedos de su hermana se cerraron sobre el bolsito y una expresión elocuente apareció en su cara. Amity sabía que acababa de recordar el pequeño estuche de costura que llevaba dentro.

—Adiós, hermana... —dijo Amity, que alzó la voz hasta convertirla en un quejido lastimero—. Me matará en cuanto me retrate y después te matará a ti también. Está loco de atar.

Penny se apresuró a abrir el bolsito y a sacar unas tijeritas.

—¡Ya basta! —gritó Virgil—. Ni una sola palabra más sobre la locura.

—Prepárate. —De espaldas a Virgil, Amity articuló las palabras con los labios, sin pronunciarlas, de la misma manera que cuando Penny y ella eran pequeñas y querían comunicarse a través de la mesa de comedor sin que sus padres se dieran cuenta.

Penny ocultó las tijeras en los pliegues de su falda.

Amity se preparó. Hasta ese momento, se había estado moviendo despacio, sin hacer movimientos que pudieran alarmar a Virgil. Suplicó en silencio que su repentino arrebato lo tomara por sorpresa.

—Saca las manos por los barrotes —le ordenó Virgil.

Amity se dio la vuelta y extendió los brazos. Virgil se vio obligado a dejar la pistola mientras le ataba las muñecas.

—Retroceded, las dos —ordenó Virgil, que recuperó la pistola a toda prisa.

Amity y Penny obedecieron.

Virgil metió la llave en la cerradura. Necesitó dos intentos para abrir la puerta. En ese momento, lo embargaba una emoción febril.

Cuando la cerradura por fin se abrió, Virgil tiró de la pesada puerta. En ese preciso momento, se vio obligado a lidiar con la puerta, con la cerradura y la pistola.

Amity soltó un chillido ensordecedor mientras se abalanzaba contra la puerta. El impacto de su cuerpo contra los barrotes pilló desprevenido a Virgil, que retrocedió unos pasos, tambaleándose.

—¡Puta mentirosa! —gritó—. ¡Puta mentirosa y traicionera! Yo te enseñaré cuál es tu sitio.

Intentó cerrar la puerta de golpe, pero Penny, que usó las tijeritas como si de unas garras se trataran, le apuñaló la mano. Las afiladas puntas se le clavaron en la carne.

Virgil aulló y empezó a brotar sangre de su mano.

El instinto lo llevó a dejar de sujetar los barrotes y a retroceder para ponerse a salvo. Amity aprovechó la oportunidad para golpear la puerta con fuerza una segunda vez. Se abrió de par en par. Penny salió en primer lugar, seguida de cerca por Amity.

Virgil retrocedió otro paso, sin dejar de mirar a Amity. Levantó la pistola y la apuntó hacia ella. Amity cogió la única arma que tenía a mano, el largo velo con la pesada diadema, y se la lanzó. Los metros de encaje lo golpearon en la cara y en el pecho. Furioso y a todas luces presa del pánico, Virgil intentó apartar el velo con ambas manos.

El rugido del arma fue ensordecedor. Amity no sabía si Virgil apretó el gatillo de forma deliberada o por accidente. Lo único que le importó en ese momento era que Penny y ella seguían de pie. No las había alcanzado.

Penny agarró el objeto pesado que tenía más a mano, que se trataba del maletín del médico, y se lo tiró a Virgil. Lo golpeó en el hombro. No le hizo mucho daño, pero consiguió que se tambaleara. Era evidente que Virgil había abierto el maletín hacía poco, porque el contenido salió disparado. Pequeños tarritos de cristal llenos de medicinas, vendas, un estetoscopio y varios instrumentos médicos quedaron desperdigados por el suelo.

Virgil gritó y apuntó a Penny con la pistola. Amity le agarró el brazo con el que sostenía la pistola con ambas manos y tiró con todas sus fuerzas. El segundo disparo impactó contra el suelo de madera.

Virgil consiguió soltarse de sus manos, pero Penny lo atacó por la espalda, armada con un escalpelo. Intentó apuñalarlo en la nuca, pero falló y le clavó la hoja en el hombro.

Él gritó de dolor y se dio la vuelta. Seguía teniendo el arma en la mano. Intentó apuntar a Penny con ella. Amity se recogió las pesadas faldas del vestido de novia y le dio una patada a Virgil en la corva derecha con toda la fuerza de la que fue capaz.

Virgil gritó de nuevo, perdió el equilibrio y cayó al suelo de rodillas. En esa ocasión, se le escurrió el arma de la mano, cayó al suelo. Amity la alejó de una patada.

Penny arrancó la cámara del trípode. Amity se dio cuenta de que quería estampársela a Virgil en la cabeza.

Se escuchó una detonación. No era la pistola de Virgil, se percató Amity. El ruido estaba amortiguado.

La puerta del estudio se abrió de golpe. Benedict y Logan entraron en tromba. Amity se dio cuenta de que Benedict había volado la cerradura de un disparo.

En ese momento tuvo la impresión de que todo y todos se

paralizaban en la habitación salvo Benedict y Logan. Los dos hombres no se detuvieron. Su único objetivo era destruir a su presa. Y dicha presa era Virgil Warwick.

Virgil salió de su breve trance. Se puso de pie de un salto. Amity no hizo ademán de detenerlo, al igual que Penny. Las dos sabían que nunca escaparía de la furia de los dos hombres que se interponían entre la puerta y él.

Virgil debió de ver la frialdad en los ojos de Benedict y de Logan. Se detuvo en seco, presa del pánico.

—¡No! —chilló—. No he hecho nada. Han sido las putas. Intentan matarme.

—Ya basta —dijo Logan—. Queda arrestado por asesinato.

—¡No! —gritó Virgil—. Soy Virgil Warwick. No pueden tocarme.

Se dio la vuelta e intentó agarrar a Amity, que comprendió que quería usarla como escudo. Se apartó de un salto, pero se le enredó un pie en los traicioneros pliegues de las faldas de satén. Aunque perdió el equilibrio, la caída hizo que se alejara de las desesperadas manos de Virgil, que intentaba atraparla.

Virgil cambió de dirección e intentó coger el arma que se le había caído durante la refriega.

Benedict apuntó y disparó.

La detonación de la pistola resonó en la estancia. Virgil se tensó, como si hubiera tocado una corriente eléctrica. Bajó la vista y la clavó con incredulidad en la creciente mancha de sangre de su pulcra camisa blanca. Después, miró fijamente a Benedict, desconcertado.

—Soy Virgil Warwick —dijo—. No puedes hacerme esto.

Cayó al suelo.

Se hizo un silencio sepulcral en la habitación. Amity cogió a Penny de la mano. Los dedos de su hermana le devolvieron el apretón. Las dos vieron cómo Logan se agachaba junto a Virgil.

—¿Está muerto? —preguntó Benedict.

—Todavía no —contestó Logan. Apartó los dedos del cuello de Virgil—. Pero lo estará pronto, algo que, dadas las circunstancias, es bueno. Así no tendremos que preocuparnos de que vuelva a escaparse de un sanatorio.

Virgil parpadeó. Miró a Benedict con expresión cada vez más distante.

—¿Dónde está madre? —preguntó con voz apagada—. Ella lo arreglará todo.

—Esta vez no —replicó Benedict.

41

Los primeros rayos del alba iluminaban el horizonte cuando el cabriolé de alquiler se detuvo delante de la casa de Benedict. Tras pagarle al conductor, bajó los estrechos escalones y una vez que se apeó se volvió para mirar a Logan.

—¿Puedo ofrecerle una copa de coñac, inspector? Creo que ambos nos lo merecemos. Ha sido una noche larga.

Logan titubeó y, por un instante, Benedict pensó que tal vez rechazaría la invitación. Pero después lo vio apearse del coche de alquiler.

—Una copa de coñac me parece una idea excelente —dijo Logan—. Gracias.

Subieron los escalones de entrada. Benedict se metió la mano en un bolsillo para sacar la llave y rozó con los dedos el Collar de la Rosa. El desaliento lo invadió de nuevo, robándole la alegría. Rememoró el momento en el estudio fotográfico de Warwick cuando Amity pareció que iba a lanzarse hacia sus brazos, pero en cambio recobró la compostura con rapidez y dijo algo sobre su fantástico don de la oportunidad.

Todos habían acordado que sería mejor acompañar a las damas a casa antes de que llegara la prensa. La historia causaría sensación, pero el impacto sería aún mayor si descubrían a las que el asesino había pretendido que fueran sus dos víctimas.

Incapaz de soportar un minuto más con el vestido de novia que el asesino la había obligado a ponerse, Amity insistió en demorarse para cambiarse de ropa antes de abandonar el estudio fotográfico.

No se quitó el Collar de la Rosa hasta llegar a Exton Street. Benedict tuvo la impresión de que se le había olvidado. Una vez en los escalones de entrada, Amity se detuvo, le dio nuevamente las gracias con gran educación y después levantó los brazos para quitarse el collar.

Iluminados por el tenue resplandor de las lámparas de gas, Benedict creyó ver una extraña emoción en sus ojos, pero fue incapaz de interpretarla. El impacto de lo sucedido, concluyó. ¿Qué otra cosa podía ser? Había vivido una experiencia espantosa.

—Benedict, que no se te olvide el collar —le dijo ella al tiempo que se lo devolvía—. Sé lo importante que es para ti y para tu familia. No quiero arriesgarme a perderlo.

Tras dejar a Amity y a Penny en las buenas manos de la señora Houston, Benedict regresó a la tétrica casa en la que Warwick había emplazado su estudio fotográfico, cuyas ventanas estaban cubiertas por tablones de madera. Mientras esperaba a que Logan terminara de recoger pruebas, fue muy consciente del peso del collar en el bolsillo.

Cuando finalmente apareció, Logan se sorprendió al ver a Benedict, que lo esperaba en un cabriolé de alquiler. No obstante aceptó sin titubear el ofrecimiento que le hacía de llevarlo a casa.

—Debo visitar a la señora Warwick antes de regresar a casa —dijo.

—Iré con usted si le apetece —se ofreció Benedict.

Logan asintió con un leve gesto de cabeza. Su expresión era muy seria.

—Me alegro de contar con su compañía. No sé muy bien qué decirle a una madre en estas circunstancias.

Al final, sin embargo, el encuentro con Charlotte Warwick fue corto, por suerte. Al ver su mirada sombría, Benedict comprendió que estaba preparada para recibir las noticias que iban a darle. La dejaron sola en la biblioteca, con los ojos llenos de lágrimas. Benedict tuvo la impresión de que eran lágrimas de alivio y también de dolor, pero no podría asegurarlo.

Abrió la puerta de su casa y se movió por el vestíbulo en penumbra. Hodges apareció ataviado con la bata y el gorro de dormir.

—¿Té o coñac, señor? —le preguntó.

—Coñac —contestó Benedict—. Pero lo sirvo yo.

—Sí, señor.

Benedict precedió a Logan en dirección a su despacho, y una vez en él encendió las lámparas y sirvió dos generosas copas de coñac. Tras entregarle una a Logan, lo invitó a tomar asiento. Lo observó sentarse en un sillón con una soltura que delataba que se sentía tan cómodo en el despacho de un caballero con una copa de coñac en la mano como en la salita de una dama, bebiendo un té.

—Logan, ¿cuándo decidió ser policía? —le preguntó Benedict.

La pregunta lo tomó claramente por sorpresa, pero se recobró con rapidez.

—Poco después de encontrar a mi padre muerto por un disparo que él mismo se infligió y descubrir que había muerto arruinado tras una serie de inversiones desastrosas. —Logan bebió un sorbo de coñac y bajó la copa—. Mis opciones eran encontrar empleo remunerado en Londres o emigrar a Canadá o Australia. Por cierto, todavía no he descartado las dos últimas. De hecho, en este momento, estoy considerando ambos países con gran interés.

Benedict se sacó el Collar de la Rosa del bolsillo. Contempló las relucientes piedras preciosas a la luz de la lámpara y después lo dejó en el escritorio. Los gruesos eslabones de oro tintinearon al golpear la madera pulida.

Atravesó la estancia para sentarse en el sillón emplazado junto al que ocupaba Logan.

—No es el único que está sopesando esta noche la posibilidad de marcharse a Canadá o a Australia —dijo, tras lo cual bebió un sorbo de coñac—. Y sospecho que por las mismas razones.

Logan miró el collar.

—¿Se lo ha devuelto?

—Sí.

—Pero usted no pidió que se lo devolviera.

—No.

—¿Y bien? ¿Le dijo que quería que lo conservara?

Benedict frunció el ceño.

—No tuve posibilidad de sacar el tema. Se limitó a ponérmelo en la mano antes de cerrar la puerta. El gesto me resultó muy elocuente.

—Stanbridge, somos hombres. Entender a las mujeres no es nuestro fuerte.

—No se encuentra usted en posición de darme lecciones sobre el tema —replicó Benedict.

—¿Eso cree?

—¡Que me aspen! Hasta yo soy capaz de ver que Penny, la señora Marsden, y usted sienten algo el uno por el otro.

Logan apretó los dientes. Bebió otro sorbo de coñac.

—En este instante, no me encuentro en situación de proponerle matrimonio. He hecho unas cuantas inversiones, pero hasta ahora no han demostrado ser demasiado lucrativas. Tal vez en el futuro. —Levantó un hombro para acompañar el comentario—. Me veo obligado a subsistir con mi sueldo de inspector, al menos de momento.

—Bueno, al menos no le ha arrojado a la cara el dichoso collar de la familia.

Logan frunció el ceño.

—No me imagino a la señorita Doncaster arrojándole el collar a la cara.

—Tal vez haya exagerado un poco ese punto de la historia, pero el hecho de que me lo ha devuelto es incuestionable.

—Ah. —Logan acunó la copa de coñac entre las manos.

Benedict se llevó la copa a los labios para beber otro sorbo y después dijo:

—¿Le ha dicho a la señora Marsden que está sopesando la idea de emigrar a Canadá o a Australia?

—El tema de mi futuro no ha salido a colación.

Ambos siguieron bebiendo en silencio durante un rato.

—Las damas han sufrido esta noche una experiencia traumática —comentó Benedict al cabo de un tiempo.

—Todos la hemos sufrido —apostilló Logan—. Dudo mucho de que sea capaz de recuperarme. Cada vez que recuerdo la escena en el estudio de ese malnacido, siento la tentación de pedir las sales.

—Y yo. Debemos recordar que, cuando llegamos, Penny y Amity tenían la situación bajo control.

Logan esbozó una sonrisa torva.

—Creo que habrían llegado a matar a ese monstruo.

Benedict recordó las fieras expresiones que lucían los rostros de Amity y de Penny.

—Sin duda. Ambas son muy resolutivas.

Logan asintió con la cabeza.

—Desde luego que sí.

—Y valientes.

—Ya lo creo —replicó Logan.

—Extraordinarias —añadió Benedict.

—Ciertamente.

Bebieron un poco más en silencio.

Benedict apoyó la cabeza en el respaldo del sillón.

—Se me ha ocurrido que debería sacar a colación el tema de su futuro con la señora Marsden.

—Creo que no tengo alternativa. —Logan apuró el coñac y dejó la copa—. No me veo viviendo en Londres a sabiendas de que ella vive en la misma ciudad y preguntándome si la veré en la calle o en el teatro, a menos que pueda estar con ella.

—No es el único que necesita aclarar las cosas —dijo Benedict, que apuró su copa, se puso de pie para coger la licorera y sirvió otra ronda—. Debemos trazar un plan —concluyó—. Dos planes.

42

—Me gustaría señalar que, al final, la lista de invitados al baile de los Channing fue vital —dijo Logan, que le sonrió a Penny—. Pero no la estábamos usando como debíamos. Ciertamente, lady Penhurst se encontraba en dicha lista, y también en la lista del baile de los Gilmore.

Penny sonrió y se ruborizó.

—Uno de los puntos de este caso que no termino de comprender es el motivo por el que Virgil Warwick mató a su propia hermana... y en medio de un salón de baile, para más inri —señaló Amity—. Al fin y al cabo, debió de ser Leona quien convenció o sobornó a la señora Dunning a fin de que se hiciera pasar por la madre de Virgil para sacarlo del sanatorio por segunda vez.

Eran las diez de la mañana. Penny había enviado invitaciones para desayunar a Benedict, Logan y Declan. Todos llegaron a la hora indicada y de inmediato empezaron a devorar ingentes cantidades de huevos, patatas y tostadas que la señora Houston había preparado.

—Tal vez Warwick llegó a la conclusión de que ya no necesitaba a Leona —sugirió Logan—. En cuanto al lugar escogido para matarla, ¿dónde iba a conseguir más anonimato que en un baile de disfraces? Era ideal para sus propósitos. Y provocó la distracción perfecta para poder secuestrarla, se-

318

ñorita Doncaster. Encaja todo de maravilla, si lo piensa. Pudo deshacerse de su hermanastra y secuestrar a su víctima en el mismo lugar, ataviado con un disfraz que no levantó las sospechas de nadie.

Benedict miró a Penny.

—¿Le dijo Warwick algo que pudiera explicar el asesinato de Leona?

—No —contestó ella. Bebió un poco de café y acunó la taza entre las manos—. Cuando me desperté en la jaula, solo habló de Amity. Estaba obsesionado con ella. Cuando se fue para secuestrarla, se puso un dominó y una máscara. Estaba emocionado. —Se estremeció—. De la forma más espantosa.

—Es evidente que sabía que la encontraría en el baile de disfraces —dijo Declan—. Eso quiere decir que conocía los planes de Leona para hacerse con el collar que llevaría la señorita Doncaster a la fiesta.

Amity frunció los labios.

—Incluso estaba al tanto de todos los detalles del plan de Leona. Era una fiesta bastante multitudinaria, pero me encontró sin problemas. Como si me hubiera estado esperando en ese pasillo en concreto.

—Leona lo puso al corriente de sus planes —dijo Benedict.

—Sí, pero eso no explica por qué la mató —replicó Declan.

—Leona tenía sus propios objetivos —señaló Benedict—. Pero también trabajaba para los rusos. Es el único motivo por el que habría hecho todo lo posible para conseguir el cuaderno de Foxcroft. Creedme cuando os digo que no tenía el menor interés en temas de ingeniería o ciencia.

Amity lo miró.

—Durante nuestro encuentro en el tocador de señoras, dejó muy claro que lo único que le importaba era el Collar de la Rosa. También dijo que no llevaba el cuaderno consigo, pero salvo por eso, no parecía importarle demasiado el tema. Estaba obsesionada con ir al Oeste americano para reinventarse.

—¿Dijo algo más? —preguntó Declan.

Amity frunció la nariz.

—En fin, admitió que fue ella quien hizo que Virgil se obsesionara conmigo. Quería que Benedict sufriera. Parecía estar convencida de que si me asesinaban de forma espectacular por culpa de nuestra relación, él se sentiría responsable de algún modo.

Benedict estaba a punto de untar una tostada con mantequilla. Apretó con fuerza el cuchillo que tenía en la mano.

—Eso es quedarse muy corto.

Penny soltó la taza de café.

—Tiene sentido que Leona se cegara de rabia después del anuncio de vuestro compromiso. Pero ¿por qué quería que Virgil matase a Amity antes del anuncio? Al fin y al cabo, y que ella supiera, solo habíais mantenido una aventura a bordo del barco.

—Penny tiene razón —dijo Logan, que frunció el ceño—. No hubo mención de un compromiso formal hasta que Stanbridge volvió de Estados Unidos. Sin embargo, Leona hizo correr los rumores de una aventura unas tres semanas antes de que volviera a Londres.

Amity sintió que se ruborizaba, pero nadie pareció darse cuenta de que se sentía abochornada.

—¿No es evidente? —preguntó Benedict tras darle un bocado a la tostada—. Seguramente no fuera Leona quien decidió matar a Amity al principio. Seguramente, fuese su contacto ruso. Se limitó a usar a Leona y a su hermano loco para llevar a cabo la misión. En cuanto se dio cuenta de que Amity me había salvado la vida en Saint Clare y que habíamos entablado una estrecha relación durante el viaje a Nueva York, sacó la conclusión más obvia.

—Sí, por supuesto. —Amity dejó la taza con un golpe—. El contacto ruso supuso que yo también era espía y que trabajaba con usted, Benedict.

—Estoy seguro de que el agente ruso estaba al tanto de

que yo no era un agente del servicio de inteligencia profesional —continuó Benedict—. Al fin y al cabo, todo el mundo
sabe que paso gran parte de mi tiempo encerrado en mi laboratorio. Sin embargo, el maestro de espías en todo este asunto
no podía saber con seguridad lo mismo de usted, Amity. Seguramente la considere su rival, incluso su némesis. ¿Qué
mejor tapadera para un agente de inteligencia que una profesión como trotamundos?

Amity esbozó una lenta sonrisa, complacida.

—Muy bien visto, Benedict. ¿Qué mejor tapadera, desde
luego?

La fulminó con la mirada.

—No es necesario que la idea la emocione tanto.

Declan intervino antes de que Amity pudiera replicar.

—Así que es más que probable que fuera el contacto ruso
de Leona quien decidiera eliminar a la señorita Doncaster
cuando empezó todo esto.

—Sí —convino Benedict—. Pero me temo que después de
que yo anunciara nuestro compromiso, Leona se lo tomó muy
a pecho. Supongo que, llegados a ese punto, el contacto ruso
empezó a perder el control que tenía sobre ella y sobre la situación.

Declan asintió con la cabeza.

—Porque Leona demostró ser tan inestable y obsesiva
como su hermano.

—Exacto —dijo Benedict—. El maestro de espías es quien
mató a Leona en el baile anoche. También es quien asesinó
a la señora Dunning y colocó el artefacto explosivo en Hawthorne Hall. Ha estado manejando los hilos de todo este asunto desde el principio o, para ser exactos, ha estado intentando
manejarlos. Pero las cosas no han dejado de torcérsele en
todo momento. Debe de haber sido muy frustrante para él.

Todos lo miraron un segundo.

Benedict miró a Logan.

—Me parece, inspector, que su carrera se beneficiaría muchísimo si, por casualidad, fuera usted quien detuviese a un maestro de espías que ha intentado robar cierto cuaderno con secretos que la Corona preferiría mantener fuera del alcance de los rusos.

Logan enarcó las cejas.

—Hacerle un favor a la Corona nunca le viene mal a la carrera de un hombre. ¿Debo suponer que conoce la identidad de ese espía?

Benedict miró a Amity.

—Eso creo, sí. Buscamos a alguien que llegó a Saint Clare poco antes que yo, asesinó a Alden Cork y robó los planos del cañón solar. Esa misma persona seguía en la zona cuando mi barco atracó. Me vio entrar en el laboratorio de Cork y se dio cuenta de que seguramente trabajase para la Corona.

—¿Por qué intentó matarlo? —preguntó Amity—. Al fin y al cabo, ya tenía los planos del cañón solar.

—Tal vez nunca lo sepamos. Pero sea cual sea el motivo, Cork no le dio el nombre ni la dirección del inventor con quien colaboraba —continuó Benedict—. Cork tal vez se dio cuenta de que estaba tratando con un espía ruso a esas alturas. Tal vez, en el último minuto, lo asaltó la vena patriótica.

—Se negó a hablarle de Foxcroft al espía —dijo Logan—. El agente lo mató y después usted apareció en el escenario del crimen.

—No podía saber que yo había descubierto la carta de Foxcroft a Cork, pero decidió que sería mejor deshacerse de mí para asegurarse de que no supondría un problema —explicó Benedict—. Debió de enfurecerse cuando se dio cuenta de que Amity consiguió llevarme a bordo del *Estrella del Norte*. En aquel momento, solo le quedó rezar para que yo muriese a causa de la herida. Compró un pasaje en otro barco con rumbo a Nueva York y, por último, a Londres.

—Usted sobrevivió y se dirigió a California —dijo Declan—. A esas alturas, al espía no le quedó más remedio que esperar para comprobar lo que usted había descubierto.

—Supuso que había descubierto algo interesante cuando volví con cierto cuaderno, que entregué casi de inmediato a mi tío. Cornelius hizo correr la voz en ciertos círculos de que tenía el cuaderno de Foxcroft y de que contenía el verdadero secreto del cañón solar. El espía cree tener en su poder la versión correcta de los planos de Foxcroft.

—Así que ahora buscamos a un espía ruso —dijo Penny—. El titiritero que ha estado manejando los hilos.

—Creo que podemos decir sin temor a equivocarnos que sabemos de quién se trata —replicó Benedict.

Declan frunció el ceño.

—No nos tenga en ascuas. ¿A quién va a arrestar el inspector Logan?

La sonrisa de Benedict carecía de humor.

—A la única persona relacionada con todo este asunto, además de Amity, que disfruta de la tapadera perfecta para un espía, una fachada que le permite viajar por todo el mundo sin levantar sospechas.

43

Humphrey Nash la esperaba en su despacho. Aunque se puso de pie y sonrió con educación cuando Amity entró en la estancia, apenas hizo intento alguno por disimular la impaciencia.

—Mi ama de llaves dice que quería verme de inmediato y que el asunto es la mar de urgente —dijo—. Por favor, siéntese.

—Gracias por recibirme. —Amity se sentó en el borde de una silla. Tras aferrar el maletín que se había colocado en el regazo, echó un vistazo por la habitación—. Qué fotografías más bonitas. Posee usted una gran habilidad con la cámara.

—Gracias —replicó él, que se sentó a su escritorio.

Amity miró los ejemplares encuadernados en cuero del *Boletín trimestral de invenciones* pulcramente alineados en una estantería cercana.

—Veo que le interesan los temas científicos y de ingeniería —comentó—. No recuerdo que lo mencionara hace seis años.

—Siempre me han interesado los artefactos mecánicos.

—Recuerdo que siempre estaba obsesionado por los últimos avances en el material fotográfico.

Humphrey unió las manos y las colocó sobre el escritorio.

—He visto su nombre en los periódicos matinales. La felicito por haber escapado por segunda vez de las garras del Novio. Según el artículo de *El divulgador volante,* la policía llegó justo a tiempo.

—Gracias a Dios. —Amity se estremeció—. De no ser por ellos, mi hermana y yo estaríamos muertas.

—Me alegra saber que están a salvo, claro está. —Humphrey carraspeó—. ¿Puedo aferrarme a la esperanza de que ha venido porque ha cambiado de opinión con respecto al proyecto de colaborar conmigo en una guía de viajes?

—No exactamente —respondió ella.

La sonrisa de Humphrey desapareció.

—Entonces, ¿cuál es el motivo de su visita? Da la casualidad de que estoy haciendo el equipaje para viajar al Lejano Oriente a fin de hacer otra serie de fotografías de monumentos y templos.

—Sí, he visto los baúles en el vestíbulo principal. —Amity sonrió—. He supuesto que además de fotografiar curiosos monumentos y templos, también fotografiará distintos puertos y fortificaciones durante sus viajes, ¿verdad?

Humphrey se quedó petrificado. Sin embargo, en un abrir y cerrar de ojos adoptó una actitud asombrada.

—¿Cómo dice?

—Vamos, vamos, no hay razón para mostrarse tímido. Sé que usted está al servicio de los rusos.

Humphrey la miró sin pestañear.

—Querida Amity, no sé de lo que me está hablando.

—También sé que tiene en su posesión cierto cuaderno. Al que, por cierto, le faltan varias páginas.

—Amity, ¿por casualidad es usted propensa a sufrir ataques de histeria femenina?

—No. Sin embargo, me siento en la necesidad de obtener una buena dosis de venganza. Creo que tal vez pueda ayudarme al respecto, señor.

—Cada vez la entiendo menos —protestó Humphrey.

—Quizá no esté al tanto de los últimos rumores que corren sobre mí.

Él frunció el ceño.

—¿A qué se refiere?

Amity aferró el maletín con más fuerza.

—No tiene sentido mantenerlo en secreto. Cuando llegue la noche, ya lo sabrá todo el mundo. El señor Stanbridge ha roto nuestro compromiso.

Humphrey pareció quedarse atónito.

—Entiendo —dijo.

—Después de todo lo que he hecho por él. —Amity sacó rápidamente un pañuelo y se lo llevó a los ojos—. Le salvé la vida. De no ser por mí, habría muerto en aquel callejón de Saint Clare. ¿Y cómo me lo agradece? Comprometiéndome mientras viajábamos en el *Estrella del Norte*. A los pocos días de llegar a Londres, descubrí que mi reputación estaba destrozada.

—Entiendo —repitió Humphrey, cuya voz tenía un deje cauteloso a esas alturas.

Amity contuvo un sollozo.

—Me alivió mucho que anunciara nuestro compromiso. Creía que había adoptado una actitud noble y que me había salvado del ostracismo. Pero he descubierto que solo me estaba utilizando para sus propios fines.

—Mmm... ¿Y qué fines son esos?

—Tanto él como su tío, que está relacionado con ciertas facciones del gobierno, estaban buscando a una espía, ¿se lo imagina? De hecho, la encontraron... con mi ayuda, debo añadir. ¿Y cómo me lo agradecen?

Humphrey pasó por alto la pregunta.

—Amity, ¿cómo se llama esa espía?

—Lady Penhurst. —Amity guardó el pañuelo mientras le contaba los detalles—. Estoy segura de que ha oído que se quitó la vida anoche. En mitad de un salón de baile, ni más ni menos. Pero eso no viene a cuento. Lo que nos interesa es que anoche el señor Stanbridge me informó de que ya no requería mi ayuda para resolver el caso. Le puso fin a nuestro compromiso y me exigió que le devolviera el collar de la familia Stanbridge. Mañana por la mañana, mi reputación estará hecha trizas y será insalvable.

Humphrey carraspeó.

—Y sobre el cuaderno que ha mencionado...

—Sí, claro. He traído las hojas que le faltan. —Abrió el maletín y sacó dos hojas llenas de dibujos, símbolos y ecuaciones—. El señor Stanbridge no sabe que me las he llevado. Todavía no. Pero mañana ya habrá descubierto que han desaparecido. Estoy deseando ver la expresión de su cara cuando se dé cuenta de que no están.

Humphrey ojeó las páginas.

—¿Qué le hace pensar que me interesan estas páginas?

—Lady Penhurst me lo contó todo anoche. Estaba encantada de hablar de su contacto ruso. Pero, en realidad, lo que quería era el Collar de la Rosa. Mi cometido era llevarlo al baile de disfraces. Por supuesto, no se dio cuenta de que al cuaderno que uno de ustedes robó le faltaban las páginas más importantes en las que se detallan las especificaciones para construir el motor y la batería solar de Foxcroft. —Amity sonrió—. La expresión de su cara evidencia que no era consciente de este hecho hasta ahora mismo. Pero, claro, seguramente no haya tenido tiempo para estudiar a fondo el cuaderno.

Humphrey empezaba a parecer alarmado.

—¿Está segura de que estas páginas son del cuaderno de Foxcroft?

—Sí, por supuesto. —Amity sacó de nuevo el pañuelo—. El señor Stanbridge me explicó el plan cuando me pidió que lo ayudara a capturar a la espía. Esperaban capturarla en el baile de disfraces. Pero sus esfuerzos fueron en vano cuando lady Penhurst se quitó la vida en vez de acabar en la horca como una traidora. A título personal, sospecho que fue usted quien la mató, pero me importa un bledo. Nunca me ha caído bien esa mujer.

—Lo único que le interesa es vengarse, ¿es eso lo que me está diciendo?

—Bueno, no me importa decirle que si recibiera una pequeña gratificación de índole monetaria, también lo agradecería. Ambos sabemos lo caro que es viajar por el mundo.

—Cierto. —Humphrey no apartó la mirada de las páginas que ella tenía en la mano.

—Mi situación económica no es muy boyante y mi hermana se niega a compartir conmigo el dinero que heredó de su difunto marido —siguió Amity—. No aprueba mi estilo de vida viajero. Esperaba que mi guía de viajes para damas fuera un éxito, pero dado el desastroso estado de mi reputación, es poco probable que llegue a imprimirse siquiera.

—Amity, ¿puedo examinar esas hojas?

—¿Cómo? Ah, claro. La verdad, no son muy interesantes. Solo son un montón de dibujos y cálculos. Ah, y una lista de materiales necesarios para fabricar algo llamado «célula fotovoltaica». —Se puso de pie y dejó las páginas en el escritorio.

Humphrey las examinó atentamente durante unos minutos. Su ceño se iba frunciendo a medida que pasaban los segundos.

—¿Qué le hace pensar que estas páginas pertenecen al cuaderno de Foxcroft? —preguntó.

—¿Aparte del hecho de que me lo dijera el señor Stanbridge, se refiere? Bueno, también está la prueba de las firmas.

—¿Qué firmas?

—En la parte inferior de cada página —dijo Amity—. Es evidente que Elijah Foxcroft estaba obsesionado por el temor de que alguien le robara sus dibujos. Así que firmó y fechó cada una de las páginas del cuaderno de la misma manera que un artista firma sus obras. Compruébelo. Está en la esquina inferior derecha.

Humphrey miró una de las páginas. En su rostro se reflejaba la incredulidad que batallaba contra la incertidumbre. Si bien al final ganó la ira, que convirtió su rostro en una máscara peligrosa.

—Ese hijo de puta —masculló en voz baja.

—¿A quién se refiere? —preguntó Amity con deje educado—. ¿A Elijah Foxcroft?

—No, a Foxcroft no. A Stanbridge. Ese malnacido me tendió una trampa.

—Nuestro señor Stanbridge no es de fiar. Tal como he aprendido muy a mi pesar.

—¡Rayos y centellas! —Humphrey abrió un cajón del escritorio—. Me importa un bledo el daño que haya sufrido su reputación, Amity.

—Una actitud muy moderna y abierta por su parte.

—Dígame, ¿saben Stanbridge o su tío que Leona y yo éramos socios?

—No. Tenía la intención de decírselo, pero con todo lo que sucedió anoche, al final no se me presentó la oportunidad hasta después de que la policía me rescatara de las garras del Novio. Para entonces, estaba tan nerviosa por la odisea que se me olvidó por completo que Leona me había dicho que era su socia. Iba a informar al señor Stanbridge hoy a primera hora de la mañana, pero se presentó en la casa de mi hermana para anunciar la ruptura de nuestro compromiso. Me enfadé tanto que decidí no darle más información. —Se limpió los ojos con el pañuelo—. Solo me estaba utilizando.

—Amity, lo siento en el alma. Me temo que yo también voy a utilizarla.

Amity bajó el pañuelo y vio que Humphrey la apuntaba con un arma.

—No lo entiendo, señor —susurró.

—Ya lo veo. En serio, ¿cómo ha logrado sobrevivir durante todos esos viajes a tierras peligrosas? Cualquiera diría que a estas alturas habría desarrollado un mínimo de astucia.

Amity se puso de pie despacio.

—No puede dispararme aquí. Su ama de llaves está en la planta alta. Escuchará el disparo.

—No tengo intención de dispararle, no a menos que no me deje alternativa.

Estaba mintiendo, pensó Amity. Lo veía en sus ojos.

—¿Qué pretende hacer conmigo exactamente? —le preguntó.

—Voy a amordazarla y a encerrarla en el cuarto oscuro de mi sótano, donde no me causará más problemas hasta que me haya marchado de Londres. Abra la puerta y gire a la izquierda. Rápido.

Amity atravesó la estancia. Abrió la puerta y salió con rapidez al pasillo.

Humphrey la siguió, moviéndose también con rapidez. Puesto que estaba pendiente de ella, no se percató de la presencia de Benedict hasta que fue demasiado tarde.

Benedict le aferró el brazo que empuñaba la pistola y se lo retorció. La pistola se disparó, si bien la bala quedó alojada en la madera. En la planta alta se hizo el silencio, tras el cual se escuchó un grito ahogado.

«El ama de llaves», pensó Amity.

Benedict le arrebató la pistola a Humphrey.

—Ha habido un cambio de planes —dijo—. Aunque tengo entendido que los viajeros experimentados están acostumbrados a este tipo de cosas. Hay un par de agentes de Scotland Yard esperándolo en la puerta.

Humphrey miró hacia allí. El pánico y la determinación brillaron en sus ojos. Después, se volvió rápidamente con la idea de pasar junto a Amity y correr hacia la cocina, donde escaparía por la puerta trasera.

Sin embargo, se detuvo al ver que ella había abierto el abanico, revelando las afiladas hojas y las varillas de metal.

Fue Benedict quien habló.

—Amity, deja que se marche, ya no es problema nuestro.

Amity se apartó y cerró el abanico. Humphrey pasó volando a su lado. Abrió la puerta de la cocina con la intención de salir al jardín, pero cayó directo en los brazos del inspector Logan y de un agente de policía.

—Se me ha olvidado mencionar que también había otros dos policías de Scotland Yard esperándolo en la puerta trasera —señaló Benedict.

—Está usted detenido, señor Nash —anunció Logan, que sacó unas esposas.

—No lo entienden —se apresuró a decir Humphrey—. Amity Doncaster es una espía. Es culpable de traición. Hoy me ha traído unos documentos muy valiosos. Los robó e intentó vendérmelos, ¿se lo puede creer? Me disponía a encerrarla y a llamar a la policía.

Cornelius Stanbridge apareció en el jardín.

—Estoy de acuerdo en que la señorita Doncaster posee las cualidades necesarias para convertirse en una excelente espía, incluyendo la tapadera perfecta para viajar al extranjero. Es una mujer de muchos talentos. Y nervios de acero. Estoy sopesando seriamente la idea de contratarla como agente de la Corona.

Amity se ruborizó.

—Vaya, gracias, señor Stanbridge. Me halaga usted.

Benedict entrecerró los ojos.

—Amity, ni hablar de convertirse en espía. Mis nervios no soportarían semejante tensión.

Ella suspiró.

—De verdad, señor, ¿por qué tiene que quitarle toda la gracia a viajar al extranjero?

44

—El inspector Logan desaparecerá de mi vida pronto —dijo Penny. Se acercó a la ventana del despacho—. El caso ya está cerrado. No tiene más motivos para venir a verme.

Amity atravesó la estancia y se colocó junto a su hermana. Juntas, contemplaron el jardín. Llovía de nuevo. El día era gris y deprimente. Tenían la chimenea encendida para mitigar la humedad.

—Necesitamos un plan, tal como le gusta decir a Benedict —replicó Amity.

Penny la miró con una sonrisa temblorosa.

—¿Qué plan sugieres?

—Tal vez el inspector Logan no tenga motivos para venir a vernos, pero desde luego que tú puedes proporcionarle un motivo.

Penny la miró.

—¿Cómo lo puedo hacer sin que resulte demasiado evidente?

—¿Qué tiene de malo ser evidente?

Penny suspiró.

—No me preocupa la posibilidad de ponerme en evidencia. Me temo que ser demasiado osada lo pondría en una situación comprometida si no tiene deseos de continuar con nuestra relación.

—Créeme, ese hombre desea continuar con la relación. Lo veo en sus ojos cada vez que te mira.

—Me temo que le preocupa demasiado la diferencia en nuestra posición económica y social.

—En ese caso, tienes que convencerlo de que te importa un bledo esa diferencia. —Amity hizo una pausa—. A menos que me equivoque y sí te importe...

—No. —Penny se volvió con los ojos cuajados de lágrimas—. Me importan un pimiento esas cosas.

Amity sonrió y le dio unas palmaditas a su hermana en el brazo.

—Ya me parecía a mí.

—Pero ¿cómo diantres se lo explico a John?

Amity enarcó las cejas.

—¿John?

Penny se ruborizó.

—Es su nombre de pila. Así es como pienso en él.

—Por supuesto. —Amity pensó con rapidez—. Tengo un plan.

La esperanza y la inquietud asomaron a los ojos de Penny. Titubeó un momento, pero la curiosidad pudo con ella.

—¿Y bien? ¿De qué se trata?

—Creo que sería una buena idea invitar a algunas de las personas involucradas en el caso a tomar el té esta tarde. Me parece que todos tenemos mucho de lo que hablar y hay algunas preguntas que me gustaría hacerle al inspector.

Penny no estaba muy convencida.

—No sé si el inspector Logan sigue estando libre para venir a tomar el té. Las exigencias de su trabajo, ya sabes.

—Algo me dice que el inspector es más que capaz de encontrar una excusa para entrevistar una vez más a las testigos de un caso tan importante. Ahora mismo, es una especie de héroe en Scotland Yard.

—Pero ¿qué puedo decirle para hacerle saber que deseo continuar con nuestra relación?

—¿Por qué no le dices que ha sido un placer colaborar con Scotland Yard y que estás dispuesta a ayudar en futuros casos que involucren a sospechosos de la alta sociedad?

La señora Houston apareció en la puerta. Carraspeó.

—Discúlpeme, señora, pero también puede decirle que yo estaré encantada de ayudar en futuros casos. Entre las dos, creo que podemos cubrir todos los puestos, desde las cocinas hasta los dormitorios, de la alta sociedad.

Penny se quedó de piedra un momento. Después, esbozó una lenta sonrisa.

—Qué idea tan maravillosa, señora Houston.

—Pero sugiero que sea un desayuno para mañana en vez del té esta tarde —continuó la señora Houston.

—¿Por qué lo dice? —preguntó Amity.

—Los caballeros de fuerte constitución como los que han frecuentado esta casa de un tiempo a esta parte prefieren una comida copiosa —dijo la señora Houston—. Algo tienen los huevos, las salchichas, las tostadas y el café cargado que los ponen de buen humor.

45

Se reunieron de nuevo al día siguiente para el desayuno. Penny ocupó la cabecera de la mesa. Amity se sentó en el extremo opuesto. Benedict, Logan y Declan se acomodaron entre ambas. Amity se percató de que los tres hombres casi habían vaciado las bandejas situadas en el aparador. Las violentas actividades de los últimos días no les habían robado el apetito, pensó.

—Nos han llegado unas noticias estupendas —anunció Penny con una floritura—. El señor Galbraith, el editor de Amity, ha enviado su libro a la imprenta. Dice que con toda la publicidad que está teniendo, las ventas de la *Guía del trotamundos para damas* serán excelentes.

Benedict pareció satisfecho.

—Estupendas noticias, desde luego.

Declan sonrió.

—Felicidades, señorita Doncaster.

—Por mi parte, compraré un ejemplar —prometió Logan—. ¿Me lo firmará, señorita Doncaster?

—Con mucho gusto —respondió ella—. Pero dígame, ¿qué le sucederá a Humphrey Nash?

—En un mundo ideal, Nash iría a juicio, acusado de un gran número de delitos —contestó Logan—. Conspiración, traición y asesinato, entre otros.

Amity soltó la taza de té.

—¿En un mundo ideal?

—Lo que quiere decir el inspector es que la policía no puede hacer nada más —le explicó Benedict—. Nash está detenido, pero ha dejado claro que está dispuesto a llegar a un acuerdo.

—¿Qué tipo de acuerdo?

—Afirma poseer mucha información para vender —contestó Benedict—. Y es evidente que tío Cornelius espera comprarla.

Penny se sintió indignada.

—¿Quiere decir que Nash saldrá de la cárcel y se irá de rositas? Eso es inaceptable. Ha asesinado tanto a la señora Dunning como a lady Penhurst. Puso una bomba con la idea de matar a Amity y al señor Stanbridge. Solo Dios sabe a cuántas personas más habrá matado por el camino.

Logan dejó el tenedor y cogió la taza de café.

—Cornelius Stanbridge me ha asegurado que los rusos no ven con buenos ojos a los agentes que venden sus secretos. Si Nash acaba en libertad, se verá obligado a esconderse. Al menos, tendrá que adoptar una nueva identidad.

—Ajá. —Benedict parecía pensativo—. Si asume una nueva identidad, ya no podrá vender sus fotografías con su nombre.

—En cuyo caso, se verá obligado a empezar una nueva profesión —añadió Amity.

—No me sorprendería que acabara en el Oeste americano —murmuró Declan—. Parece que atraemos a todo tipo de personas en busca de una nueva vida.

Amity le sonrió.

—Hablando del Oeste americano, ¿qué planes tiene, señor?

Declan sonrió.

—Me resulta curioso que me lo pregunte. Últimamente, he estado pensando mucho en mi futuro. He llegado a la conclusión de que no estoy hecho para el negocio del petróleo. Aunque sí me ha gustado mucho ayudar al inspector Logan y al resto de los aquí presentes en la búsqueda del Novio. Estoy sopesando la idea de abrir un negocio de investigación privada, con sede en San Francisco. Tal vez en el futuro pueda ofrecerle mis servicios a la policía.

—Una idea excelente —dijo Logan—. Si algo he descubierto durante el transcurso de este caso, es que la ciencia de la psicología resulta muy útil a la hora de resolver crímenes.

Amity miró a Declan.

—¿Y qué pasa con su padre?

Declan cuadró los hombros y adoptó una postura decidida.

—Le diré que no tengo la menor intención de participar activamente en el negocio familiar y que, en cambio, fundaré uno propio.

Benedict lo miró desde el otro lado de la mesa.

—Si te sirve de consuelo, no volverás a casa con las manos vacías.

Declan frunció el ceño.

—¿A qué se refiere?

—Es cierto que no has conseguido el cuaderno de Foxcroft, pero puedes asegurarle a tu padre que no tiene importancia.

Todos miraron a Benedict.

—¿Por qué no tiene importancia mi fracaso? —quiso saber Declan.

—Esta mañana he mantenido una larga conversación con tío Cornelius —respondió—. Al parecer, los rusos ya no están interesados en el potencial de la energía solar.

—¡Pero bueno! —exclamó Amity.

—Hay otras noticias peores —siguió Benedict—. Me han informado de que la Corona tampoco está interesada en la energía solar. Hasta los franceses están abandonando esa línea de investigación.

Logan enarcó las cejas.

—¿La han cancelado por falta de financiación?

—No —contestó Benedict—. Por falta de interés. Es evidente que el gobierno británico, los rusos, Francia y Estados Unidos han llegado a la conclusión de que el futuro es el petróleo. —Benedict miró a Declan con una sonrisa astuta—. Puede que tu padre tenga razón.

Amity fue la primera en recuperarse de la sorpresa.

—¡Por el amor de Dios! —Arrugó la servilleta y la arrojó a la mesa—. ¿Después de todo lo que hemos pasado?

—A mí no me ha hecho ninguna gracia —replicó Benedict—. Pero me temo que así son los gobiernos. Adolecen de una importante cortedad de miras a la hora de planificar el futuro.

Logan lo miró desde el otro lado de la mesa.

—¿Qué pasará con el cuaderno de Foxcroft?

Benedict esbozó una lenta sonrisa.

—Una pregunta interesante. Tío Cornelius y yo hemos hablado del tema largo y tendido. Foxcroft dejó el cuaderno a mi cuidado. Puesto que la Corona ya no está interesada en su trabajo, Cornelius y yo hemos llegado a la conclusión de que el libro debería quedarse en los archivos de la familia Stanbridge.

Declan pareció encontrar graciosa la noticia.

—A mi padre le aliviará saber que en Europa nadie está interesado en perder más tiempo investigando sobre el potencial de la energía solar.

—Ahora no —señaló Benedict—. Pero ¿quién sabe lo que nos deparará el futuro? Hoy nos preocupa la posibilidad de que el carbón se agote. Tal vez algún día se produzca la misma preocupación sobre el petróleo.

Amity se percató de que Logan estaba sonriendo.

—Inspector, ¿tiene algo que añadir a la conversación? —le preguntó.

Logan cogió la taza de café.

—Estaba pensando que, después de todo, tal vez hiciera una buena inversión cuando compré acciones de petróleo estadounidense con lo que quedaba del dinero de mi padre. —Miró a Declan—. Entre ellas, algunas de la Empresa de Petróleos Garraway.

Se produjo un silencio generalizado mientras todos miraban a Logan. Los ojos de Penny adoptaron una expresión socarrona.

—Inspector, sospecho que a la larga descubrirá que fue un movimiento brillante —dijo—. Yo misma he hecho varias inversiones en ese campo.

Amity sonrió.

—Si Penny asegura que el petróleo es una buena inversión, hágale caso sin dudar. Mi hermana tiene una buena cabeza para ganar dinero, inspector.

Benedict rio. Al cabo de un momento, todos reían, incluida la señora Houston.

Amity miró a Benedict y a Declan con lo que esperaba que fuese una expresión elocuente.

—Si los dos caballeros me acompañan al salón, hay algo que me gustaría decirles.

Benedict frunció el ceño.

—¿Cómo?

Declan pareció sorprendido.

—¿Ha sucedido algo, señorita Doncaster?

—Se lo explicaré en el salón —respondió, intentando no poner demasiado énfasis en las palabras. La expresión de Benedict delataba que estaba a punto de hacerle más preguntas. Se puso de pie—. Ahora, si son tan amables.

Al ver que se levantaba, los tres hombres se pusieron de pie al punto. Amity miró a Logan con una sonrisa afable.

—¿Por qué no se queda aquí con Penny mientras yo hablo con Benedict y Declan? —Se recogió las faldas del vestido y echó a andar hacia la puerta del comedor matinal.

Benedict y Declan la siguieron, obedientes.

Cuando llegaron al salón, Amity cerró la puerta y se volvió para enfrentar a su audiencia de dos.

—¿Qué demonios pasa, Amity? —preguntó Benedict.

—Mi hermana y el inspector necesitan unos minutos a solas —respondió mientras se frotaba las manos—. Nosotros tres se los hemos concedido.

Declan pareció comprenderlo todo. Rio entre dientes al tiempo que miraba a Benedict.

—Señor, creo que es un movimiento de índole romántica —dijo.

Benedict lo miró.

—¿Romántica?

—Sí, para ayudar al romance floreciente entre Penny y el inspector —contestó Amity, que rezó suplicando paciencia.

—Ah, ese romance. —Benedict esbozó una sonrisa satisfecha—. No es necesario preocuparse al respecto. Ya me he encargado de todo.

Amity lo miró, estupefacta.

—¿Y cómo es eso?

—Pues muy sencillo. Logan y yo nos hemos tomado unas copas de coñac y hemos ideado varios planes. Sin duda, ahora mismo está invitando a Penny a dar un paseo por el parque.

—Estoy impresionada —replicó Amity—. Benedict, qué idea más estupenda.

—Eso pensé yo —repuso él—. Ahora, si Declan nos disculpa, me gustaría proceder con mis propios planes.

Declan sonrió al tiempo que se sacaba el reloj del bolsillo con una exagerada floritura.

—Pero ¿han visto qué hora es? Debo enviarle un telegrama a mi padre para comunicarle que ya no es necesario que se preocupe por la idea de que la energía solar compita con el petróleo, al menos de momento. Después, debo hacer el equipaje para regresar a casa. No se preocupe, señorita Doncaster, no es necesario que me acompañe a la puerta.

—Adiós, señor Garraway —se despidió ella.

Pero no lo miró. No podía apartar los ojos de Benedict, que a su vez la miraba con una intensidad que acicateó sus sentidos.

Declan abrió la puerta y salió al pasillo.

—Amity —dijo Benedict—, quería hablar contigo de lo de anoche.

En el pasillo, se escucharon los pasos de la señora Houston.

—Señora, que no se le olvide el bonete —dijo el ama de llaves con un deje alegre poco característico en ella—. Y la sombrilla. El sol en exceso no es bueno para el cutis.

—Gracias, señora Houston —replicó Penny.

Amity se volvió y vio a una Penny muy sonrojada y a un inspector Logan muy sonriente.

—¿Adónde vais? —preguntó Amity.

El rubor de Penny se intensificó. La felicidad relucía en sus ojos.

—John tiene el resto de la mañana para interrogar a los testigos del caso del Novio. Vamos a dar un paseo por el parque.

—Nada como el aire fresco y el sol para aclarar los recuerdos de un testigo —adujo Logan.

La señora Houston abrió la puerta principal con una pequeña floritura. Penny y Logan bajaron los escalones de entrada en dirección al soleado exterior.

El ama de llaves cerró la puerta y miró a Amity y a Benedict.

—Una pareja preciosa, ¿no les parece? —preguntó. Parecía muy satisfecha.

—Sí —contestó Amity con una sonrisa—. Desde luego que hacen una pareja preciosa.

—Ya era hora de que la señora Marsden encontrara un poco de felicidad —comentó la señora Houston, que dejó de sonreír y miró a Benedict echando chispas por los ojos—. ¿Y qué pasa con usted, señor? ¿Va a quedarse ahí parado como una rana en un tronco?

341

Benedict parpadeó y después frunció el ceño.

—¿Como una rana en un tronco?

—Creo que entiende perfectamente a lo que me refiero, señor.

Benedict pareció comprenderlo.

—Pues sí. De hecho, señora Houston, estaba a punto de invitar a Amity a dar un paseo en carruaje.

—Ah, ¿sí? —preguntó Amity.

—Hace un día estupendo y da la casualidad de que tengo un carruaje esperando en la calle —contestó él—. Todo forma parte del plan. ¿Me acompañarás?

La señora Houston cogió el bonete de Amity de la percha.

—Aquí tiene, señorita. Y ahora, fuera los dos. Quiero poner los pies en alto un rato. Ha sido una mañana muy ajetreada.

46

Benedict llevó a Amity a su casa y se la presentó a los Hodges, que la saludaron con una calidez que lo sorprendió.

—He leído en los periódicos que se libró por los pelos —dijo la señora Hodges—. Gracias a Dios que su hermana y usted están sanas y salvas.

—Somos unos fieles seguidores de sus artículos de viajes para *El divulgador volante* —añadió el señor Hodges, con verdadero entusiasmo.

—Lleva una vida la mar de emocionante —dijo la señora Hodges—. ¿El señor Stanbridge y usted viajarán mucho por el mundo después de la boda?

—En fin... —comenzó Amity. Miró con expresión desconcertada a Benedict.

—Desde luego que viajaremos de vez en cuando en el futuro —respondió él.

—Permítanos felicitarla por el compromiso, señorita Doncaster —dijo el señor Hodges con una inclinación de cabeza—. Creo que hablo en el nombre de mi esposa y en el mío propio al decir que nos complacen muchísimo las inminentes nupcias del señor Stanbridge.

Amity carraspeó y sonrió. Benedict se preocupó. La sonrisa de Amity era demasiado radiante, pensó.

—Gracias, señor Hodges, pero me temo que hay cierta

confusión con respecto a mi compromiso con el señor Stanbridge —repuso Amity.

La señora Hodges puso los ojos como platos, alarmada.

—Ay, Dios.

Benedict aferró con más fuerza el brazo de Amity.

—La señorita Doncaster quiere decir que hay cierta confusión con la fecha de la boda. Por supuesto, preferiría casarme lo antes posible, pero me han informado de que, en lo referente a una boda, hay que hacer muchos planes.

—Sí, por supuesto —dijo la señora Hodges, que se relajó de nuevo y miró a Amity con una sonrisa—. Pero siempre cabe la posibilidad de celebrar una boda íntima, seguida de una recepción formal pasado un tiempo.

—Excelente idea, señora Hodges —dijo Benedict antes de que Amity pudiera replicar—. Ahora tienen que disculparnos. Voy a enseñarle a la señorita Doncaster mi biblioteca y mi laboratorio.

La señora Hodges entrecerró los ojos, una expresión muy elocuente en opinión de Benedict.

—¿Está seguro de que es buena idea, señor? Tal vez después de la boda sea un buen momento para enseñarle a la señorita Doncaster la biblioteca y el laboratorio.

—No —contestó Benedict—. Debo de enseñárselos ahora.

La señora Hodges suspiró. El señor Hodges parecía resignado, tanto que le dio unas palmaditas a su mujer en el hombro.

—Es lo mejor —le dijo en voz baja a su esposa.

Benedict condujo a Amity por el pasillo y la hizo pasar por la puerta abierta de la biblioteca. A su espalda, escuchó que la señora Hodges farfullaba algo, hablando con su marido.

—Supongo que es lo justo para ella —dijo la señora Hodges—. La señorita Doncaster se merece saber dónde se mete.

—Intenta no preocuparte —dijo el señor Hodges—. La señorita Doncaster es una dama aventurera.

Benedict cerró la puerta con llave. Miró a Amity, que estaba examinando los títulos de varios libros que descansaban en las estanterías.

—Sí —dijo él—, la señorita Doncaster se merece saber dónde se mete. —Se alejó de la puerta y abarcó con un gesto de la mano las paredes llenas de libros polvorientos—. Así soy yo de verdad, Amity, o, debería decir, así es una parte de mí. El resto se encuentra tras la puerta situada al final de esa escalera.

Amity miró la escalera de caracol de madera emplazada en el extremo más alejado de la biblioteca. Una expresión socarrona asomó a sus ojos.

—Qué emocionante, una habitación cerrada —dijo ella.

Benedict hizo una mueca.

—Me temo que no es emocionante en absoluto.

—¿Puedo echar un vistazo? —preguntó Amity.

—Sí. —Se preparó para lo que se avecinaba—. Para eso te he traído hoy. Quiero que conozcas mi verdadero yo. Verás, es parte de mi plan. No soy un arrojado caballero, Amity. Solo soy un hombre que, cuando no trabaja en un proyecto de ingeniería para la empresa familiar, está feliz dentro de su laboratorio.

—¿Y qué haces en tu laboratorio?

—La mayor parte del tiempo, llevo a cabo experimentos y diseño mecanismos y maquinaria que seguramente nunca tengan una aplicación práctica.

Sin decir nada, Amity se recogió las faldas y subió los escalones. Benedict la siguió, presa de una emoción urgente. Sabía que todo su futuro pendía de un hilo.

Al llegar al último escalón, Amity se detuvo delante de la puerta. Benedict se sacó la llave del bolsillo y la introdujo en la cerradura.

Amity se mantuvo en silencio mientras él abría la puerta y procedía a encender las lámparas, tras lo cual se apartó para dejarla pasar.

Se quedó plantada en el umbral un momento, examinando el instrumental diseminado por los bancos de trabajo.

—Así que este es tu laboratorio —dijo ella.

—Sí.

Benedict esperó.

La vio acercarse al telescopio situado junto a la ventana y examinarlo con admiración.

—Sientes curiosidad por un sinfín de cosas.

—Eso me temo.

—Como bien sabes, la curiosidad es uno de mis principales pecados.

Benedict sonrió al escucharla.

—Soy muy consciente.

—Así que tenemos algo en común, ¿no te parece? —le preguntó ella.

Titubeó antes de contestar.

—Nuestros intereses no siempre coinciden.

—Tal vez no, pero eso da igual. —Amity se acercó a un banco de trabajo y observó la máquina de electricidad estática—. Lo importante es esa curiosidad. Tienes una mente inquisitiva. Es uno de los muchos motivos que te hacen tan interesante, Benedict.

«Interesante», pensó. No sabía muy bien cómo interpretar esa palabra.

—Hay quienes me encuentran aburridísimo —le advirtió él, por si acaso no se había percatado de lo que quería decirle.

—Es de esperar que aquellos que no sienten curiosidad por lo que hay más allá de su mundo crean que quienes sí poseen esa cualidad son aburridos.

—Mi prometida huyó con su amante después de ver esta habitación.

—Asúmelo, Benedict, tu primer compromiso fue un error. Si Eleanor y tú os hubierais casado, habríais sido muy desdichados.

—Soy muy consciente de ese hecho. —Hizo una pausa—. Razón por la cual quiero asegurarme de que sabes lo que haces si accedes a casarte conmigo.

Amity se volvió para mirarlo desde el otro lado del pasillo.

—¿Me estás pidiendo que me case contigo?

—Te quiero, Amity. Mi mayor deseo es casarme contigo.

—Benedict —susurró ella—. Seguro que sabes lo que siento por ti.

—No, no lo sé. No con seguridad. Creo que sé lo que sientes, pero ahora mismo solo es una teoría... sin demostrar y basada únicamente en la esperanza.

Amity dio unos pasos hacia él y se detuvo.

—Me enamoré de ti a bordo del *Estrella del Norte*. Estaba casi segura de que sentías algo por mí, pero me daba mucho miedo creer que dichos sentimientos brotaban del hecho de haberte salvado la vida.

—Me salvaste la vida, sí, pero no me enamoré de ti por eso.

A Amity empezaron a brillarle los ojos.

—¿Por qué te enamoraste de mí?

—No tengo ni la más remota idea.

—Ah. —El brillo de su mirada se empañó.

—Podría enumerarte las cosas que admiro de ti, como tu espíritu, tu amabilidad, tu lealtad, tu valor y tu determinación. —Hizo una pausa—. También podría decir que eres una mujer de grandes pasiones. Hacer el amor contigo es la sensación más emocionante que he experimentado en la vida.

—¿De verdad? —Amity se puso colorada como un tomate.

—De verdad. Todo eso son unas cualidades admirables, que lo sepas. Pero nada explica por qué te quiero. —Dio unos pasos hacia ella y se detuvo—. Pero eso es lo que hace que todo sea tan fascinante. Amarte es como la gravedad o el amanecer. Es un misterio que sé que me encantará explorar durante el resto de mi vida.

—¡Benedict! —Corrió hacia él y se arrojó a sus brazos—. Es lo más bonito y lo más romántico que un hombre haya dicho jamás.

—Lo dudo mucho. —La abrazó con fuerza, saboreando

la felicidad—. Soy ingeniero, no poeta. Pero si esas palabras te hacen feliz, estaré encantado de repetirlas todas las veces que me lo permitas.

Amity lo miró con ojos rebosantes de amor.

—Me parece un plan maravilloso.

Benedict se sacó el Collar de la Rosa del bolsillo. Los rubíes y los diamantes refulgían en su mano.

—Sería un gran honor para mí que aceptaras esto como símbolo de nuestro amor —dijo él.

Volvió a esperar.

Amity miró el collar durante un buen rato. Cuando alzó la mirada, Benedict se dio cuenta de que tenía los ojos llenos de lágrimas, pero sonreía.

—Sí —contestó ella—. Lo cuidaré muy bien.

Fue lo único que dijo, pero era suficiente.

Amity se dio la vuelta. Benedict le colocó el collar al cuello y después le puso las manos en los hombros para que se volviese.

—En un momento dado, te entregué una carta para que la mantuvieras a salvo —dijo él.

—Y yo te prometí que sobrevivirías para entregarla.

—Ambos mantuvimos las promesas que nos hicimos.

—Sí. —Amity le rodeó el cuello con los brazos—. Y así será siempre entre nosotros.

El futuro, iluminado por la promesa de un amor eterno, brillaba con más fuerza que las piedras preciosas del Collar de la Rosa.

—Siempre —juró él.

megustaleer

Descubre tu
próxima lectura

Apúntate y recibirás
recomendaciones de lecturas
personalizadas.

www.megustaleer.club

megustaleerEbooks

@megustaleer

@megustaleer